来自

改革开放

征程的报告

2

杨晓升／主编

中国言实出版社

图书在版编目（CIP）数据

来自改革开放征程的报告 . 2 / 杨晓升主编 . —— 北京：中国言实出版社，2018.12

ISBN 978-7-5171-2986-8

Ⅰ.①来… Ⅱ.①杨… Ⅲ.①报告文学—作品集—中国—当代 Ⅳ.① I25

中国版本图书馆 CIP 数据核字（2018）第 281014 号

责任编辑：葛瑞娟
责任校对：李　琳
出版统筹：李满意
责任印制：佟贵兆
封面设计：闽江文化

出版发行　中国言实出版社
　　　地　　址：北京市朝阳区北苑路 180 号加利大厦 5 号楼 105 室
　　　邮　　编：100101
　　　编辑部：北京市海淀区北太平庄路甲 1 号
　　　邮　　编：100088
　　　电　　话：64924853（总编室）　64924716（发行部）
　　　网　　址：www.zgyscbs.cn
　　　E-mail：zgyscbs@263.net
经　　销　新华书店
印　　刷　北京温林源印刷有限公司
版　　次　2018 年 12 月第 1 版　　2018 年 12 月第 1 次印刷
规　　格　710 毫米 ×1000 毫米　1/16　15.5 印张
字　　数　220 千字
定　　价　58.00 元　　ISBN 978-7-5171-2986-8

目 录

第三种权力
——中国第一个村务监督委员会成立纪实

李英

❧ 引 言 ❧

2004年6月18日，浙江省武义县后陈村建立全国第一个村务监督委员会，意味着中国农村基层民主从"秋菊打官司"式的上访告状，进入了农村管理行使"第三种权力"——分权制衡、民主监督的阶段。

后陈经验引起了市、省、中央领导的高度重视。时任浙江省委书记习近平，于2005年6月17日亲自到后陈村调研并在村里主持召开座谈会，对后陈经验给予充分肯定。随后"后陈模式"在全省，乃至全国推广，被写进《中华人民共和国村民委员会组织法》。

这是一次农村民主自治的生动实践，然而其内幕却鲜为人知。作为一名新闻从业者，我历时3年深入采访，记录这一事件错综复杂的全过程，记录农村群众与基层干部对腐败行为的深恶痛绝，他们的幽怨、奋争和对民主的艰苦探寻。

❧ 后陈从"红旗村"变"问题村" ❧

2003 年岁尾,"前腐后继"的村干部腐败像一群闻到血腥味的鬣狗,赶不跑,轰不绝,这深深困扰着两个人:一位是武义县委副书记、纪委书记骆瑞生,另一位是白洋街道工业办公室副主任胡文法。

胡文法临危受命,他被派往后陈村任党支部书记。

位于武义县城东北的后陈,是白洋街道管辖的行政村。

平展展的土地,五彩缤纷铺满四围,大水面的前湖、西塘和可塘,波光粼粼把后陈村装点得颇有水乡模样。村西有条很宽、很大的武义江,自南往北波涛滚滚地流到金华,在金华与义乌江合并为婺江,然后婺江流进兰江,然后兰江流进富春江、钱塘江。

这是一个漫长的冬天,漫长得特别。天天阴沉着脸。

时近年关,按例说村民们应该置办年货了。可是今年村里静悄悄的,鸡不啼,狗不叫,没有一点动静。

村民们三三两两聚在一起,不说半句与年节有关的话,交头接耳地在谈论同一个话题。

村里要分土地款了!

村民们最最关心的是,村里收进的土地征用款子到底有多少,这些钱怎么分,按户分还是按人头分,什么时候能够分,分现金还是分银行存折,分到手的钱能否自作主张派用场,等等。

特别特别现实。只有把钱放进自身口袋,才是最最要紧的事,天大的事。

一直以来,村民们最不放心的是村干部大权独揽,暗箱操作。村民们想盯住村集体收进的巨额土地征用费,可是,想盯又盯不上。

为什么?

因为村民没有盯钱的权利,没有盯村干部的资格。

坦白地说，如果没有工业化、城市化大潮铺天盖地扑到小小的武义县，就不会有城乡接合部的开发区建设，就不会有后陈村人做梦也想不到的土地被征用。当然也就不会有巨额土地征用费，不会有村干部的贪污腐化，不会有后陈村人上访不断而成为全县闻名的上访村、问题村。

很简单，就这么回事。

都说金钱是妖魔，是鬼怪，它会教好干部变坏。

20世纪90年代中期，如火如荼的建设高潮中，金丽温高速公路建设项目涉及后陈村，出现村干部重大决策不公开、村务管理不透明、财务支出不规范等问题，出现了村民对村干部的信任危机，而且与日俱增。

2000年前后，因工业园区开发及城乡一体化建设需要，后陈村有1200余亩土地被征用，土地征用款收入高达1900余万元。如何管好用好村集体的巨额资金，成为村民的关注焦点。村干部专权擅权与村民关心关注引发激烈的矛盾，加上部分村干部以权谋私，使得干部信任度彻底崩溃，村庄秩序严重失控，矛盾百出，村民们怨声载道。

就这样，后陈从一个"红旗村"变成了"问题村"。

2001年12月，武义县农村审计站工作人员进驻后陈村，对后陈村自1996年至2001年11月的村级财务进行了全面审计。村民们以为盼来了"包青天"，一时间喜笑颜开，群情振奋，纷纷向审计人员提供线索。审计期间共收到群众来信28封，其中反映村财务方面的有16件。

审计报告出来后，却令村民们大失所望，大家对这份官方审计报告很不满意，对诸如"认识不足""公开不规范"之类不痛不痒的表述不买账。

要知道，进入新世纪的村民，多有文化、有头脑，而且多有法治意识。特别对关系到切身利益的事情，想用官样文章吓唬，想用甜言蜜语糊弄，是应该进博物馆的老套套了。

这是隔靴搔痒、糊弄百姓！尤其是对审计报告"未发现村主要干部有贪污、挪用问题"的结论，村民们更是议论纷纷、情绪激愤。

一个月吃掉1万多元，这是陈岳荣、张舍南、陈联康等村民无论如何不能接受的。

陈岳荣是村民代表，他和村民心里有杆秤。村里的钱是大家的、集体的，村干部哪能像自己口袋里的一样，今天想拿去喝就喝，明天想拿来吃就吃，甚至连他们自己家里新房子买把门锁都拿到村财务报销，真是太目中无人了。

还有，村里沙场承包收进多少钱，都用哪儿去了；餐费及烟酒等招待开支那么多，都招待谁了；土地征用款准备如何分配、如何使用；等等。村民们一点也不清楚，全蒙在鼓里。1900 万土地征用收入的钱，是村民挨家挨户分发，还是集体保管，村民和村干部意见分歧很大，南辕北辙。对村干部的不满和对村里现状的担忧，导致后陈村民上访不断。

陈岳荣他们主张写信上访，结果村民纷纷响应，毫不迟疑地在上访信上签了名，摁了手印。四五百名村民歪歪扭扭的签字和鲜红的手印，像火炉里飞出的火星，密密麻麻地布满了几大页白纸，灼得人眼睛生疼。

投诉信像断了线的风筝，有去无回。于是村民们开始一拨拨上访，少则几十人，多则数百人，街道、县里，纪委、信访局、检察院、法院，该递交的材料都递交了，该去的地方都去了。

就这样，后陈村成了全县有名的上访村。凡是武义县政府门前有几百上访群众聚集时，机关干部们就知道，肯定是后陈村村民上访来了。

县委、县政府对后陈村村民的上访十分重视，每次都由县委、县政府主要领导接待。武义县委副书记、纪委书记骆瑞生就多次接待过后陈上访群众。骆书记因此与后陈村村民张舍南、陈岳荣、陈联康等上访带头人，很熟悉了。

但是，后陈村的问题该怎么解决呢？

那些年，后陈村这样的"问题村"在中国的农村并非个案。尤其在农村和城市接合地区，经济开发的大潮风起云涌，群体利益多元分化，经济利益纷争多发，农村治理面临困境。有专家指出，农村社会治理正面临着社会矛盾调处风险期、集体信访纠纷激发期、公共服务均等化需求急增期和基层治理能力现代化准备期的"四期叠加"挑战，快速发展的集体经济带来的频繁利益纷争，成为首要的不稳定因素，甚至严重影响了中国经济社会的平稳转型和执政"基石"的稳固。

新世纪之初，后陈村在武义已经成为闻名全县的"问题村"。新任的支部书记不到一年因为挪用公款被开除党籍，从此他心灰意冷，把村里的房子租给别人，自己则在邻村开了一个轮胎店。平时即使回村也不串门，收了房租就回他那个小店，小店成了他的家。他刚当选村支书时也曾经受到村民的拥戴，可是没有制约的权力导致他挪用公款，从而失去了村民信任，于是村民们天天上访，把他拉下了马。整个后陈乱成了一锅粥，曾经的支部书记成为后陈村的"陌路人"。

还有本县柳城畲族镇的乌漱村，早在1999年曾经查办过一起村干部贪腐案。时任乌漱村党支部书记兼出纳的吴某，贪污村里投资水库电站的分红后，做假账贴在村务公开栏里，当晚就被村民揭下来告到了检察院。检察院查证属实，依法逮捕，起诉吴某。最后法院认定他侵吞集体资产7.5万余元，以贪污罪判处有期徒刑10年。

新华社浙江分社摄影记者王小川得知检察院准备将被贪污的公款还给村里时，专程赶赴武义采访，采集了检察官向村民返回公款的新闻组图，以《武义：村务公开，村官下台》为题发表在1999年3月25日的《人民日报》华东版上，在武义这个小县引起了不小的震动。

村务不公开，决策不民主，蒙得了一时，蒙不了一世，给村务管理敲响了警钟。群众的眼睛是雪亮的，而且终有一天觉醒之时，那就是权力倾覆之日。

后陈村只是20世纪末中国农村治理的一个缩影。武义县纪委书记骆瑞生、后陈村新任党支部书记胡文法敏感地意识到，如何破解村务财务管理混乱凸显的村庄治理危机，是中国农村民主政治遭遇的一个重要课题。

胡文法出任"问题村"支部书记

2004 年元旦刚过，1 月 4 日，胡文法在街道党委副书记、纪委书记徐向阳陪同下，到了后陈村。

胡文法，后陈村人，个子较高，满头黑发，红铜色的脸上略带微笑，穿着半新半旧的夹克外套，随和当中透着几分刚毅，一看就让人感到是饱经风霜、踏实干事的乡镇干部。

后陈村办公楼二楼会议室里，村两委成员、党员和村民代表坐得满满的，有的交头接耳，有的大声说话，但每个人都笑容满脸。有不少村民是赶来看热闹的，会议室里坐不下，就站在过道，里三层外三层，把会议室挤得水泄不通。

徐向阳代表街道党委宣读了任命文件。

当后陈这个村支部书记，等于将屁股坐到火坑上去。这一点胡文法心里早就明白："我是后陈村人，自己和家人的户籍关系一直都在村里没有迁出来，坦白地说，心中或多或少与村庄还有难割舍的情缘。"

几天前，村民张舍南特意跑到街道找他说："文法，咱后陈现在已经成为全县后进村，名气可大了。大在哪儿？一个字，乱哪！"

没等胡文法提出问题，张舍南紧接着说出此行目的："我看只有你回村里去，后陈可能还有挽回局面的希望。"

胡文法说："我离开后陈已经多年，对村里情况不大了解。"

张舍南说："不管怎么说，你从小在后陈村长大，人头熟，闭着眼睛也能说个道道出来。"

胡文法说："我在工办上班，管着一摊子事，还要做联村包片工作。"

张舍南感到一下子无法说服胡文法，心中不免有些失望。他呆呆地不知如何收场。但在临走时扔下一句话："为了村民利益，我们要继续上访，直到把问题解决！"

张舍南前脚刚走，后脚又来了几位后陈村民。有说是到街道办事的，有说去县城买东西的，都说只是顺便拐过来看看他这个老邻居。

村民们走了一拨又来了一拨。胡文法心里知道，他们跑到街道办，其实话里话外都表达着同一个意思：希望他回村当掌门人。

后来听人家说，张舍南早早把书面请求报告送到街道办去了。

改良版的"三顾茅庐"。

胡文法，不得不认真了。

胡文法祖籍在永康——武义县隔壁。因为日本鬼子驻扎在他们村庄不远的地方，三天两头进村抢掠烧杀，闹得鸡犬不宁，而村民们对荷枪实弹的日本鬼子心惊胆战，只能东躲西逃。眼看着地里庄稼成熟了，胡文法的祖父无奈只得带着一家老少离开祖祖辈辈生活的家乡，一路颠沛流离，好不容易找到武义后陈村落脚。

后陈村坐落在武义江东岸，宽阔的武义江原是水上大通道，后陈村有三三两两的店铺，这在当时算是繁华之处。

武义江两岸有不少村庄，但是没有桥梁，没有渡船，人们过往得绕一个大圈子，极不方便。胡文法的父亲找来木头做了一只长长的木船，开始干起摆渡的营生，后来大家就叫他胡长船了。那时候他父亲为人摆渡，多是尽义务做好事，并没有收入，偶尔碰上来往于集市的生意人，会施舍一点。可对胡文法父亲来说，渡船方便了两岸的村民，因此认识的人多了，还赢得了口碑。这对于他们外迁人来说，是不容易的事情。而更重要的，渡船成了他们一家人的栖身之处，老小三代夜晚挤挤挨挨地睡在一个船舱里，住的问题就这样解决了。

1949 年，胡文法家融入后陈村，在村里建了低矮的泥瓦房，有了真正意义上的家，成为地地道道的后陈村人。

1949 年后，胡文法父亲胡长船被推选为后陈村高级农业合作社社长——相当于现在的主任，成了后陈村人的主心骨。他和村民们一起斗地主，分田地，组建互助组、合作社，每天为村里的事忙得不着家。当时后

陈还没有支部，父亲胡长船很早就在上邵村支部加入了中国共产党，1956
年被上级派回后陈村当了第一任村支部书记。他的母亲李兰芬 1958 年入
党，当了村妇女主任、副大队长，一干就是几十年。

那时村里也没正儿八经的办公室，开会就在自己家里开，村干部们就
围着八仙桌坐，坐不下就搬个凳子在边上坐，或者干脆坐在门槛上。

那时候村干部没有什么误工补贴，全是尽义务，忙完了村里的事，再
做家里的事。村民们大到婚丧嫁娶，小到鸡鸭丢失，都要找村干部。胡文
法父母亲作为村干部，为乡邻们解决困难热情周到，办事不带任何私心杂
念。他们早早立下规矩，不收受村民任何礼物。

胡文法受到父母亲言传身教，骨子里从小就灌输了老老实实做人、认认
真真做事的精气神儿。任村干部几十年的父母亲，就是胡文法的最好榜样。

而今一切都变了，连气候都莫名其妙地变得夏天特别热、冬天特别
冷了。

难道不是吗？村干部已经和村民们闹得水火不相容了，上访、告状、
围堵、谩骂……已成为后陈村的"家常便饭"。

到底有什么不可调和的矛盾呢？问题到底出在哪里呢？村民们为什么
要三顾茅庐请他回去呢？他小小一个街道工办副主任，势单力薄，下去能
为村里做点什么呢？

如同掉入万丈深渊，胡文法深思、苦思，彻夜不眠。

想不到仅仅过了两天，街道主任代表组织找胡文法谈话。

主任说："后陈已经成为全县闻名的问题村，同时上游两个村子也不
稳定，群众上访不断，我已经没办法了，只得派你去后陈村当书记了。"

上邵村出现了大片的违章建房，地基像私有一样，菜园、自留地随
便转换，房屋不按规划放样随便搭建，违章建筑像雨后的韭菜齐刷刷地冒
出来；下邵村也是因为土地征用款问题，村民三天两头上访。胡文法听说
过，上游的上邵村和下邵村本来就比较难搞。然而比较起来，最乱的还是
后陈村。

胡文法心里知道主任的话无法拒绝，但还是不由自主地说："我已经住白洋渡 10 多年了，村里情况也不大了解，村里的事也从来没有管过，当书记没经验。"

主任说："你就别推了。街道对后陈村的情况，看在眼里，急在心里。大家一致推荐你去当村支部书记，这不是空穴来风。你在街道工作多年，有丰富的工作经验。但更重要的是看中你人品好，不贪不占，做人做事光明正大，组织上放心。"

胡文法被说得感动了，眼睛都湿润起来。

自己毕竟是组织上的人，怎么能不服从，怎么能对组织上的信任视而不见，怎么能将村民们的满腔热情拒之门外……

"你这次回去不仅仅是救急、灭火，更重要的是抓稳定、抓发展。"主任毫不含糊地说，"给你三个任务——一是把村里的乱摊子收拾好，尽快稳定下来；二是把制度完善起来，找到根治的办法；三是代表组织考察村里下一届班子人员，把村两委建设好。至于你的个人待遇，街道也作了充分考虑，完成任务回来给你享受中层领导待遇。"

胡文法说得也很明确："工作我会尽力去做，至于待遇不待遇，我从没考虑过。"

平地一声雷，胡文法回村任党支部书记的消息传遍了后陈村。村民们奔走相告，把这当作后陈一件大事情。

徐向阳宣读完白洋街道的决定，没等胡文法开口，会议室里就像炸开了锅，急不可待的村民们争先恐后站起来，你一言我一语地抢着说话。

"村里账目多年不公开，我们要求清查清查！"

"听说土地征用款都被村干部拿去投了保险，几千元回扣被私底下分掉了。"

"说得好听的保险，村里 16 岁到 60 岁投同一险种——等人死了可获得 1200 元赔偿。大笑话呀，笑掉牙呀！16 岁的人等到闭上眼睛断了气才有 1200 元赔偿，这不等于拿钱打水漂，白白地送给保险公司吗？"

"村里沙场包出去，早就挖过界了，也没人管。"

"几百万、上千万土地征用款，该怎么分？"

"村里的招待费高达几十万，都招待谁了，吃的什么山珍海味？"

还有说得更直接更厉害的，"村干部花天酒地，不管老百姓死活。"

胡文法一边抽烟，一边静静地听着，心里想，干部群众之间怎么会积怨如此之深，怎么会矛盾如此深重……

这个会开得像山歌里唱的那样：天上布满星，月牙儿亮晶晶，生产队里开大会，诉苦把冤申。

村民们一个个苦大仇深的样子，或控诉、或咒骂，这个没骂完，另一个挤进来骂。看来骂人也是个力气活儿，有的骂饿了，跑到外边买张麦饼吃吃回来接着骂，没完没了。

这真是会有多长，骂有多久。

据说以前村里经常开会，一开就开到凌晨一两点钟，骂的和挨骂的都挺不住了，也就散会了。现在，胡文法第一次参加会议，没想到就是这样的马拉松。

骂人是语言技巧的演绎，是感情与态度的表白，也是一种阐述见地的方式。胡文法一边在本子上记录，一边轻轻地点头。

徐向阳坐不住了，大声地说："请大家安静一下，胡文法第一次参加会议，大家总得听听他的讲话吧！"

掌声噼噼啪啪地响了起来。

等大家平静下来，胡文法语气缓慢地开口说："我虽然这些年很少回村来，可是在心里永远装着我的乡亲邻里。我这次回来工作，需要大家支持。我们村究竟出了什么问题，刚才村民提了一些，我已经记录了，但要好好梳理、好好核实。来日方长，我回村当党支部书记不是一天两天的事情，哪些问题需要先解决，大家提出来，我们一起想办法解决。我们先易后难把问题一个个解决掉，好不好？"

听着胡文法实实在在、一句不多半句不少的话，望着胡文法黝黑的额头深深的几条抬头纹，村民们生出了一些亲切感、信任感。

❧ "问题村"到底存在哪些问题 ❧

后陈村有胡文法光屁股的童年伙伴，有曾经朝夕相处的街坊邻里，还有堂兄堂弟七姑八姨表姐表妹一大串，真可谓爹娘亲娘舅亲，打断骨头连着筋。虽然在外工作多年，但各种信息通过不同渠道都会传到他的耳朵，尤其是村里乱象丛生的传闻，让他的耳朵都磨出茧子来了。

说真话，胡文法对后陈村情况，还是有些了解的。

随着如火如荼的开发区建设，后陈村大片大片的土地被征用，一幢幢高楼、一排排厂房，在原本属于后陈村的土地上像雨后春笋噌噌地冒出来。

但是外人不知道，在大开发、大建设的大潮之下，后陈村涌动着一股暗流。

这股暗流是被村掌权者高高在上、目无王法的气焰逼出来的，涌动着村民们日益不满的愤怒情绪。

有个村民姓陈名忠荣，不由自主地被卷进这股暗流。

他是个血性汉子，跟村民们一样坐不住了。他当时还是村支部委员，可是像他这样的班子成员，对村账目也一头雾水。

普通村民怎么样可想而知。

村民们只听说村里有上千万土地征用费进来，但谁也说不清具体数目，谁也不知道怎么安排。作为普通村民不知情可以理解，但是村班子成员两眼一抹黑，实在天方夜谭。

当时村支部书记一手遮天，大小事情一把抓，天大的事情一个人说了算，活脱脱一个"土皇帝"。

在陈忠荣家里，经常聚着情绪激动的村民，陈岳荣、张舍南和陈联康是常客。

陈岳荣从 20 世纪 90 年代末开始，曾先后 4 次带领村民集体上访，是闻名全县的上访"头目"。

张舍南是 20 世纪 70 年代末期的高中毕业生，在村里算得上是文化人。早些年外出养珍珠蚌，是村里数一数二的富裕户。

陈联康年富力强，血气方刚，当过后陈生产大队副大队长，有天不怕地不怕的胆量。

他们在村民中，都有很高的威信。

陈联康开口了，"我们几次去村里查账都无功而返，还受一肚子气。"

张舍南说："堵得住黄鳝洞，塞不了狐狸窝，要制止村干部胡来很难啊。忠荣是村干部，堂堂村支委和我们一样不知情，真是大笑话。"

陈忠荣憋着一肚子火说："书记是极为听不见人家意见的人，是一个很专权很自以为是的人，而且得一望十，得十望百，贪得无厌。为了村民最关心的事情，我和他吵过无数次了。他肯定也在心里记恨我了。"

张舍南站起来大声说："忠荣，你要站出来为村民说话！村民们一定会支持你的。"

陈联康拍了一下桌子，"得饭望饱，闹事望了。"然后用征求意见的口气说，"看来我们要两条腿走路，一是调查村里账目往来，一是继续上访！"

正当大家讨论怎样上访的事情，有人跑来说，"外面有人打架了。"

大家跑出来一看，原来是村党支部书记和一个村民在吵架，还动了手脚。

这个敢与书记吵架动手脚的村民身份很特殊，是县保险公司会计的岳父。看到围观的村民越来越多，村民们的表情大都漠然，但显然都是同情他支持他的。

老人家对村民们说："大家都来评评理，他仗着是书记，就欺负咱小老百姓。还有大家都不知道的事，村党支部书记和主任用村里的土地征用费投了保险，而且数额不小，96 万呢，回扣就是村党支部书记和主任拿的。"

村党支部书记振振有词地说："保险是为每个村民保的，16 岁以上的村民都保了。"

这一说围观的群众闹哄哄说什么的都有了。

"这么多钱投保，我们为什么一点都不知道？"

"给 16 岁的人买保险是什么意思？"

"村干部的心都在想些什么鬼花样！"

"让村党支部书记说说，村里的钱都去哪儿了？"

这次打架对村党支部书记来说是孔雀开屏——屁眼自露，把 96 万元土地征用款拿去买保险的事给抖了出来。要不村民们蒙在鼓里还不知道有买保险这回事呢！

没过几天，陈忠荣他们又得到一条线索，前两年建高速公路碰到后陈村的一条小溪，需要改道砌护坡，县里给后陈补了 7 万元钱。

陈忠荣们找到村会计盘问，村会计说："没有啊，从来没有看到这笔钱进来。"

这在后陈村又不亚于投了一颗重磅炸弹。霎时间，成为街头巷尾人们谈论的中心议题。村民们再也不相信村干部了。但大多数人敢怒不敢言，因为上面不重视，村民拿干部没办法。

陈忠荣坐不住了，急匆匆找到张舍南、陈联康几个人说，后陈再也不能这样下去了，必须向上级部门反映情况。

于是他们几个先是到县农业局查询，农业局的干部说 7 万元补助款早拨下去了，都快一年了。他们回来又问村会计，村会计说确实没有收到过。

钱到哪儿去了？

他们通过朋友去街道再一次查证，钱确实早已下拨。

于是他们连续几次到县里、街道上访。村党支部书记终于感到再也隐瞒不了，慌手慌脚把 7 万元钱交到了村财务。

陈忠荣们穷追不舍，最终敲定村里的收据和街道下拨日期整整相差 11 个月。

村民们愤怒了，11 个月才把补助款交到村里，这不是挪用公款吗？如果不去查的话，这个钱会交出来吗？大家知道，挪用公款几千块钱都要负刑事责任的，村党支部书记把 7 万元挪用了将近一年时间，居然逍遥法外，安然无恙。

还有溪滩畈问题。

那是 2001 年，园区开发建设以后，沙石料供不应求，价格一路飙升。谁拥有开采承包权，谁就像有了一台印钞机，钱就像渠水一样哗啦啦地流进来。

后陈村相邻的郑进村，前些年乡政府在那里办过农场。后来农场地不够，按照上级意见，就把后陈村的土地划给他们了。后陈村人当时是不同意的。

后来，郑进村在这块土地上办沙场，矛盾果然凸现出来。土地是我们后陈村的，郑进村凭什么挖沙，卖沙，赚钱，坐享其成？

于是后陈村村民三五成群地去运沙路上拦车。但怎么拦得住呀，人家是轰隆隆的钢铁拖拉机、翻斗车，村民们赤手空拳。于是两地村民一天到晚打口水仗。

承包人拍着胸脯说："我们采沙都是合法的，一有合同，二有土管部门许可证。"言外之意，暗示着他们在县里有后台。

没有不透风的墙，后陈人终于了解到其中一些内幕——原来街道的书记，插手沙场承包。

当年街道书记用的车是一辆解放牌吉普车。给他开车的驾驶员和邻村的一个书记把那片沙场承包下来，显而易见这承包本身就有猫腻，能说你书记没份吗？事情明摆着，有街道书记插在中间，吵架这种习以为常的事情当然不会及时解决。

村民们看在眼里，气在心里。

有一次，运沙车开出来陷到坑里，承包老板一个电话打到街道，吉普车带着钢索开过来把运沙车拉出来。那时候，吉普车是街道最好也是唯一的公务用车，沙场老板竟然可以呼之即来。

后陈人看吉普车在前面拼足马力拉，后面的运沙车吭哧吭哧从陷坑里往上爬，活脱脱似一出老牛拉破车的滑稽剧。

自从郑进村办沙场后，后陈村的路被轧得坑坑洼洼、一塌糊涂，晴天扬尘漫天，雨天水漫金山，没法走。

后陈人说，沙场在我们后陈的地面，运沙的路也是后陈的，有一段还是以前后陈村向下邵村买来的，可是沙场的经济效益后陈村一分也享受不到，后陈人越想越气。再说吉普车这"王八"，那时候乡政府穷，买吉普车的钱是各村出的份子，后陈村也出过钱。可是今天公家的车在给私人干活，还耀武扬威拿乡政府吓唬人，后陈人越看越生气，越说越愤怒。

当吉普车开到村委办公楼门前时，很多村民有意无意地站到路中间，不让过。吉普车放慢了速度，但并没有停下来的意思，反而加大油门……想轧过来，还是吓唬吓唬？

村民们怒不可遏——"乡政府车想撞人啦！"

于是围观的人越来越多，村里的男女老少都向村办公大楼这里聚拢，于是几百人把吉普车围了个水泄不通，争辩、谩骂混杂在一起，像火山喷发。

村民们要捍卫自己的利益，但并不知道违法的后果。有年轻人上去敲打吉普车，想找地方解解气。

"把吉普车翻了！"有人大声喊叫。

年轻人一齐喊了起来："翻！一、二、三！"

仅仅三五秒钟的时间，吉普车被翻了个底朝天，真像王八，4只轮子呼噜噜地朝天扒拉。

"街道不解决问题，这车就别想开走！"

大家吭哧吭哧又把车翻回来，然后推到办公楼院子里，锁了起来。

刺耳的警笛呼叫声越来越近，派出所干警赶来了。他们是来解救吉普车和驾驶员的。村民们不约而同地上前把干警围起来，你推我拽，气氛紧张。

面对愤怒的人群，干警们不知所措，乱了阵脚。

村民们愤怒的情绪终于有了一次发泄的机会。村民们说："咱们村想当年把 8 个汪伪军都抓起来，还怕这些不作为、乱作为的干部？"

活抓 8 个汪伪军的故事，让后陈村人记忆犹新并引以自豪。

那是 1942 年 6 月 26 日，有一小队汪伪军 8 个人，从上邵、下邵抢掠后，进入后陈村。一进村，他们就闯入农家翻箱倒柜抢东西，抓鸡的、牵牛的、拉猪的。村民们都逃到附近山上去了。当时，村里年轻力壮的程大熊有两支枪，又有几位同村青年陪伴左右，发现汪伪军在上邵抢东西后，就悄悄地躲藏在村中。他们发现汪伪军放下枪支这家那家抢东西，就把伪军的枪支收了起来，并开了 3 枪，向山上的村民发出缴枪成功的信号。村民一边呼喊，一边拥进村来，堵住各条路口，8 个汪伪军除 1 个逃到江边妄图潜水脱逃而被淹死外，其余 7 个全被抓获。愤怒的村民用锄头、柴刀将 7 个汪伪军砍死。这就是他们自诩的"后陈大捷"。到了 7 月 15 日，日本侵略军进村追查 8 名汪伪军失踪之事。一进村就堵住路口，把全村男女老少都赶到空地列队追问，将刀枪架在村民脖子上威吓。村民从容不迫地回答：不知道！日本侵略军就开始疯狂报复，把湖头村 60 余间房子烧毁，杀害了村民陈樟廷，枪伤村民陈德新（第 3 天死去）、陈联达，一直折腾到傍晚才退出村去。

如今村民们说起活抓汪伪军的故事仍然眉飞色舞，一股子自豪的样子：别小看咱后陈村人哦！

看着锁进院子的车子，村民们傻笑着说：胜利了，胜利了！

然而翻车、扣车事件震动了县委、县政府。

派出所先抓人，把带头的几个人都抓起来，该警戒的警戒，该拘留的拘留，把闹事的先压下来。

夜已经很深了，陈联康和几个上访带头人也作为嫌疑人，被带到派出所做笔录。

小小的派出所里灯火通明。被带到派出所审讯做笔录的人太多，除了涉嫌的当事人，还有很多亲属、朋友也跟着来到派出所。他们有的坐在走廊的长条凳上，有的蜷成一团蹲在院子的树底下，有的哈欠连连，有的抽烟解闷，有的低头不语。

民警喊："陈联康进来！"

陈联康仿佛从梦魇里被惊醒，打个激灵从地上站起来，准备进屋。这时，守在旁边的儿子、媳妇立马围上来，扯住陈联康的袖子说："你可不能承认。"

陈联康笑了笑说："共产党最讲实事求是，我没啥好怕的。"

陈联康走进办公室，灯光亮得很刺眼，刚才在院子里黑乎乎的，一下子亮堂了，很不适应。

审讯的干警先给陈联康拍了照片——好像面对一个什么"要犯"，正儿八经地开始审讯。

干警甲："希望你好好交代问题。"

陈联康决然地说："我没问题好交代。"

干警甲："别跟我装糊涂，交代什么你心里很清楚。"

陈联康坐在凳子上，一副岿然不动的样子。

干警甲："这次翻车事件有预谋、有组织，你是不是策划者？"

陈联康："全是村民自发的。"

干警甲："没人组织，为什么那么齐心？"

陈联康说："村里财务乱得不能再乱了，村民们早就心怀不满了，拦运沙车也不是一天两天的事。"他说得没有半点含糊。

干警甲："翻车时，你在现场吗？"

陈联康："我在现场。"

干警甲："那怎么解释和你没关系？"

陈联康嘿嘿一笑："我就站在村委办公楼那棵大树下面。我是看热闹的。"

干警甲："你必须把事情讲清楚！"

"我已经讲得很清楚了！"陈联康的语气极肯定。

独虎好擒，众怒难犯。就这样陈联康们被莫名其妙地关了一夜，最后因为证据不足，第二天就被放了出来。

过了没几天，陈联康在武义三中工作的女婿赶到家里，对老岳父说："你别再去凑热闹了，村里乱得一团糟，咱惹不起啊！"

陈联康说："看到村干部又霸道又贪污，我的气能不打一处来？"

女婿说："你带头上访，替人垫刀背、冒风险，我们做晚辈的整天提心吊胆，怕你遭人报复。"紧接着又说，"我们学校食堂正缺人，我已向校长推荐让你去管食堂。你当过副大队长，又有文化，年纪也不大，校长对你很满意。"

陈联康闷声不响愣在那里。

女婿说："校长已经同意，这机会得来不容易，你就别犹豫了。"

陈联康忖前思后，最后还是同意女婿的安排。难得女婿有这份孝心，再说村里的乱局也真让人寒心，恐怕不是三天两天能治好。三十六计走为上，走掉了眼不见为净。陈联康无奈地离开了他的故乡后陈村。

县纪委介入对村党支部书记进行调查核实，街道党委很快就把村党支部书记免了。村里的党员干部集中到县党校办培训班，统一思想，提高认识，维护稳定，促进发展。

我多次到后陈村采访，村民给我描述当时的乱局，"上级对后陈村采取了很多措施，可是这一切，似乎对后陈村都不奏效"。

村支部因此改选了，新的村党支部书记干了一年多时间，又出问题，很快被开除党籍了。

后陈村面貌依旧，但是矛盾重重、问题多多。村民们仍然匆匆忙忙地奔走在上访路上。

❧ 新支书做的第一件大事 ❧

住在白洋街道 10 多年的新任党支部书记胡文法，搬回后陈村住了。

一大早匆匆走出家门，他先沿着前湖绕村子步行，转来，折去。

后陈村地处空旷的武义江畔，早起的天气特别清爽、凉快。村民们三三两两的已在田头地角劳动。他们看到胡文法，一个个都打起招呼，有的还停下手中活计，近前来唠几句。胡文法就村里的事请大家支招儿，村民们觉得胡文法真心实意回村来，是想好好为村里办事的，所以都乐意向他反映情况。

张舍南远远地看见了，大声喊道："文法，咋这么早？"

"早起已成习惯。"胡文法反问，"舍南，咱们村的事你应该最清楚。村民们眼下最关心的是什么事，你得多给我说说，参谋参谋。"

"文法啊，一家人不说两家话，村民们最关心的是村里土地征用款怎么个分法。"

"说得好，我也认准是这事！"

胡文法回村后多次召开座谈会听取意见，挨家挨户走访征求意愿，大家反映最集中的就是土地款的问题。他把村里近 3 年的账本复印下来，一页页仔仔细细地翻看，甚至叫老婆也帮着翻看。

不看不知道，一看吓一跳！这里面疑点、猫腻不少，真让人如陷云雾深处啊！

例如，村干部去派出所做一个暂住证，成本只需 20 元，可请客吃饭倒要花几百元。再例如做一个工程，请客送礼动辄是上万元。此外账里还有什么钓鱼费啊、香烟钱啊。其中有一些，还涉及街道和县里的。真是深不可测，问题多如牛毛。

张舍南说："现在村民们特别看紧两件事——一件是村里到底有多少钱，都用到哪儿去了，账目一定要公开；第二件呢，听说村里还有几百万元钱，那么大家要求分钱到户，怎么分？"

胡文法说："你看准的问题，正是村民们最关心的问题。账目正在清理，春节前要公布。至于土地征用款怎么分，村'两委'要讨论，还要向村代表征求意见。总之，这两件事春节前都要有个明确的结果。"

张舍南说："好！你回来了，大家心里平和了许多。"

胡文法说："村里的事要办好，还要靠大家一起努力。"

张舍南说："你胡文法啥时用得着，我们一定会出力。不瞒你说，我和陈忠荣几个都是村里上访的带头人。我们去县里上访已经熟门熟路了。上访次数多了，我们连信访局的干部都混得很熟了。这次你回来了，我们几个才没有去上访。村民们早盼着你回来解决问题呢！"

胡文法说："很快就到年关了，怎么着也得让村民过一个安稳年。问题要先易后难，一个一个解决。"

张舍南连说："对，对，对。"

胡文法走到村口又碰到了陈玉球。她是村支委、村妇女主任，健壮的腰肢上别着一大串钥匙，有办公楼的、会堂的、祠堂的，等等，其他村领导不管的事都归她管。她就像一个大管家。

陈玉球说："文法，你没来时，我们心里都急死了。"

胡文法说："我既没有三头六臂，也没有灵丹妙药。以前老人们说，八两换半斤，人心换人心，我首先要用真心诚意换得村民的信任。因为要把村里的事办好，不能不靠大家齐心协力。"

胡文法夜以继日工作一阵子之后，基本上摸清了村里矛盾百出的根源——村里财务不公开，民主监督和民主决策缺失；权力过分集中，书记和村主任两人说了算，项目想给谁干就谁干，想收多少好处就收多少好处；村干部以权谋私，侵占村民利益，胆子太大。村里问题多，群众意见大，可想而知。

胡文法理出头绪，准备快刀斩乱麻，给村民一个满意的答复。

很快就要过春节了，池塘边已经有点桃红柳绿的意思，胡文法着手召集村两委和村民代表开会。

在这次会议上，胡文法提出要建立一个财务监督小组，这是他到后陈几十天日思夜想的第一个大事情。

他认为船到江心补漏迟。早早防范，才能把不合理的支出管住，才能让村民放心，才能叫村民不上访、少上访。他估计村民肯定没问题，但是主任会同意支持么？他心里七上八下有点吃不准。

他打了个比喻：就像门口这池塘，一边需要用制度把堤岸巩固起来不让漏水；一边希望全村人努力把池塘的水蓄起来，蓄满了才能应日后之用。

村民们听得云里雾里弄不明白。

胡文法说："我们农村是集体所有制，也就是说整个村子的土地、房屋乃至一草一木，每个村民都有份儿。可是，我认为村庄相当于社会上的股份制企业，每个村民就相当于股东。也因此，我们不妨参照股份制企业管理模式，在村内设立一个相当于监事会的机构，来加强管理。"

与会人愈听愈糊涂了。村民们压根儿不知道股份制企业里的"监事会"是怎么一回事。

"简单地说就是监督企业经营与财务的机构，能够看住管住花钱、用钱，批准用钱的人。"

"哦……"与会者好像听懂了。

为了此方案，胡文法翻阅了许多法律、法规和文件，他设计了后陈村"监事会"，草拟了财务管理制度。他将财务管理制度初稿和成立后陈村村民财务监事会的想法提交大会讨论。

胡文法清了清嗓子说："今天会议的第一个议题是建立后陈村财务监督小组。"他说了建立这个监督小组的原因，说了这个监督小组由几个人组成，说了这个监督小组怎么样开展监督工作，等等。

没等他把话全部说完，就得到大多与会者的响应和拥护。

按胡文法的设计，监督小组成员从党员和村民代表中选举产生，条件是要有一定的文化，要懂财务；能坚持原则，有正义感；不是村两委成员的直系亲属。不过，正副组长要由村两委委员担任。

就这样，后陈村村民财务监督小组就建了起来。

让这位最最基层党支部书记胡文法想不到的是，他发明创造的这个财务监督小组，居然是中国农村第一个村务监督委员会的胚胎。

❦ 新支书做的第二件大事 ❦

为了讨论土地征用款怎么用，胡文法特地召开第二个民主恳谈会。

他回村时，账上还有 600 多万块钱，街道还有 60 多万征用款没打进来，此外还有一些钱应收未收，总共加起来有 800 万。这些钱大都是村里的土地征用款。全村有 1200 亩土地被征用了，后陈村一大半土地被征用了。当时土地征用费标准很低，一些山坡地才 6 元一个平方，高一些的也只有 18、20、25 元一个平方，后来才提到 40 元一个平方。40 元一平方土地征用费，不够买一包硬壳中华牌香烟，农民有口难言。昨天土地还是村里的，什么时候上面要了，推土机、挖掘机开进来，眨眨眼睛很快就变成厂房、变成大马路、变成高楼大厦了。

村民们心里本来就憋着一股气，世世代代守了几百年千余年的土地说没了就没了；可怜得不能再可怜的土地款收进来，账目混乱，村务不公开，土地卖了多少钱，拿回来多少钱，人家欠村里多少账，等等，村民都不清楚，怎么能没有怨气，怎么能不怒火中烧？

胡文法回来前，村民心里早盘算着怎么分钱。当时村主任说每个人分 4000 元，书记说每人分 6000 元，个个想着自己卖人情。但到底如何分配，一直争执不下。后陈村党支部书记因为村民上访举报被查处，这个事就被搁下来了。

胡文法新官理旧事，这土地征用费分配问题是一个烫手山芋。村里领导已经承诺过要分土地征用款，但面临的情况很复杂，村干部的误工费很多都没结算，外面又有欠账，做的工程有些还没付工程款，每天都有人上门讨账。

此外，村里还有 20 多户因为"农转非"等问题无法确定，该如何享受尚未确定。有的人在户口不在，有的户口在人不在，有的新嫁进村里来，各种情况都有，可以用"十分复杂"几个字来形容。而各方面的人因为利益关系，分多分少或分不到钱，都会来闹事。有的早早放出狠话，要是不解决好，过年就上你胡文法家里去吃住。

俗话说，一丘番薯一丘芋，冬天不用开谷橱。改革开放以前，生产队的时候每天评工分，稻谷、玉米、毛芋都按人头计算，能图个温饱。村民们说，我们虽然不会赚大钱，但总归还有点田地守着，种点毛芋什么的日子还能过。现在土地卖掉了就没有田种了，去打工企业又不要，村民都觉得心里没底。有一次开"两委"会时，就有一个老人走到胡文法身后，拍拍他的肩膀，说："你们不分钱，就把我那点田还给我，我自己种点毛芋还能活下去。"

有人哈哈大笑说："亏你想得美，你那点田早就变成高楼了。"

而作为村党支部书记的胡文法考虑着大家没想到的问题——把土地征用款全分了，以后村集体经济怎么发展，以后村民没地种毛芋拿什么填饱肚子……

后陈没有桂林那样俊美秀丽的山川，没有瑶琳仙境那样奇幻神秘的溶洞，没有杭州西湖那样的碧波万顷，没有东阳卢宅那样雕梁画栋的古建筑，没有磐安高海拔村庄可以避暑的气候优势，没有松阳杨家堂村幽深曲折光怪陆离的小巷，没有李白杜甫西施杨玉环那样的名人美女。因此，后陈村不可能像人家一样凭借自然人文资源搞村庄旅游，让村民有事干、有钱赚，无忧无虑地过好日子。

这是明摆着的实情。怎么办？

但是他多年在街道工办工作，对经商办企业稔熟于心。他认为只有壮大村集体经济，后陈才能持续发展，才能有实力为群众办事，才能让村民世世代代放心过日子。

胡文法苦苦琢磨了好长时间，一个设想慢慢在他脑海里成型了。

可是，胡文法用什么办法才能够说服大家呢？村民们会支持吗？

不知道。

听说这次专题会是讨论土地款分配，来开会的人就特别多。除了"两委"成员、党员干部、村民代表，很多村民都来了，又把会议室挤得满满的。

胡文法在会上说："大家都知道，我们的土地都是祖宗留下来的。今天我们把征地补偿费分掉了、分光了，过几年今天分的钱花完了，我们怎么生活？过十年八年我们子孙怎么办，他们要不要生活，他们将来吃什么、喝什么……"

想着分钱的村民，被胡文法连珠炮似的提问，问得一时语塞。

他接着说："我们能不能想办法让村里的钱生出钱来呢？就像老母鸡生蛋，不断地生下去呢？"

"怎么个生法？"

"建标准厂房出租，村里收租金，让村民每年都有分红。"

"建标准厂房？你们村干部是不是又想找捞钱机会了？"眼看就要到手的钱让胡文法给拦下，有人光火了，指着胡文法的鼻子大骂，"没想到来了新支书，村民还是得不到利益！"

"天下乌鸦一般黑，看来胡文法也是一只会吃人的老虎。"

等骂够了、骂累了，胡文法不温不火、不急不慢地接着说："村民的利益肯定要考虑。但是，这利益有长远利益与眼前利益的区别。眼前利益是把钱分下去，家家户户口袋鼓鼓的，欢天喜地。但过不了多久，有的家里装修把钱花光了，有的被人集资集去拿不回来了，有的参加赌博输掉了，有的做生意血本无归了……请问各位村民，请问我的父老乡亲，大家以后的日子怎么过？怎么过？怎么过？"

整个会场被胡文法一连串问号，问得鸦雀无声。

过了好长时间，有人缓过气来，轻声附和："这倒也是……"

那么怎么办？长远利益怎么个长远考虑？

胡文法坚持原有观点，板上钉钉地说："建标准厂房出租！"

这是胡文法到后陈之后考虑的另一个特大问题——把钱一分不留全部分掉，村民肯定最高兴、最放心。但是，以后村里还能拿什么分呢？以后村里怎么保证村民衣食无忧呢？以后三年五年十年八年，及至更长更长的几十年几百年，村里子子孙孙怎么过日子呢？当然可以出去打工，但是城市里有这么多就业岗位吗？本来村里有土地，村民种点庄稼、蔬菜什么的，不管怎么样都能自力更生填饱肚子，但是没了土地，日后谁来帮助农民解决吃饭问题呢？拿什么来填饱肚子呢？

这是一个关系到家家户户切身利益、子孙后代吃饭问题的大事情。

胡文法认为这个问题，才是后陈村长治久安保稳定的关键所在，才是他，作为后陈村党支部书记要做的头等大事。

"我们不能捧着金饭碗要饭吃啊！"

胡文法分析给大家听："后陈村建标准厂房有几个优势——一是后陈离县开发区近，这是地理优势；二是后陈村有一批村民早年曾经开厂办企业，懂行，这叫行业优势；三是我们可以为企业做配套服务工作，比如供应快餐，比如开洗衣店、小餐馆，比如办幼儿园，等等，这是近水楼台先得月的优势。"

紧接着他又补充一句："建标准厂房出租，每年就有租金收入。好像挖了一条渠，可以引进水来，源源不断地可以享受。村里有了收入的租金，就可以分给村民。因为租金年年收，所以村民年年可以分到红利，可以衣食无忧。"

然而村民们担心，有人来租吗？

胡文法说：家有梧桐树，不怕招不来金凤凰。

说到这里，立刻有人站起来表示赞同了。

"这个主意太好了！后陈离开发区近，很多企业都在找厂房，村里建标准厂房出租，很好！"

于是整个会场你一言我一语的，又热闹起来。

有的说："做事确实要有后！瞻前顾后。不能光看眼前，不顾长远。"

有的说："土地征用款少分一点，留下来建标准厂房，好主意！"

有的问："那么分土地款是不是要定几条原则……"

灯不拨不亮，话不说不明。

经过激烈的讨论，最后终于形成了一致意见：

一、春节前先按人均 3000 元分配土地征用款，没有异议的人员张榜公布，有异议的村里再讨论讨论，拿个原则意见来应对处理；

二、村里立即请人作规划，要好好建一批标准厂房。

就这样，村民们虽然眼前拿到的钱少了些，但都表示愿意接受建标准厂房。道理讲得清，顽石也动心。

大家期盼胡文法给村里带来富裕、带来幸福的信心，更足了。

❧ 村民们为项目公开招投标叫好 ❧

一天，胡文法和村里的几位干部正在商量如何建标准厂房，有人冲进会议室说："不好了不好了，沙场那边打起来了！"

郑进村沙场事件没有平息，后陈村沙场又打起来了。

胡文法叫上几位村干部立即赶到现场。

后陈村沙场有 55 亩，在武义江边的沙滩上。原先沙场合同规定，承包人先开挖 20 亩，然后回填后再开挖另外 20 亩、15 亩。可实际上呢，承包人挖了 20 亩以后没有回填，却是夜以继日地把 55 亩全挖了。而且变本加厉，承包人在 55 亩以外沙滩上也开挖了。斗胆包天！

整个沙滩坑坑洼洼、满目疮痍，低的地方积了水，随着开挖的延伸，水面变得越来越大。

张舍南带着一些人在沙场丈量，另一拨人则在运沙的路上堵车，双方争执不下，剑拔弩张。村民们心里憋着一股气，他们都是自发来丈量的，误了工又没有谁给他们误工费。为了这事，村民们已经多次上访，县里也召集当时的村党支部书记、主任和承包老板到街道开过协调会，但最终不了了之，没有彻底解决问题。

据说承包人心里也窝火。因为他们曾经和村里有一个口头协议，再让他们增加10亩地方挖沙，3万元一亩承包款，村里同意他们挖的。道路难行钱作马，城池不克酒为兵。为沙场的长久之计，承包人把村党支部书记和管理沙场的几个人邀请到江西景德镇去潇洒了一回，吃香的喝辣的享受了一阵，私底下给当时的村党支部书记、村主任都"意思"了。但一运沙，仍有大批村民出来阻挠，所以承包人觉得，你书记、主任太不仗义了，没有把村民摆平。

村党支部书记、村主任收了好处费，但是并没有经村两委、村民代表大会同意，只是口头允诺他们开采，自然在村民面前无法交代，无奈只能让村民出来阻挠。何况村党支部书记、村主任再怎么傻，也不会公开承认自己同意承包人毫无约束开挖的。

上访，协调，没有成功。再上访，再协调，仍然没有解决。

这样几个回合来来去去，双方都没有耐心等待了。

最后，承包人一状告到县纪委。县纪委一查，问题出来了，承包人给当时的村党支部书记、主任送了3万元钱。

村党支部书记立即被开除党籍。村主任不是党员，退了好处费，配合调查态度尚好，也就没作什么处理。

其实沙场纠纷拖延日久，个中关系是很复杂的。深入进去，大家才知道现在的承包人是从最早的承包人那里转过来的。这一点局外人不知道，书记、主任是早知道的。所以村民们曾经嘀咕村里可能有"内鬼"，怀疑承包人背后有村干部在撑腰。这承包人是一个经过场面的"大佬"人物，有人因此说，他包去是没人敢说话的。

承包人说："我们越界开采，是有补充协议的，还交过 10 万元钱。"

然而胡文法和村干部们据理力争："这个合同和你没关系，不是和你直接签的。但人家转包给你，如果你要做下去的话，就要严格按照合同办事——把已开挖的先填回去，填完了才能再开挖。现在已经挖掉 55 亩了，你如果不填，我们就要收回沙场。要么就登报声明，要你原来的承包人来处理，不然的话押金就没收了。"斩钉截铁，说得很明确。

承包人觉得很委屈，说："我们交了押金，又增加了承包款，我们开采受阻损失谁赔？"

胡文法说："合同这么签的，必须按合同办事。"

承包人耍无赖了："谁说不行的话，就到谁家吃饭。"

"我才不怕呢。中国人民解放军能把国民党 800 多万军队打败，难道我们后陈村不能把八九百人的事管好吗？我们新班子就是要把沙场的事彻底解决好。"尽管胡文法比喻得有点跑题，但表达的态度是很坚决的。

承包人看硬的不行，即刻就来软的。他脸上堆出笑容，言语缓和地说："胡书记，请你高抬贵手吧！这钱呢，本来就是大家赚的，我们也不会独吞。大家僵着也不是个办法，你看这时候不早了，我请你们在场的村干部、村民代表一起到饭店吃个饭，慢慢吃，慢慢谈，怎么样？"

胡文法坚定不移："吃饭也没用。既然我来当村党支部书记，要么把村里的事情做好，要么就是我倒霉当不下去。"

就这样大家不欢而散。

晚上，胡文法召开村民代表开会，让大家来讨论沙场处置问题。

有村民代表说："现在的承包人不是原来的承包人，没有法律效力。我们可以登报声明，要原来的承包人来处理。"

有的说："如果不处理，押金可以没收的。"

还有村民代表说："这沙场的坑不填回去也罢了。隔壁有个村的沙场挖了，用黄泥填回去变成了烂污田，结果那块地只能栽梨树。"

村民们一致建议："我们把沙场收回来，干脆把它挖成塘，养鱼。"

村"两委"们觉得这个建议好，沙场事也可以得到彻底解决。

第二天，胡文法带着村干部跑到县土管局，请求帮助解决。县土管局领导也为后陈村的事头疼了多年，现在村里拿出了具体意见，就很快出面把沙场承包合同解除了。

村里把沙场收回以后，立即着手挖塘。很快，昔日坑坑洼洼的沙场，变成了碧波荡漾的池塘，一丈量，竟然有 180 多亩水面。后来承包出去，按照 700 元一亩计算，每年可以收入租金 12 万余元；如果按照 1000 元一亩计算，每年可收入租金 18 万余元。这样的效益，看得到，抓得牢，很好！

接下来胡文法又召开村民代表大会，通过了建设 4 万多平方米标准厂房的决策。

而沙场挖成养鱼的池塘，有一部分沙要拉出来，刚好可以用于建设标准厂房，一举两得，把村民们乐得合不拢嘴。

然而沙场挖出来的统沙要用筛子筛过，机械操作。而且还有计付加工费、运费等事宜，怎么算？得有人管的呀。

胡文法想到了张舍南，让他代表村里监工。

张舍南参与了整个沙场事件处理，情况熟悉，群众基础又好。而最可贵的是他毫无私心，一切都出于公心，也从不讲报酬。他说他的出发点只有一个，那就是要维护村集体利益，村里所有的资产都是每个村民的共同财富，不能损失，不能被人侵吞。

过了几天，村办公楼门前的公开栏里贴出了招标告示，村民们一早就端着饭碗看热闹。这公开栏已建了多年，虽说很早就推广"两公开一监督"，但并没落到实处，就像聋子的耳朵只是摆设而已。这回，胡文法是玩真的了，村民们信了。

沙场挖沙招标其实工程量也不大，但胡文法就是想通过招标，把以前办事不公开的风气给扭转过来。这也是他主政后陈村以后的第一次招投标，因此特别引起村民关注。

看，真有村民站出来反对了。

"这么小的工程招投标，麻不麻烦？"接着还恶狠狠地说，"谁投去也做不成，只要我在后陈。"

说话的村民是当时村主任哥哥的小舅子。这后陈村以前是富裕村，女孩都不愿嫁出去，男孩子很多"就地取材"，整个村亲戚套亲戚，仔细排排都是沾亲带故，一竿子打不到，两竿子准搭上。而以前，像这种小工程都是村党支部书记、主任说了算。这次胡文法一回来，把以前的老规矩都打破了，断了人家财路，自然要把一肚子的气撒出来。

胡文法心里明白了。

招投标报名如期开始，以前揽不到工程的小青年们，跃跃欲试。

村主任哥哥的小舅子挨家挨户上门串标。说："你不要去投了，给你500 元好处费。你中了也做不成的，村'两委'里都是我亲戚！"

有的报名人犹豫不决了，有的还真收了好处费。

于是村里就有传言，说这次招标也只是形式，投不投都一样。

晚上 12 点，胡文法还接到电话，是报名人打来的电话。报名人问："胡书记，明天这标还投不投？"

胡文法一言九鼎地说："完全按招标公告做！"

第二天，村办公楼二楼会议室里举行招标会，除了报名者外，还有许多看热闹的村民。

招标会很快就要开始了，可村主任还没到场。村主任是法人代表，要签字的。村主任就在楼下转悠，迟迟不肯上去。他轻轻地跟旁人说："不上去，否则哥哥嫂嫂要骂我的。"

村主任亲戚们正在骂："这村主任白当了，说话一点不管用。"

还有骂得更凶的："吃里爬外！"

那边会场上，村主任哥哥的小舅子也在骂骂咧咧，气氛有些紧张。

胡文法雷打不动，招标会照常进行。

主持人说明投标的工程量、完工期限、工程标的、付款方式、保证金等事项。接着开始投标，然后当场开标，宣布结果。

招投标公开了程序、内容，原先运到村里的沙子要 20 多元一车，这次招标降到了 3 元多一车，而且承包事项里还规定，按照沙子运出去的实际方量来计算机械费、运输费，很公平，很合理。胡文法当场还宣布整个工程由张舍南等人全程参与监督。

招投标成功了！

看到公开民主带来的好处，看到以前的暗箱操作再也不管用了，而且还为村里节省了开支，村民们这回真的信服了。

最后，胡文法对大家说：“以前干部插手参与工程发包，拿好处，村民们当然有意见。以后村里的所有工程，包括鱼塘，都实行公开招投标，我们村‘两委’，说到做到，绝不营私舞弊。”

接着胡文法又说：“我和村‘两委’商量过，按照村里的老规矩，村民建房用沙子，只要交 4 元一车的筛沙费，运沙费由自己付。村民们合理的需求和利益，我们照样要满足。”

胡文法的讲话赢得了阵阵掌声。

村里有一口叫前湖的池塘，承包的夫妻俩借故 3 任承包都未交承包款，其实每年承包款只有几千块钱。因此，村民们意见很大。

没几天，村委办公楼门前贴出重新招标发包的告示。

承包人就放出话来说：“你们不要来招投标，投去你也养不成的。村里不解决我家实际问题，这承包款我们也不会交的。”

像这种鱼塘承包，以前只要承包人分条烟，人家就不来投了。况且这承包人在村里七大姨八大姑的全是亲戚，人多势众，他的一个亲戚还在一个镇里当领导，在农村也算是有后台的，村里人一直拿他没办法。

胡文法软硬不吃，他说：“承包到期，肯定要重新投标。至于你的实际情况我也不是很了解，等我弄明白之后会给你一个答复。至于我的答复你满意不满意，那是另外一回事了。投是肯定要投的。”

投标的时间到了，承包人终于来到村办公楼。

承包人说："你要把解决方案给我看，不然我不同意投标。"

胡文法说："看你是原先承包人，这次投标延迟 15 分钟，你去准备钱，不然的话就要投掉。人家不投我来投，你池塘里的水，村里也可以放掉的。"

胡文法用的是激将法。承包人心急火燎地跑出去筹钱了。

就这样拖了 3 年的池塘通过投标落实了，承包款也比上一期高出一半。

这样的招投标，在胡文法短短几年的任期中有 80 多次。开始的时候，每次都会有这样那样的插曲、风波，但后来就越招越顺溜了。

❧　县纪委书记蹲点后陈村 40 天　❧

这一年的春节，后陈村总算过了个平安年。村民们有了尊严，有了话语权，心就顺了，空气中也便少了以往冲鼻的火药味。

过大年了，走亲的、串门的，男男女女满脸喜悦。

年初八是上班的第一天，骆瑞生专程来到后陈村看望胡文法。作为武义县委副书记、县纪委书记，骆瑞生十分关注胡文法回来当支部书记以后，后陈村发生了什么变化。

骆瑞生，个子高高的，不胖不瘦，白白的脸常带着三分微笑，西装领带穿得笔挺，上上下下给人干净利落、年富力强的感觉。

他与后陈村群众见面，会细心认真地听取村民讲话。他早知道后陈是个全县有名的上访村。村民们上访的成果还不小呢，2002 年因为高速公路施工过程账目不清，工程承包不公开，当时的村支书在换届选举中就落选了；2003 年由于接任的村支书私自挪用村集体资金，没多久就被免职了。

骆瑞生此行最关心的是几任村支书"前腐后继"丢了乌纱帽，后陈村的党员干部已经不被群众信任，新上任的胡文法干得怎么样。

基础不牢，地动山摇。骆瑞生深深地认识到，中国的农业、农村、农民问题是大问题，农村稳定，中国的大局才能稳定。当今农村经济社会正在发生巨大变化，群众的民主法治意识逐步增强，用老一套行政手段进行管理的方式迟早要被淘汰。按照现代管理学的理论，办事就要讲究公开、公正、透明。政府官员和村干部的权力都来自人民，人民赋予的权力要用来为人民服务，这就是民权本位理念。他觉得，人民的公仆，说白了，就是人民出钱让公仆为他们服务，就像家里的保姆一样，如果保姆只拿钱不做事，甚至干些小偷小摸勾当，主人肯定不答应。

后来我去武义采访，骆瑞生告诉我说，他总结了一个"金鱼缸效应"理论。就是政府的权力应该像玻璃鱼缸一样透明，权力运作必须置于群众监督之下进行；像养着金鱼的鱼缸，要让人看得清清楚楚、明明白白，而且不跑出视线之外，人家才会相信你光明正大，没搞暗箱操作。这就叫"金鱼缸效应"，是民主法治的必然要求。

骆瑞生得知胡文法为后陈村搞了一个新鲜玩意儿，叫什么村民财务监督小组。据说村民们反映还不错，过年都过得踏实了。

采访时，何荣伟说："县纪委一位领导来调研，我们一起聊天，他也觉得奇怪。这个村过去闹得很厉害，怎么会突然间转变了呢？好像12级台风吹过，突然间风平浪静了。"

骆瑞生就冲这一点来的。

但是，后陈的监督小组是怎么样产生的，找不找得到法律依据，这监督小组算什么性质什么级别的组织，监督小组监督村财务有没有相关制度，监督小组除了财务还会监督什么，监督小组监督的结果如何鉴别正确性，监督小组可以监督到哪些干部头上……一系列问题，哗啦啦地像武义江的潮水冲破堤岸，涌进他的脑海。

经过反复思考，骆瑞生决计把后陈作为一个村务公开民主管理工作的试点，像一只"麻雀"好好解剖解剖，不知从中能否总结出一套管理制度来，能否从根本上解决基层出现的问题。就这样，他决定到后陈村蹲点，一蹲就蹲了40天。

骆瑞生很早就认识胡文法，知道胡文法在开发区和白洋街道很有点影响力。而且无巧不成书，他们俩居然同年同肖——属鸡，而且都是爬过地垄沟的农家子弟。因此，两人一见面就很谈得拢。

骆瑞生他们这一代所受的教育就像《闪闪的红星》中冬子妈妈说的那样："妈妈是党的人，不能让群众吃亏！"这就是指党的工作目标应该与群众利益密切地连在一起。骆瑞生八九岁时，"四清"工作组从村里撤离，全村父老乡亲拿着小旗送一位驻村干部。这个干部下村后住进最穷的农户家，与农民同吃、同住、同劳动，晚上还组织大家学习，所以他颇得村民们的信任与尊重。他调走了，村民们依依不舍地送了一程又一程，一直送到十几里外的火车站，分别那一刻，几乎全村送行人都哭了。

一个干部要是群众不满意，不为群众办实事、做好事，临走时群众怎么会拿着小旗送行呢？怎么会依依不舍流泪呢？

骆瑞生暗地里下了决心：以后如果当干部，一定要当这样的干部！

骆瑞生1957年1月出生在义乌一个普通农户家中。这个家庭还是革命烈士家庭。他的伯伯，1943年16岁就参加新四军，1948年在一场战役中光荣牺牲了，年纪只有21岁。这在骆瑞生幼小心灵中产生了极大的震撼，同时也让他以此为骄傲，以此为激励。

骆瑞生从当农民开始他的人生履历，上山砍过柴，下田种过庄稼，深知农民的疾苦。他从生产队记工员、大队会计到乡镇普通干部，从乡镇党委书记到县领导岗位，在基层跌打滚爬干了几十年。

2002年底骆瑞生调任武义县委副书记、纪委书记、政法委书记。

骆瑞生认为，在不同岗位同样能做事情，只要有一颗全心全意为人民服务的心。在心灵深处，他仍然铭记着冬子妈妈说的"自己是党的人"。在脑海里，他时时记着儿时老家村里送别那位驻村干部的场景。

但是骆瑞生痛心地发现，心目中党的好干部却像出土文物似的越来越少了，有的干部成了贪官，让老百姓深恶痛绝，尤其是被群众称之为"土皇帝"的少数村一把手，吃喝嫖赌，无恶不作，恣意妄为。

随着城市化推进与工业园区建设，大批耕地被征用，征地补偿款像滚滚潮水，成百上千万地涌进村级账面，村子有了钱，村干部腐败后手就更难以遏制了，利益受到侵犯的村民纷纷上访是必然的。2000~2003年间，武义县共查处村违法违纪案件153件，其中涉及的在任村干部就有123人，占80%以上。新选上来的村干部不断有因经济问题翻身落马的。与此同时，针对村干部的村民信访案件居高不下，每年以40%的速度递增。2003年，武义县纪委受理状告村干部的信访案件达305件，在这些信访案件中重复上访的有124件，对当时的社会秩序造成了严重影响。武义县委、县政府的大门经常被上访村民堵住。县委4位副书记全下基层救火还不够，还将退居二线的老干部组织起来，一个村一个村地下去做工作。

一年间村民上访高达300多起，副书记和老干部哪里忙得过来？县纪委根据群众举报查了40个村官，结果查一个倒一个。白洋街道查处5个村官，1个被判刑，4个被开除党籍，其中一位是后陈村支书。

这样下去怎么能行？骆瑞生要求纪检干部走群众路线，摸清导致村官"前腐后继"的根源和症结在哪儿。所以，他要亲自带队下村挨家挨户去走访，想从制度和机制上破解这一难题。

看到县领导登门拜访，胡文法喜出望外，于是一坐下就把来后陈工作的酸甜苦辣，一五一十全部倒了出来。

胡文法说："我回村短短一个多月，感受最深的就是，村干部不能有私心，村务一定要公开。"

骆瑞生不时点头。最后说："文法，看准就要大胆地干。等你摸索出一些做法和经验，县里派工作组来帮你完善。现在的农村很需要探索民主管理的做法，后陈在这方面要出经验哦！"

胡文法又感动又激动，让家人炒了几个菜，一定要给骆瑞生这个县领导敬几杯酒。

❀ 村屋墙上出现一条炭写标语 ❀

明眼人都看到了，胡文法为后陈做了几件大事，村民无不拍手称好。但是，也难免要得罪一些人，尤其是喜欢贪占的人，因为断了财路，少了机会，他们在心里记恨胡文法。

村里有一个 70 万元的自来水工程已经完工，胡文法发现里面有猫儿腻，按常理村里投资改造自来水工程，应该承包人请客，怎么村里反过来为这个工程支付 1 多万元招待费呢？这个钱不应该花。

当时村主任的哥哥是负责管理这个工程的，没有通过工程决算，就把这个款定下来。胡文法一查，这里面相差七八万元，本来应该通过第三方县自来水公司出预算、组织验收，可这些程序都没走就结算了。

胡文法在村"两委"会上提出来，最后决定请县自来水公司来重新出预算、重新审核、重新验收。原来想从中捞好处的人，打落门牙和血吞，就此作罢，哑巴吃黄连，说不出地懊恼。

胡文法做人做事的原则是：老老实实做人，认认真真做事。他认定一个理：当官不为民做主，不如回家卖红薯；既然组织上让我当这个村干部，就是要坚持原则，公开民主，让老百姓放心，过上好日子。但是，有好心眼儿并不等于有好结果。

在胡文法回村前曾经有过这么一件事。有个乡书记家里搞装潢，到后陈要了 50 多车沙子，向村党支部书记批几车，再向村主任批几车，然而实际上根本用不了那么多，他是拿去卖掉赚钱了。

胡文法的朋友说："你回去当村党支部书记又没什么好处，碰到这种事咋办？"

他回答："我回去当支部书记，就要把这些歪门邪道禁掉。"

妻子看着胡文法整天为村里事起早摸黑，还受一肚子冤枉气，没头没脑地问他："儿子用挖土机挣钱过日子，但是你连参加村里投标的资格也不给他。你也实在太狠心、太极端了！"

胡文法不作解释。

妻子接着说："你学刘罗锅，刘罗锅有什么好下场？"

胡文法默不作声。

妻子不知道胡文法心底深处定下一个规矩：村里任何人事安排和项目招标，家人都要绝对回避，要避嫌。否则，他讲话讲不响，做事做不硬，村民会认为他假公济私，对他做事不放心，对他工作不支持。

有一次，在村办公楼，胡文法和村主任陈忠武因为基建问题意见不统一吵了起来，两个人脾气都暴躁，榔头对铁锤叮叮当当吵得脸红脖子粗，差点动了手。

工作好干，伙计难共啊！

胡文法最后放了狠话："我就是不当村党支部书记，也要坚持这样做！"

张舍南、何荣伟、陈玉球们连拖带拽把两个人拉开。街道的领导知道后也连夜赶来调解。

胡文法家门前按规划搞绿化，就有村民说："胡文法也不全是公心，家门口像飞机场一样。"

于是党员中有人说："我们后陈村有三十几个党员，难道就没人有资格当书记，凭什么非要街道派来？胡文法不来，我们照样活下去。"

胡文法心如刀绞，有苦难言。这书记不是我要当的。当书记，不一心为公，不按制度办事，能行吗？做几件实事，怎么这么难呢？

标准厂房开始建设，村里议论纷纷。很多人担心厂房租不出去，那村里的几百万元钱不就打水漂了吗？

百步无轻担。胡文法的压力很大，挨了很多人的骂，真是风匣板修锅盖——受了冷气受热气。还有一些村民揪住那些陈芝麻烂谷子的事情不放，胡文法一件一件和大家解释，一件一件去落实解决。

他的烟瘾比以前更大了，开会时一支接一支地连着抽。人也瘦了，脸色更黑了。

没错！大大小小问题他全考虑过的、考虑好的。其中招商，标准厂房出租是重中之重。他凭着 10 多年工办副主任的经验与人际关系，多次亲自带人奔走永康等地招商，求爷爷告奶奶地去求人，标准厂房很快租出去了。

难题正在一个个解决，胡文法的心情也便自有几分轻松。

但，天有不测风云。

早上，胡文法正在召开村民代表会议。有人跑来说，"村屋一片墙上写了一条标语"。

大家跟他跑到现场，墙上歪歪扭扭写着："胡文法滚出后陈！"

木炭写的。

应该是昨天晚上写的吧。

村民马上把标语涂掉了，心里愤愤然的，真是唯恐天下不乱！

有人怀疑，可能是某某某写的。

有人对胡文法说："我们虽然对你有意见，但绝对不做这样缺德的事。"

有人建议："应该查一下，刹一刹歪风邪气！"

有几个村民特别愤怒，说："胡书记，不用你出面，我们想办法把捣乱分子揪出来。"

胡文法默不作声，两道浓眉慢慢蹙起，他抬起头来，缓缓地顾自走了出去——

难道，我作为支部书记，面对后陈最焦点的经济问题，提出成立村民财务监督小组来应对是错误的吗？难道，我作为支部书记用村民选出来的监督小组防止村财务再出问题、再出漏洞，保护干部，是错误的吗？难道，我作为支部书记跑这跑那争取用地指标，建设 4 万多平方米标准厂房出租，将来以租金解决村民生活后顾之忧是错误的吗？难道，我作为支部书记跟何荣伟们求爷爷告奶奶，把企业请进村里是错误的吗？难道，我作为支部书记把后陈重要工作推到民主恳谈会、村民大会征求意见，统一思想，形成共识是错误的吗？难道，我作为支部书记回后陈几年时间搞了项目公开公平招标、让村民放心是错误的吗？难道，我作为支部书记千方百计为村民着想——不说废寝忘食、呕心沥血吧，弄得百病缠身是错误的吗……

胡文法百思不得其解，百感交集。

家人劝他，这个书记别当了，这起早贪黑、操心受累的图个啥？眼看就年近半百了，你既不是公务员，又不是政府领导，不能提职提薪，干得再好又能怎么样呢？

然而，胡文法能撒手不干吗？

作为共产党员，作为支部书记，他能临阵而逃吗？

这不符合他的做事风格。他是来者不惧，惧者不来；做事要么不做，要做就要做好。何况回村之前，乡亲们给街道写了一封信，强烈要求他回来当这个书记的。而且怕他不回来，还一趟趟跑到他家劝说，街道党组织对他也寄予厚望啊，哪能撒手不干呢？

再说，老百姓为什么要我回来当村支部书记，不就是怕以后生活没保障么，我的所作所为，都在寻找保障的可能性啊。我、我、我……这是自己的家乡啊，纵然有人怀疑，有人骂，有人写标语赶我，说来说去都是自己的乡亲邻里，自己要是把村子搞好了，他们也就不怀疑，不再骂了，不再赶我走了。可是，搞好谈何容易？你不干事儿，村民说你不为村里谋福利；你干事儿，村民说你打着为村民做事的幌子谋私利，搞得你不干不是、干也不是。

怎么办呢？

现在，村里的工作已经理出头绪，事情正在往好的方向发展。胡文法想，要干事总会得罪人。自己是组织上派来当村支部书记的，就要做好工作为党争口气。况且根深不怕风摇动，自己身正不怕影子歪，一点闲言碎语又算得了什么呢？公道自在人心，老百姓心里有杆秤。

不往下想了，不往深处想了。性格刚烈的胡文法强忍耻辱，晃了晃头，若无其事似的走了回来。

写标语的墙边围了很多村民。胡文法笑笑说："标语涂掉了，这个事也就过去了。散了吧，查也没有意思。"

刚好街道的片长也在，他是街道人大主任，分管工业，原是胡文法一起在工办的老搭档。他拍拍胡文法肩膀说："有人反对，反而证明你做得对。别管那么多，我们做我们该做的事。"

胡文法与他紧紧握手。

❧ 中国第一个村务监督委员会诞生 ❧

弄不清为什么，紫丁香色的阴影总是挥之不去。

此前骆瑞生曾派县监察局副局长陈秋华、县纪委宣教室主任钟国江先期到后陈调研。

作为纪检干部，陈秋华们心里都隐隐作痛。

好多年来，经济发展很快，可信访量一下子上来了，被查的对象特别多。上面千条线，下面一根针。有些村干部刚上任时很不错，为村里发展立过汗马功劳，什么征地啊、解决纠纷啊，大事小事鸡毛蒜皮什么工作都是村干部去做的。

然而村里有了钱，村干部开始一个个地倒下了，太可惜啊！

骆瑞生还从新闻里看到这样一个消息。安徽有个村，村干部与村民矛盾十分尖锐，村民不断上访，任何工作无法开展，县里对该村进行财务审计，并决定由村民选举成立理财监督小组。理财监督小组成立后对工作十分负责，积极配合有关部门进行村级财务清理，结果触到了村委会主任的利益。村主任威胁理财监督小组停止审计未果后，将理财监督小组组长等3人杀死。这件事当时惊动了中央领导。

骆瑞生认为，这是由于缺乏制度规范，靠人治手段进行管理，导致矛盾双方因公事引发私人恩怨的典型案例。如果没有一个和谐的社会环境，这样的村要加快奔小康进程，怎么可能？

他说他在义乌工作的时候，有个村搞选举，50%的村民都在这个时间段外出不在村。为什么这么巧？后来寻找原因，有村民悄悄透露："大灾难要来了。"什么大灾难？原来该村村委会主任是黑恶势力，3个兄弟其中两个是哑巴，平时村里谁不顺着他，碰上就打。所以到选举了，村民如果选他，于心不甘；如果不选他，就有可能遭遇黑恶势力打击。三十六计走为上——于是只得选择逃到外地躲一躲。

骆瑞生苦苦思索之后，要求工作组必须深入到农户家去，广泛征求意见。他认为这个制度有没有必要建立，怎么建立，应该先听听老百姓怎么说。哪些问题该管，怎么管，老百姓最清楚。

走群众路线，请老百姓提出看法，就这样定。

这次到基层蹲点，由县委办副主任刘斌靖任组长，县监察局副局长陈秋华任副组长，成员中有县纪委宣教室主任钟国江、县民政局老干部徐新起、白洋街道纪委书记徐向阳等，共10多个人。

工作组把现场办公地点设在村两委办公室。为了整理材料方便，大家把电脑也搬去了。一字排开，很像政府机关一样齐齐整整的。因为后陈离县城比较近，工作组成员与村民只求同吃，不求同住，早出晚归，回城住。因此，几乎每个晚上都安排开会、走访，因此，回到家常常已是深夜。

他们把新起草的村务管理、村务监督两个制度印刷装订成小册子，发到每个农户，然后挨家挨户走访，听取村民意见。

老百姓颇受感动，这样认真细致办事的工作组，头一回见到。

工作组进村民家，一杯清茶，盘膝而坐，亲朋好友似的，掏心窝的话就可以说。

用了整整一个月时间，一边走访农户，一边搜寻实情，一边整理调研资料，一边帮助村里解决问题。

骆瑞生在后陈召开工作组会议，总结前一段工作，让大家出谋划策，既当臭皮匠，又做诸葛亮。最后聚焦于：是不是可以建立村务监管委员会。

骆瑞生说："'管'的职能村支部和村委会都有，而'监督'既有监管又有监督，应该是独立的功能，独立的一个组织。"

骆瑞生作了归纳——

我们是不是可以提出"一个机构、两项制度"的构想呢？机构即村两委之外的"第三委"——村务监督委员会；制度是村务管理制度和村务监督制度。这样，制度有人监督，就可以落到实处。

他认为，两项制度要形成村级管理的闭合系统。村务监督委员会这个组织，要定位为村级的"第三种权力"。

骆瑞生在后陈搞村务监督委员会试点的消息不翼而飞，传遍全县，有赞成的，有反对的，还有不怀好意讽刺讥笑的。

有人说，他把人家的路给堵掉了。

他主政县纪委，查了一批村干部的案子，对党员干部开展了一系列警示教育活动，做了不少让人不愉快的事，甚至是记仇一辈子的事。

有的村干部买十几万、几十万的购物卡，老百姓举报，纪委就查。骆瑞生把当事人找来问："你们这么多购物卡都用到哪里了，要有个明白的交代。"

"都送给你们县领导了。"

"都送哪些县领导了？"

"这个我不能讲。你要我把钱退出来可以，叫我出卖别人，那是不行的。"守口如瓶，好像很仗义。

要他讲又不肯讲，这事咋整？而这样的案子，又多如牛毛。

骆瑞生觉得需要制度来规范，否则将不可收拾。

央视记者采访他："这样弄，你们日后征地很难的，这是不是政府自己给自己穿小鞋、找麻烦？"

骆瑞生说："这个麻烦是值得的，没有这个麻烦，干部就没有约束。大批干部出事情，症结就在这里。"

有些乡镇干部到村里工作，村干部安排到酒店吃喝，全是公家埋单，阔绰得很。好香烟拿一条甚至几条，少则一人分两包。有制度的话，这些现象应该可以堵掉的。

风口浪尖，竟有大胆者直接给骆瑞生送礼物、送购物卡。

"什么意思？"

"小意思小意思，不成敬意。"

"我是管纪律的，你这是对我人格的侮辱。我能收吗？"

"人家都收的。"

"人家是人家，我是我。"

磨到最后，送礼人不好意思，落荒而走。

心里真是打钻一样地疼啊！

骆瑞生说，我们干部队伍再这样下去怎么得了？上梁不正下梁歪，上面干部胆大敢收，才有下面大胆来送。这该怎么禁，怎么管？还有村主任，老百姓选出来的，不是共产党员，他们贪污受贿数量不大的，行政又不能处分，党纪约束不上他，刑事又不能追究，怎么办？如此这般如果放任自流，伸的手会更长，数量也会更大，怎么办？

作为县纪委书记，他长叹一声：难道真要积重难返吗？

骆瑞生在政府工作时，曾专门研究过政府监督这一问题。在党校进修时，他的毕业论文写的就是怎么监督政府权力。现在后陈村的这个试点正是他思考多年的课题。他认准了，要把这个试点做下去、做扎实，作为一只麻雀好好解剖，总结出一套管理办法。

他绝不奢望临走时村民们含泪送行，但多少也期盼着村民说一句，他为此事做了工作。

骆瑞生想，中国社会应该依靠民主法治来维系。有一个好的制度，坚持下去，不因人事变化而变化，谁调走谁不在，都要坚持下去。后陈村老百姓的这种民主意识能够生根、开花、结果，变成一种制度，谁来都无法改变，像我们从封建王朝到共和国，要倒退，但退不回去。一个国家的富强，一定要靠民主和法治。这是中国共产党认准的工作方针，是中国的希望所在。

骆瑞生从研究中发现，中国改革的大政方针一般多从基层开始萌发。像经济改革，小岗村土地承包催生了中国经济改革大潮。那么后陈村监委会试点，能不能像星星之火燃遍全国，能不能推进中国基层民主政治建设……

想着想着，骆瑞生看到一盏明灯在前头亮着，更加坚定了搞好后陈村试点工作的信心。

2004 年 6 月 18 日，是应该写进中华人民共和国史册的日子。

上午，后陈村蓝天白云，后陈村的村民喜气洋洋。刚刚建好还未出租的标准厂房，既宽敞又明亮，此刻这里成为临时会议室。后陈人十分关注的村民代表大会马上要在这里举行。参加会议的除了县委副书记、纪委书记骆瑞生，县完善村务公开民主管理试点工作指导组成员和白洋街道党政有关领导，当然，主要是后陈村全体党员，各级党代表、人大代表、政协委员，村老干部代表，村治保、调解、妇女、共青团、民兵、村民小组、老年协会等各方面代表。

这是后陈村规格最高、人数最多的一次会议。

会议讨论并表决通过了《后陈村村务管理制度》《后陈村村务监督制度》。并选出了后陈村第一届村务监督委员会，张舍南当选主任。

会议结束，大家在村委会办公楼前举行"后陈村村务监督委员会"挂牌仪式。由骆瑞生和街道领导为后陈村监委会授牌。

村民们把早早准备好的鞭炮烟花燃放起来，往日里的吵吵闹闹，顿时被吉祥喜庆所替代。

新上任的村务监督委员会走马上任，热情高涨，把村财务那些陈芝麻烂谷子账重新清理一遍，所有发票要监委会审查后公布上墙，村民拍手叫好，晚上睡觉，一觉睡到天亮，心里踏实了。根据张舍南的要求，每次采购材料，村里要派出一个 4 人小组监督。这 4 人小组，由村民代表、党员代表、"两委"成员、监委会成员各一名组成。监委会派经营过材料生意的委员陈小波参与监督指导。而且，从买材料到工程预算验收，再到平时施工质量及进度情况，监委会都全程参与监督。

建材市场店主们因此都摸到规律了，凡是有七八个人甚至 10 多人前呼后拥来买材料的，肯定是后陈村来采购了。

后来市场上的人都有些讨厌张舍南了。不愉快地说："你们后陈怎么搞的？买一点点东西要这么多人跟在屁股后头，一个个全是跟屁虫。"

也真有村干部不高兴了，说："你张舍南一上来，横挑鼻子竖挑眼地挑剔我们村干部，本来我们工作不是做得好好的嘛！"

张舍南说："对村干部不是不信任。既然村民选我当这个主任，我就有权力完善这个管理制度、管理方法。其实监委会是为干部保驾护航。我总不能闭着眼睛让村干部的问题接二连三地出来吧！"

张舍南做事认真，一言既出，驷马难追。村干部拿他没办法。后陈村有了监委会的监督，凡是村里的大事，都要召开听证会。

真不知道这是巧合，还是必然？

2004 年 6 月 22 日——就在后陈村村务监督委员会成立后的第 4 天，中办、国办联合下发了《关于健全和完善村务公开和民主管理制度的意见》，即 17 号文件，其中写着，要求设立村务监督小组。

因此，后来媒体评价后陈村的创新，可以视为诠释 17 号文件的一个现实之作，与中央精神不谋而合。

骆瑞生把秘书叶杰成叫到办公室，欣喜地说："中办、国办下发了 17 号文件，提出强化村务管理的监督制约机制，设立村务公开监督小组。"

他把文件上的相关章节大声念给小叶听，念罢握着拳头说："我们是正确的。中办、国办都下文了。看来只要老百姓认可，我们的事情就没有做错。"

其实，后陈村支委、村委、监委这"三驾马车"的正式诞生，是件很不容易的事情。

在这里我得写一写当年的武义县委书记金中梁，他是坚定不移的支持者。现任金华市人大常委会副主任的金中梁，在武义工作期间，从副书记干起，然后升为县长，接下来是县委书记。通过整整 10 年时间，他为武义抓"下山脱贫"工作，成功地将 400 多个小山村——占全县人口 1/7 的 5 万多山民，从高山搬到平原，成效极为显著，先后得到国务院两任总理的认可，在全国、甚至在联合国被作为典型推广。还有一件事是他为武义抓温泉旅游，1997 年从零起步，现在旅游已作为县里的主要产业，为老百姓开拓了一条生财之道。

金中梁是工商管理硕士，有水平，政治上也成熟、敏锐。2004 年春节前后，他得知后陈村事情之后，马上表态支持骆瑞生，从县纪委、县委办、县府办、司法、民政、农业等部门抽调干部组成试点指导小组进驻后陈村，以后陈村为样板探索一条新路子。

金中梁对骆瑞生说："推行村务公开民主管理工作，事关全局，惠及百姓，意义重大。我们一定要从维护群众根本利益出发，把后陈这个试点抓好，并且还要在全县推开。"

金中梁因此也亲自去后陈村调研，有时候一个星期去两次。

2004 年 8 月 4 日，武义县委常委会再次听取后陈建立村务监督委员会制度，推进基层民主政治建设的试点情况汇报。通过了《中共武义县委、武义县人民政府关于健全和完善村务公开民主管理制度的意见》。

8 月 6 日，紧锣密鼓地召开了全县村务公开民主管理动员大会，布置了全县分类分步推行村务公开民主管理工作。

在县委书记金中梁的主导下，后陈模式很快在全县推广。这一年下半年，第一批 76 个村全面推行村务监督委员会制度，第二年全县 558 个村（社区）实现了全覆盖。接着，武义又在全县 2234 个村民小组推选产生组务监督员，在 17 个社区建立居务监督委员会，实现了民主监督管理，从村务向居务、组务的全面覆盖。

后陈村村务监督委员会成立后短短几年时间，为全村增收节支 480 多万元，先后对 4000 余张、金额共计 2400 万余元的财务发票进行了审核和公开，审核纠正不规范票据 42 笔，拒付不合理开支 3.8 万元，实现不合规支出"零入账"；先后对 60 余项、累计金额达 2000 余万元的村级工程建设项目进行了全程监督，在提高工程质量的同时实现了工程建设"零投诉"；村级组织顺利完成 3 次换届，40 余名党员干部始终保持"零违纪"。

与村里的变化相对应的是，浙江省 2009 年实现村务监督委员会"全覆盖"后，当年纪检监察机关受理反映党员干部的信访举报数量同比下降 6.71%，2010 年又下降了 15.5%。

一石激起千层浪。

"三驾马车"的后陈模式引起了媒体和专家的关注，纷纷前来昔日的问题村、上访村，一探究竟。

新华社记者谢云挺，第一时间多次深入后陈村开展调查研究，掌握了大量一手材料。2005 年 1 月 10 日，他在新华社内部材料第 89 期发了《武义县设立与村"两委"并列的权力监督机构》一文，首次提出了"第三种权力"机构概念。时任中共浙江省委书记习近平阅后作了重要批示。

2005 年 6 月 17 日，是一个值得纪念的日子，也是后陈村人永远难以忘怀的日子。

这一天蓝天白云、晴空万里。时任中共浙江省委书记、省人大常委会主任的习近平，在省委秘书长李强、省委办公厅副主任舒国增、省委组织部副部长吴顺江、省民政厅副厅长李立定、中共金华市委书记徐止平、金华市市长葛慧君陪同下，来到武义县的后陈村视察调研。

习近平对武义县在这项工作上的试点探索精神和后陈村在这方面摸索的贡献表示肯定。他强调要把这种精神用在各项改革中去，推动改革，还是要靠改革来解决问题。最后，他向后陈村的群众表示问候。

习近平给后陈村吃了定心丸，给武义县委吃了定心丸。

掌声爆响，久久不息。

座谈会后，习近平走到后陈村三委的 3 块牌子前，对村民们说："来来来，我们照个相。"合完影，习近平又走到公示栏前认真地看起来……

2010 年，全国人大常委会修改了《中华人民共和国村民委员会组织法》，明确规定"村应当建立村务监督委员会或者其他形式的村务监督机构"。

于是，村务监督由一村之计，上升到治国之策。

于是，后陈经验像蒲公英一样从武义播撒到全省、全国。

❧ 尾声 ❧

后陈村在全国首创村务监督委员会，这个不起眼的小村庄，一下子成为全国媒体的焦点。

张舍南成为新闻人物了，他是中国第一个村务监督委员会主任。

担任这个职务会得罪很多人。一些农民骨子里还是小农意识，嫉妒心特别重。有人说，他风头出得太多了，比村党支部书记还大，在媒体上出现太多了，引起了村民嫉妒；有人说张舍南告诉记者，当监委会主任耽误他的生意，村民说，你要觉得吃亏就别当了；还有人说，张舍南性格太耿直，做事太认真，怕是当不长。

此话真灵验。

果然，2005 年下半年后陈村与全县其他行政村一样进行换届选举时，张舍南落选了。他连村民代表也没选上，所以就失去了当选村务监督委员会成员的资格。

这里面有个张舍南自己意想不到的问题。

胡文法回村任支部书记时，张舍南建议村民代表按照道路区块重新划分管辖范围。选举时根据新划区块内的村民户数确定代表名额。但是始料未及的是，这一划，打破了原来以生产队为单位选代表的格局，把以前同一个生产队的兄弟姐妹、亲戚朋友、左邻右舍给划出去了，因此，投他张舍南票的人就少了。现在，张舍南就因为这个原因连村民代表也没选上。假如还按以前生产队划片或者由全村村民来选，10个张舍南也不可能落选，胡文法断定。

监委会成员当时规定在村民代表里面产生，代表选不上，因此就没资格参选。当初重划选区建议是他提的，现在只能"哑巴吃黄连"了。

面对这个结果，胡文法爱莫能助。

张舍南自尊心很强，觉得自己是拔了毛的凤凰不如鸡。当过村监委主任的他顿时发现矮了一截，落选后把自己关在家里，一个月大门不出，二门不迈，连早点都是妻子买了送回来的。

从带头上访到当选村务监督委员会主任，又从当选到落选，一幕幕往事浮现在他的脑海。但是思前想后让他感到欣慰的是，自己和后陈村村民们与腐败抗争，催生了全国第一个村务监督委员会，自己还上了中央电视台和各大报刊，成为了轰轰烈烈的新闻人物。

然而让他自责的是自己毕竟还有许多缺点，比如做事太心急、太较真、讲话冲、不给人留情面等。要不，村民怎么会抛弃自己，怎么会不喜欢我张舍南呢？

但事实证明村民还是信任他的。在下一届的村级换届中，他又一次光荣当选村务监督委员会委员，一干又是3年。当然这是后话。

正当他闷闷不乐在家闭关之时，想不到骆瑞生书记带着秘书叶杰成，还拎了两瓶酒，登门看望他。这给了他莫大的荣耀。

骆瑞生说："县委对你充分肯定。你当监委会主任尽职尽责，为后陈村作出了贡献。选上选不上你都是后陈村人，要继续关心支持村里的发展。再说，谁当谁不当，不是主要问题，关键是这个机制要坚持下去。"

说得太好了！张舍南说。

关键是这个监督机制要坚持下去。

张舍南连连点头表示赞同，并接着说："骆书记大驾光临，怎么也得吃了饭再走吧。"

于是骆瑞生、叶杰成跟着张舍南，在旁边小面馆要了3碗鸡蛋面，开开心心地当一顿中饭吃了。

就这样张舍南和骆瑞生变成好朋友。张舍南有什么事，常跑到城里向骆瑞生请教。

2007 年 11 月，白洋街道党工委决定调胡文法到本街道管辖的牛筋背村任党支部书记。

牛筋背村那时也因财务混乱，群众上访不断，整个村一团糟，街道无奈之下，只好调胡文法去稳定局势，收拾乱局。

但是后陈村的干部群众，都舍不得胡文法走。

主任陈忠武说："文法，大人不计小人过。我和你搭档 3 年，吵也吵过，骂也骂过，但你宰相肚里好撑船，处处宽宏大量，还培养我入党。我呢，从你身上学到了不少东西。以前村务不公开，我私欲也重，群众对我意见很大。你来了带着我们干，骂的人少了，心情都舒畅了。"

有干部说："你在后陈村党支部书记当得好好的，为啥说走就走？"

有干部说："你留下来再当 3 年书记，把这个村庄好好整一下。"

胡文法说："其实我也舍不得走，后陈村是我的家乡，我是在后陈长大的。但这是组织决定，作为共产党员，只得服从。"

接着胡文法又说了几句心里话："真要做好村里的事情，也要付出很大精力的。还有呢，我也有压力，毕竟把一些人得罪了。人无完人，金无足赤，我也有很多毛病，脾气暴躁、主观武断。再说，后陈村也需培养年轻干部，作为老同志，我得放手，让位啊！"

胡文法恳切的言辞，说得大家心里酸酸的。

街道领导到后陈村召开"三委"成员和全体党员会议，宣布了街道的决定：胡文法调牛筋背村任支部书记。

胡文法像消防队队员，心急火燎地走了。解决这些老大难问题，对他来说已是家常便饭。他在白洋街道因此出了名。

谷黄一夜，人老一年。胡文法在牛筋背村当了两年村支部书记，2009年 9 月，被查出患了肺癌。他的肺一部分已被割掉。

我几次去后陈采访，妇女主任陈玉球都说，他住在金华广福医院做化疗，这个医院是肿瘤专科医院。

有人说胡文法这病，是被工作累出来的。

有人说胡文法这病，是被活活气出来的。

2016年9月7日，我再次去后陈采访，在胡文法家见到他与妻子。胡文法穿着一件小彩格T恤，红光满脸，一点也看不出患上了不治之症，虽然满头黑发变成了和尚头，光光的头皮上长着白发茬儿。

他笑着对我们说："以前我一直和腐败作斗争，现在轮到我和自己身上的癌症恶魔作斗争了。"

显然，眼前的胡文法已经不是10多年前精神抖擞的胡文法了，逝去的岁月在他的额头刻了一道道深深的沟壑。

他说，明天还去广福医院化疗。

他对我们很热情，一边和我们说话，一边叫我们喝茶吃水果。病魔缠身的他对一切都已看淡了。

望着身患重症而又淡定自如的胡文法，我在心里掠过一丝不安，只能默然地为他祝福，真诚地希望他早日战胜病魔，还他一个健康的躯体。

回首往事，胡文法感慨万千，言语中透着几分自豪，他说："没想到当年后陈村建立村务监督委员会，会受到习近平总书记的高度关注，很快被推向全国。"接着，他又不无担忧地说，"怎样让制度得到很好落实，怎样让百姓监督，仍然任重道远。近年来村干部腐败现象触目惊心，涉案金额动辄千万以上，'小官大贪'现象已经成为农村建设中的突出问题，对基层权力的监管还得加大啊！"

建立村务监督委员会的重大意义自然不言而喻，而且已被实践所证明。改革开放的过程也是中国农村治理发生重大变化的过程。村务监督委员会使农村出现了"三驾马车"齐驱的局面，厘定了党组织、自治组织和监督组织三者的权力边界，从"管治"到"法治"，实现基层善治，对中国农村民主自治产生重大影响。

"郡县治，天下安。"世纪之交的乡村中国处于"千年未有之大变局"

当中，村级自治在县域治理中占据举足轻重之位置。

后陈村村务监督委员会的建立，是县域治理中捍卫基层政权的一个伟大创举。捍卫基层就是捍卫执政，捍卫政权建设，这是一个全球性、规律性之执政定律，也是铁律。基层善治就是基层善政，是国家善治之基础、执政之基石。我们从后陈村看到，基层民主治理的变革是一个艰难而漫长的过程，但我们从中看到更多的是，中国农村民主政治的希望之光和法治圣殿。

不管怎么说，胡文法是"第三种权力"——中国第一个村务监督委员会的原创者、催生者、见证者、实践者。

历史将会记住后陈村，记住胡文法，记住那些基层干部群众为农村民主治理的艰苦探索和不懈追求！

（本文写于 2017 年，发表于《北京文学》2017 年第 8 期）

作者简介

李英，笔名水山谷，男，浙江金华人，中国作家协会会员，中国报告文学学会会员，浙江省作家协会全委会委员，金华市作家协会主席，金华市政协委员，浙江理工大学文化传播学院教授。在《中国作家》《北京文学》《散文选刊》《江南》《中国报告文学》《电影文学》等发表作品多部。著有长篇报告文学《孟祥斌，一个人感动一座城》《感动之城》《让百姓做主》（与人合作）、《忠诚是天》（与人合作）、《花蕾绽放的季节》（与人合作），长篇小说《波涛在后》，散文集《梦萦白溪湾》《水山谷韵》等。作品曾获中国报告文学奖、《北京文学》奖、徐迟报告文学优秀奖、浙江省"五个一工程奖"。

公开的力量

——来自山西省运城市阳光农廉网的报告

杨澍

❧ 一 ❧

　　位于山西省南端的运城市，山川秀美，土地肥沃，有着悠久的农耕文明历史，现在是山西省重要粮棉果生产基地，成为驰名天下的农业大市。同时，有一顶"桂冠"如影相随，挥之不去，这顶"桂冠"就是山西省的"信访大市"。多年来，运城市整体信访量，尤其是涉农信访量居高不下。

　　发生在这里的涉农案件，焦点指向农民群众为维护自身利益、追求社会公平而同基层政权和干部之间产生的尖锐的矛盾冲突。运城纪检监察系统干部锲而不舍地查处了一起又一起农村基层干部违纪案件。

　　尽管如此，全市农村的信访量依然逐年增长。

　　2004年以来，政府进一步加大了解决"三农"问题的力度，连续出台强农、惠农、富农政策，运城广大农民群众从中获得巨大利益。与此同时，一些基层干部和涉农部门借机以权谋私，中饱私囊，侵害农民利益，截留、挪用、贪占、挥霍惠农资金的案件时有发生。尤其令人不能容忍的是，还有人把手伸向农村低保、五保以及危房改造、救灾补助等专项资金，借机为个人及亲属谋取利益。于是，一种普遍的不满和愤怒情绪笼罩在农民的心头，新一轮投诉潮很快出现。投诉村组干部贪占惠农资金和各种救济补助，投诉惠农资金和救助款物分配不公，投诉村组财务收支不真实、不合理，成为农村信访的主要内容。保障强农、惠农资金的安全，防治惩治新的贪腐动向，成为纪检监察机关的一项重大任务。从 2007 年到 2008 年上半年，由市县纪检监察机关牵头，全市集中开展了 5 次专项检查，查出违纪金额 1312 万元，查办农村基层党员干部违纪案件 381 件；398 人受到党纪政纪处分，72 人被撤职，22 人被移送司法部门依法追究刑事责任。

霹雳一般的整治手段，震慑力自然非同凡响。但是，与农民群众的期望值相距甚远。就在这一年，全市整体信访量扶摇直上，居然高居全省首位。其中，涉农案件就占到全部信访量的 40% 之多！

运城市纪委决定到农村去探究产生问题的原因。在田间地头，在农家小院，他们听到的是农民这样的埋怨：

——党和国家的新农村建设政策实在好，可是，下面一执行就走了样！

——惠农惠民政策，一般农民群众只知道个大模样，干部说啥就是个啥，人家高兴咋执行就咋执行！

——村里大事小情，都是干部说了算，上头拨了多少钱，给了多少物，村里收入多少钱，支出多少款，我们都是两眼一抹黑！

——现在的干部胆子大，没有惊，没有怕，农民谁能管得了他？

——说叫老百姓监督干部，咋个监督？除了上访，咱们还能有啥招数？

——老百姓上访，那是实实看不过眼了，实实被逼得咽不下去那口气了。

在许多乡镇和村组干部中间，听到的又是这样的牢骚：

——现在工作没法干，出力流汗，自己垫钱干集体的事情，村民总是不信任，以为所有的干部都是贪污犯！

——不是干部不宣传政策，村民各家种各家的地，外出打工的人越来越多，哪里还能开得起来会？

市纪委调阅了近年来农村信访和所查处的涉农违纪案卷进行分析研究。他们把农村信访归纳为两大类。一则，基层干部和涉农部门的权力无限膨胀，违背政策、法规、法律，侵害农民利益，为个人和亲属谋取私利；村组办事不公道，工作不负责，为群众排忧解难不及时，导致各种矛盾激化。二则，基层干部和村民之间沟通渠道不畅，村民因不了解详情普遍产生怀疑情绪。问题的根源显而易见：农村基层组织的权力运行依然没有突破"暗箱操作"的格局！

要落实党和国家的农村政策，加快农村经济发展速度，化解干群矛盾，实现农村的和谐稳定，必须让权力在阳光下运行，有效接受村民监督。

2009年初，市纪委加强农村村务、财务、党务公开制度的建立健全，强调全市农村务必定期在公开栏中公布财务，及时利用黑板报、墙报等形式宣传党和国家的各项政策，重大事项必须坚持党支部、村委会和村民代表会议研究决定，并将各项决议、决定及时向村民公布。

全市村组闻风而动，纪委的要求很快得到落实。一时间，各村公开栏争奇斗艳，贴满黄的、绿的、红的、蓝的、白的各色纸张，上面密密麻麻写满各种数字；黑板报更是异彩纷呈，五颜六色的粉笔写上或多或少的文字。

当组而村、村而乡、乡而县、县而市逐级统计、上报本次公布了多少多少笔账目，张贴了多少多少份村务告示，更换了多少多少期板报，为这项工作取得的成果而沾沾自喜时，村民们一个个的脸上却露出不屑的神色：那样公开村务、财务，那样宣传政策，能顶个啥用？还没有等群众去看，呼呼一阵风，哗哗一场雨就什么也看不见了。再说，即使看了，看出问题，看不明白，你去问谁？有意见向谁去提？提了谁会理你？

运城市纪委对公开的原则坚信不疑，他们决心探索一种更加完善、更加有效的公开方式。

新绛县横桥镇为了加强村级财务管理，建立起横桥镇农经网，对各村组的财务实行网络化管理，管理人员只要点开网页，全镇基层财务收支状况便可一览无余。运城市纪委从中受到启发：如果运用现代信息技术手段，组建起一个农村廉政网络，把党和国家的强农、惠农、富农政策，惠农资金，村务、财务、党务等所有需要公开的事项向全社会公开，公开接受村民和全社会监督，将会开创一种全新的农村民主管理新局面。

市纪委的这一设想得到市委、市政府的肯定和支持。

阳春时节，汾河两岸麦苗青青，菜花飘香。运城市纪委监察局开始在新绛县实施农村廉政网建设试点工程。

农村廉政网，被纪委干部简称为农廉网。

农廉网公开什么？新绛县的干部问。

公开什么？公开党和国家的所有"三农"政策，县委、县政府所有的涉农文件，县直各个职能机构的所有涉农事务办理情况，下放给村组和农户的每一分钱、每一寸物，村组的每一笔收支，每个党支部、村委会的年度工作目标、承诺，乡镇党委政府、村党支部、村委会领导成员的职责分工、手机号码。不仅仅如此，还要公布职能机构负责人和乡镇党政一把手的 QQ 号码。

时任市委常委、纪委书记赵建平这样回答。

这些内容，全部上网公开吗？

有人迟疑，有人不解。

对，全部公开！不，不叫全部公开，应该叫作全裸公开！无保留公开！

市纪委书记的回答简洁明了，斩钉截铁。

全裸公开？公开了以后怎么办？

让群众监督，让群众说话。受理群众网络投诉，倾听群众诉求。所有投诉，由纪检监察部门牵头，统一协调各部门、各乡镇村组限期办理。检举干部违纪违法，立即核查。反映生产、生活困难，立即解决。询问各项政策，立即解答。报告合法利益受到侵害，立即排除。诉说邻里纠纷，立即化解。所有投诉，一律面见投诉人，全部上门答复，答复次数不限，直到群众满意为止。最后再将办理情况在网上公开向群众反馈。

新绛县委、县政府很快起草实施方案，召开干部大会，紧锣密鼓地开展工作。经过几个月的努力，完成农廉网建设，将原定事项全部公开。在县里，依托农村经营管理中心，建起农廉网服务大厅，实施监控，在乡镇和每一个设立村民委员会的村庄，设立投诉窗口，建起农廉网查询点，配备专业管理人员，便利没有个人电脑或还不能上网的农民查询和投诉。县和乡镇的服务大厅、查询点配备电子触摸屏，方便群众查询。

这个农廉网真的能如市纪委预期的那样起作用吗？

从建网到完成，这样的疑问，就一直萦绕在县、乡、村干部的心头。

农民们半是惊喜，半是疑问。

在市纪委和县里派到村里的干部的反复动员下，一些人好奇地打开了农廉网，不由得惊呼：政策、村务、党务、财务真是应有尽有，想啥有啥啊！自家种了几亩几分庄稼，领了多少补助，别人种了多少地，领了多少钱，一清二楚。谁家享受农村低保，哪个领了救济，真名实姓。上头拨了多少专款，花到哪些地方，大到支出上万、数十万的打井修路工程，小到一本稿纸一支笔的办公用品，都公布在上面。这些内容，虽然显示在小小的电脑屏幕上，但风吹不走，雨淋不掉，太阳晒不褪色，谁想撕也撕不去，啥时候想看就看，不论走到哪里都能看，想看多久就看多久！

欢迎群众提意见吧？意见多了去了。提就提，管不管用提了再说，反正上网比上访要容易千倍万倍。

于是，那一双双握惯了农具的粗糙的手，开始在键盘上敲打，将询问、举报、投诉、建议，井喷般倾诉到农廉网上。

更让村民们喜不自禁的是，不几天，反映问题后只要写明哪乡哪村、姓甚名谁、电话号码的人，县里、乡里的干部要么上门当面了解情况，要么电话约谈，不管事大事小，都会有个交代，不管官大官小，都是态度和蔼。原先，咱要找人家干部说事儿，那个难啊，一言难尽！如今，倒过来了。

后来，有一件在农廉网上公开反馈的县里干部违纪案件轰动全县，村民们更加坚定地相信农廉网的作用。

农廉网上公布的各村低保户名单，是村民们关注的热点话题。各村低保户名单在网上刚刚公布，就在某个乡的几个村子里掀起轩然大波。家有金银外有秤。令许多人愤愤不平的是，这几个村子里，都有一些家境富裕、收入远远高于县里确定的农村最低生活标准却在享受低保的人，而且都没有经过群众评议。众人断定：人家肯定有"粗腿"啊！群众的眼睛是雪亮雪亮的。乡里乡亲，门前门后，谁家的四亲六故在干啥谁都清楚。这些人的"粗腿"，犯不着用如今网上流行的那样进行"人肉搜索"，人人心知肚明："粗腿"都是同一个人，那人就是县民政局专门办理农村低保的低保股股长。抱着这个低保股长的"粗腿"，吃了不该吃低保的人是谁？是股长大人的父亲大人、舅母大人，是他的两个弟弟、两个妹妹和妹夫！农廉网建立以前，人家领不领低保，那都在暗处。如今，公布在了网上，明明白白违反政策，明明白白占着村里的指标，上级给了咱监督、举报的权利，现在不说话还等甚？村民们激愤地敲响了键盘。县纪委、县监察局接到县农廉服务大厅的报告，立即派人到低保股长的这些亲属家中调查各自经济收入，认定群众举报属实，对低保股长予以立案查处，查出他还有其他违纪行为，决定给予开除党籍、开除公职处分。

农廉网试点取得令人振奋的结果。以信访量为证：建立农廉网之前，在全市信访案件中，新绛县涉农信访 2007 年有 29 起，赴省进京上访 6 起；2008 年有 21 起，越级上访 3 起；2009 年进行农廉网试点后，信访仅有 7 起，越级信访 1 起。

2009 年底，运城市纪委向市委、市政府建议，在全市推行试点取得的经验，建立覆盖全市的农廉网络监管体系，得到市委的采纳和支持。

运城市纪委给即将建立的全市农廉网起了一个响亮而又寓意深远的名字——运城市阳光农廉网。

运城市纪委总结新绛县试点经验，制定工作方案，在全市强力推进阳光农廉网建设时，将村、乡、县三级公开的内容作出硬性规定，严格公开程序，保障信息准确无误；严格公开时限。党和国家惠农政策以及村"两委"（支委、村委）干部的电话号码、乡镇领导班子成员和涉农机构的电话号码、QQ 号码长期公开；农村"两委"干部履行承诺及工作进度、各项惠农政策落实情况、农村集体财务收支情况定期公布；新农村建设项目、宅基地审批、征地补偿款分配、承包合同变更、集体财产处置等村级事务，必须在每月末公开；县乡涉农部门对国家和地方政府颁布的涉农政策法规，必须在颁布之日起一个月内公布；新确定的涉农项目、资金分配必须在 10 日之内上网公开。严格公开制度，建立健全起 4 大类 38 项工作制度，确保网络公开监督有效运行，规范推进。《阳光农廉网群众网上投诉受理制度》对办理时限作出这样规定：

一般性的问题，限定 1~2 个工作日内办理完结；

特殊性和解决处理难度较大的问题，限定 3~5 个工作日办理完结；

反映违纪违规党员干部批准立案的，要按照案件办理规定时间要求完成。

建设这样的网络，是一项前所未有的新工程，决定作出以后，各县很快投入大量人力、财力开始建设。但是，有的县从县领导到乡镇、村组干部认识模糊，行动迟缓。这期间，运城市纪委数次到各县督察，发现有的县为各村查询点配备的电脑迟迟不能到位，影响全市建网整体进度，数次约谈所在县的县委书记、县长并发出督察通报。各县纪委督察乡镇党委，乡镇纪委督察各村党支部，约谈、通报批评、纪律处分建网不力的干部。正式运行后，市委先后转发市纪委《关于进一步加强"阳光农廉网"建设的实施意见》，作出《关于充分发挥"阳光农廉网"作用，进一步加强农村民主监督和民主管理的实施意见》。正是由于党委和纪委的强力推行，阳光农廉网在古老的河东大地闪亮登场。

全市阳光农廉网规模宏大。拥有 1 个市级监控大厅，13 个县（市、区）级监管大厅，153 个乡（镇、办）服务大厅，3197 个村级查询点。264 个涉农单位和各乡镇、各村民委员会共开设专门页面 3628 个。建成之初，为了让农民知道农廉网，认识农廉网，使用农廉网，市纪委组织万名机关干部进村入户宣传讲解，大规模培训农民。

到 2012 年底，农廉网公开发布各类信息近 3000 万条。

这是史无前例的农村政务大公开。

到 2012 年底，农廉网公开点击量突破 5000 万人次。

农民参与政务的热情弥足珍贵。

到 2012 年底，农廉网受理农民网上投诉 1 万余件，督办解决 9000 余件，根据群众举报核查案件 700 余件，追究责任 800 余人。

农廉网超乎寻常的公开效应，令人无比振奋。

2013 年，在市委常委、纪委书记张润喜的主持下，运城市阳光农廉网工作大踏步推进。

——全市纪检监察干部、农村基层干部叩响中条山区、涑水两岸、汾河侧畔的一扇扇农舍的门环，把 100 万册《阳光农廉网培训手册》，100 万份农廉网知识问答题，100 万份农廉网征求意见书，递到一位位农民的手上。一时间，门前屋后，街头巷尾，热议农廉网。

——市纪委派出数百名干部，在农民赶集的日子里，来到各县农贸市场，在熙熙攘攘的摊位前，在人来人往的街道边，询问农廉网的实效，征询改进建议。

——各县、市、区党委、政府、纪委倾力农廉网工作，同涉农部门，同乡镇、村负责人签订责任书，对应在农廉网公开的事项不公开或公开不及时、不完全者，对农民在农廉网上的投诉不回复或回复不及时、不正确者，轻者诫勉谈话，重者纪律处置；对县乡级农廉服务大厅，村级查询点，再行建章立制，再行培训管理人员，再行更新监控设备。

这一年，阳光农廉网点击量达 5900 余万人次。

这一年，阳光农廉网受理群众投诉达 4547 件，督办解决 3539 件。据此核查案件 295 件，313 名违纪干部受到党纪政纪处分，为农民挽回经济损失 144 万余元。

如今的这里，昔日那些常年上访的农民息诉罢访，转而上网投诉，上网行使监督权利。"以往上门投诉，战战兢兢，提心吊胆，跑腿磨嘴，东奔西颠。今日投诉，敲打键盘，专人受理，公开反馈！过去监督，两眼一抹黑，还要偷偷摸摸。现在，政策在网上，执行情况在网上，财务收支在网上，提起意见来咱堂堂正正，理直气壮。"这是渴望公平公正的农民从心底发出的感叹和赞誉。

公开的力量是惊人的。

❧ 二 ❧

农村财务收支在农廉网上的公开，最为全市农民所关注。打开运城阳光农廉网，移动鼠标点击所在的县份，再根据查询需要打开发改、教育、民政、人社、国土、城建、交通、水务、农业、林业、卫生、计生、农机、畜牧、果业、扶贫、农业开发、文广体等 20 个县级涉农部门任意一个网页，就可以浏览到下拨或分配到各乡镇的各类惠农资金、物质指标以及所依据的政策规定；然后再打开所在乡镇网页，找到本村的网页，依次点击"惠农资金"或"财务公开"一栏，收到哪些钱物、收到多少便一目了然。有了这一管道，人人都是审计师，人人都是监督员。分配合不合理、合不合规？支出是真是假、是虚是实？人人都有火眼金睛，人人都有权利评判，人人都有责任质疑，人人都能投诉举报。以前，要揪出一个鱼肉百姓的贪官，想掌握证据谈何容易，要将其扳倒何其艰难。现在，只须在农廉网上核对账务，再将意见投诉，即可直达纪检监察部门，即可在规定的时间里进行落实。

公开，使贪婪的掌权者胆战心惊。这样的反腐成功案例，数不胜数。

盐湖区有一个位于中条山区的小村子，人口不到 300 人。2011 年，村里的一眼深井年久失修，配套设施老化，不能正常使用。在村民的要求下，村委会对机井进行改造。改造资金由党支部书记兼村委会主任垫付。工程完成后，适逢国家下达了水利建设补助资金，这个村子便将项目上报区水利局，经过验收合格后，获得 5 万元工程补助款。2012 年春，村民们在农廉网上见到了村里的这笔收入，大家为村里得到国家扶持而兴奋不已。然而，当再去浏览村里机井改造的开支时，却发现支出的数目为 6 万多元，尚有 1 万多元的资金缺口。此中必有蹊跷！有人对支出明细一一核查后发现，问题出在配套材料的用量上。机井深不过 100 米出头，却使用了 150 米无缝钢管。改造前的机井，使用钢线 130 米，改造时竟然使用了 180 米。显然，有人虚报了开支。一位村民当即打开盐湖区阳光农廉网，在"信访投诉"栏中写道：

　　我是盐湖区 ×× 乡 ×× 村人，2011 年我村村委主任在村账上虚报深井配套开支，请领导明察。

　　盐湖区阳光农廉大厅受理后转交这个村子所属的乡政府办理。很快，乡政府派出乡农经站人员专项审计机井改造开支，派出乡水利站工程人员实地调查工程用料。结果发现，实际购买和使用无缝钢管 105 米，账上报销 150 米，多报 45 米；每米价格 80 元，虚报 3600 元。实际购买和使用钢线 130 米，账上报销 180 米，多报 50 米；每米价格 165 元，虚报 8250 元。两项合计虚报 11850 元，被村党支部书记兼村委主任据为己有。乡党委经过调查，还发现了该村党支部书记兼村委主任的其他违纪问题，乡纪委决定对其立案审查。

　　2012 年 7 月 9 日，盐湖区阳光农廉网对这一投诉作出公开反馈。

　　网上举报首获成功，村民们大受鼓舞。他们又把关注的目光投向村里的另一项水利工程。2009 年春季，全区实施水保工程，水利局对这个村村南的蓄水池进行修缮。工程完工后，交由村里管理使用。正是小麦春浇时节，原来濒临报废的蓄水池重新投入使用，这是国家为村里办的又一件有利于农业生产发展的大好事，村民皆大欢喜。但是，区里的工程队刚刚撤走，令人堵心的事情就发生了。村党支部书记兼村委主任把蓄水池交给自己的父亲经营管理，村民用水收取的费用，却一分钱也不向集体上缴。将近 3 年过去了，谁也奈何不得人家。有位村民立即把这一情况在农廉网上举报。像上次举报一样，乡党委乡政府很快派人进村调查落实，随即召开村民代表会议，宣布党支部书记兼村委会主任的父亲停止管理蓄水池，由大家讨论蓄水池管理办法，对支部书记兼村委会主任的错误连同其他问题一并处理。

国家建设征地，给一些人捞取钱财提供了机会。征用土地上的坟墓需要搬迁，有人竟然打起死人的主意，在坟头上大做文章。

建设单位按照国家标准将某村的迁坟补助通过财政部门打入村里的财务账内，按照财务公开的原则，这笔收入和发放情况一一在村里的农廉网网页上公开。细心的村民在核对自家领取的迁坟补助时，也就看到了左邻右舍得到的补助数目。这一看，许多人不由得大吃一惊：补助名单里面有许多陌生的名字！大家不约而同聚在巷道，互相打听这些名单的来历，但一个个都是你搔头皮我摇头。有细心的村民数了数那些平白多出的"坟头"，居然有数十个。自幼生活、劳作在这块土地上的村民，哪块地里有几棵树，去地里的路上有几道弯，闭上眼睛都能数出来，更别说地头有几座坟茔。即使连那一方方墓穴里安葬的是谁家的先人也都能一一说出。现在，地里凭空"长"出了几十座坟墓，岂不是光天化日下闹鬼？有人合计，陌生姓名下的迁坟补助款高达 15 万元。用不着去劳神猜谜了，无疑是有人假捏了这些姓名去骗取国家资金。于是，有位村民在键盘上激愤地敲下这样一行字：

在××项目征地过程中，我村村干部虚报迁坟款，请予查处。

就是这短短的几十个字，让 3 名贪婪的干部受到应有的惩处。

投诉由农廉网大厅转交上级纪委监察局。纸包不住火，真相一查就明。原来，多出的几十个坟头，是村党支部书记、村委副主任、村会计 3 人合谋用捏造假名、虚报坟头的手段骗取迁坟款，每人分得 5 万元。党支部书记和村委副主任二人受到开除党籍处分，村会计被取消预备党员资格，司法机关依法追究了 3 人的刑事责任。

晒在阳光下的财务一经公开，先前腐败分子惯用的在账目上做手脚、耍花招弄虚作假的老路被堵死。有人心有不甘：岂能自投罗网，此路不通，再想办法。于是，有人想出对策：我不入账，看你奈得我何？在公开成为村民普遍共识的社会背景下，这样的小伎俩更不能得逞。

2010 年 4 月，有一个村庄将 160 亩荒沟公开招标承包给村民经营，承包期 50 年，承包费 51 万元，中标人当天一次性全额交付了承包费。到了年底，时间过去了大半年，村民们在农廉网上却没有见到村里公布这项收入。大家感到奇怪，又猜测说，大概很快就会公布的吧。但是，转眼又是一年，到了 2011 年底，依然不见这笔款入账。款项入了账，不会流失，款项进入了人的心里，更不会烂包。有了在农廉网公开的制度，谁想让账烂包更是难上加难，因为有无数双眼睛在注视着。又过了一季度，村民们忍无可忍了。想去询问村干部，因为乡里乡亲的，也觉得有碍于情面。于是，大家委托一人向农廉网投诉，询问为什么荒沟承包费长期不入账、不公布。上级农廉网大厅接到投诉，认为群众反映的这一问题事关公开财务的重大原则，很快移交到纪委监察局。经过调查，发现村民举报属实。村里收到承包款以后，党支部书记、村委会主任和会计 3 人商议说，村里还有好多急于办理的事项，如果把钱入账，支出需要经过村民理财小组，程序烦琐，不如存到私人名下支取方便。他们便以个人名义把钱存了起来。两年来，一部分用于支付本村硬化田间道路、修建村小游园费、归还了上届村委会欠款等合理开支，其余钱款用于村里迎来送往招待和日常开支。51 万元虽然没有被干部中饱私囊，但严重违犯财经纪律和收支在农廉网公开的规定。纪检监察机关作出决定，给予其中两个党员干部党内严重警告处分，责令他们向村民作出检讨，立即将承包费收支情况入账并在农廉网上公开。

2004 年，一项惠及全国种粮农民的政策——粮食直补开始在全国实行。粮食直补，全称粮食直接补助，是国家为进一步促进粮食生产、提高粮食综合生产能力，调动农民种粮积极性和增加农民收入，由国家财政按一定的补贴标准和粮食实际种植面积，直接给予农户的补贴。到 2012 年，运城市执行国家粮食直补政策，除河滩地种植的粮食作物，经济作物中套种的粮食作物，国家明确退耕还林以及未经国家批准开垦的土地上种植的粮食作物外，小麦每亩补贴 85 元，其中农资综合补贴 75 元，每亩良种补贴 10 元；玉米和其他杂粮每亩补贴 60 元，其中农资综合补贴 55 元，每亩良种补贴 10 元；棉花每亩补贴 15 元。发放流程为以村为单位登记造册，张榜公示 7 天，报乡镇政府复查并按照一定比例抽查核实后，上报县农委复查并按照一定比例抽查，再报上级农委和同级财政部门，最后由县财政部门根据粮食核实面积下达粮补资金，并直接发放到农户在银行所开的账户中，农户持银行卡或存折领取，称作"一卡（折）通"。

粮食直补是国家发给农民的一大红利。然而，在一些贪婪成性和政策观念淡薄的人眼里，那又是送到嘴边的大肥肉。自从实行粮食直补政策以来，尽管制定有严格的登记和审核制度，但总有村组干部不把规定放在眼里，挖空心思骗取国家资金，干部虚报冒领成风，张榜公示形同虚设，上级抽查也不能杜绝造假现象，造成直补资金严重流失，引起广大农民群众的强烈不满。

阳光农廉网公布各户的粮食、棉花播种面积和应享受的补贴，让作假者原形毕露，村民的投诉、举报，让违纪违法的人受到了应有的惩罚。

临猗县罗村是一个有 3000 多口人的大村。2008 年，急于发财的村委会主任盯住了粮食直补。在他的眼里，国家实行粮食直补，村里近千户的粮食播种面积全部都要经他审查上报，想报多少户就报多少户，想填多少亩就填多少亩，只要报了，填了，钞票就会"哗哗"流进自己的腰包。当张贴在村里的公示栏里的各户粮食面积"被风被雨收去"以后，他再悄悄重新制作了一份统计表，一股脑儿塞进几十个早就想好的假名假姓，再在每人名下填写粮食面积，少则十亩八亩，多则五六十亩，然后签名盖章上报。上级两次抽查，皆因村子大、户数多被侥幸躲过。几个月后，南风徐徐吹来，村外麦田金浪翻滚，新麦尚未登场，数万元小麦直补款就早已进入了村委会主任的银行账户。第一次得手，竟然不费吹灰之力。第二年，他不仅如法炮制，而且在旧名单上再凭空加入新名单。国家的粮食直补成了一部失去控制的自动取款机，发疯般为他吐出大笔钞票。待到 2009 年 7 月，又有数万元真金白银入账。两年时间，人不知鬼不觉，14.8 万余元到手。下一年，是任期的最后一年，不管能否获得连任，机不可失，抓紧再干他一票！但是，他高兴得太早了，他的如意算盘打错了。他做梦也不会想到，2010 年，全市建起了阳光农廉网，根据市纪委要求，各村的惠农政策落实情况全部上网公开，粮食直补发放和领取的人名、数额全部晒在网上，一清二楚，纤尘毕现。村民一眼看去，就知道名单有假。他们未及猜想是谁干下的勾当，也不管虚报冒领了多少钱财，查处是纪委和政府的事情，他们要做的事情只是举报，举报本村粮食直补不实。村民的举报让村委会主任的发财梦做到了头，举报让县纪委挖出了一只疯狂窃取惠农资金的硕鼠。县纪委开除罗某党籍，法院依法判处其有期徒刑 8 年。

在罗某的罪行暴露在农廉网上的同时，全市各县（市）都有不少靠虚报套取粮食直补谋取私利的村组干部被村民无情举报，无不受到查处。

在地处中条山区的垣曲县某村，村民在农廉网上举报：网上公布的本村 2009 年和 2010 年的粮食直补不真实。经过县、乡纪委查实，作假者全部是村组干部。该村设东南西北中 5 个居民组，有 4 名组长、1 名村委为自己或亲属虚报面积，冒领粮食直补款。东组组长在其父亲及其弟弟名下虚报面积，冒领 2010 年小麦直补款 561.1 元；南组组长胆子更大，在自己和哥哥名下虚报小麦种植面积 17 亩，冒领 1177 元；北组组长也不示弱，在其嫂子名下虚报面积，两年冒领 1224.2 元；中组组长更不吃亏，在自己妻子及关系户名下虚报面积，冒领直补款 2613 元；1 名村委在其妻子名下虚报面积，冒领直补款 360 元。全村虚报面积多达 83 亩。县纪委责令他们将违纪所得全部上交县财政，4 名党员干部和负有领导责任的村党支部书记、村委会主任受到党内严重警告处分。

如果说这些村委主任、居民组长是明目张胆地虚报冒领，那么，还有人是在蝇营狗苟般地贪占。那就是一些村里负责统计粮食直补上报手续的会计、报账员。为遮人眼目，有的人以妻子名义虚报，有的人以父亲名义冒领，更有甚者公然在别人名下虚填数字，然后上门索取。无论花样如何翻新，但一经在农廉网上公开，就统统露出狐狸尾巴，被村民抓个正着。

万荣县某村报账员统计上报 2011 年本村粮食直补面积时，偷偷在别人名下虚报小麦面积 25.5 亩，玉米面积 5.5 亩，杂粮面积 14.2 亩。冒领小麦补贴 258 元，玉米补贴和其他作物补贴 98.5 元，良种补贴 516 元，农资综合补贴 2167.5 元，共计 3040 元。粮食直补款进入这户账上以后，他厚着脸皮要回钱，装进个人腰包。村民在网上看见这户的种植面积不实，就议论纷纷。这户人家替人背了黑锅，倍感委屈，就悄悄向要好的人讲出原委。事情传开后，气愤难平的村民上网举报，上级纪委给予村报账员党内严重警告处分，追缴他的违纪所得。

虚报套取粮食直补谋取私利者被村民举报受到严厉制裁，一些以个人或他人名义冒领粮食直补用于集体开支，化大公为小公的违纪行为同样也得到坚决制止。

前几年，垣曲县某村村委会办公经费并不宽裕，但是，干部们花钱似乎并不作难，出手往往还很阔绰。村民们颇费猜测。有人说村里的领导有办法，有来钱的门路。有人说是干部贴上了自家的钱。2010 年农廉网公开了村里的粮食直补和其他补助资金分配情况，揭开了这个谜底。村民投诉，本村的粮食直补存在严重问题。县阳光农廉网监管大厅受理后，县纪委查办中发现，该村党支部书记兼村委会主任连续几年虚报粮食种植面积，冒领粮食直补款 111620 元，虚报骗领扶贫移民款 10200 元，将违纪款用于村里的公务支出。令人感到吃惊和悲哀的是，惠农资金居然成了村里的办公经费来源！县纪委将该村党支部书记撤职并建议依法罢免其村委会主任职务。

2010 年，闻喜县某村许多村民上网时发现，不少人家的粮食种植面积远远大于实际面积。有人向农廉网倾诉了自己的困惑：我们村的小麦直补有的人家地少，发的补贴却很多，这是为什么啊？就在上级派人正在核实粮食种植面积时，一家报纸发表的一篇题为《××村粮食补贴惠农政策款到底"富"了谁》的新闻稿件，一时间为多家网络媒体转载。是一家报纸的记者关注运城阳光农廉网的运行效果，打开了这个村的网页，在"粮食直补"一栏里发现了漏洞，同时也捕捉到了有价值的新闻线索。这件事情，也凸显出农廉网强大的张力和开放性。人们发现，农廉网公开的事项，不仅仅要经受本村村民的监督，而且还要直面全社会所有关注农村事务的人们的审视。记者深入该村采访后，证实了自己的怀疑，有 15 户多报多领 3 万余元。镇党委、政府调查发现，并不是这些农户在虚报冒领，而是村干部在借用他们的名义筹集办公经费。县纪委处分了村党支部书记，套用的粮食直补款也被财政部门追缴。

新绛县某村党支部书记更是把粮食直补当作村里的钱柜子恣意支取。从 2005 年到 2006 年，各户的粮食直补款全部被他扣作村里的集体开支，激起群众的强烈不满。2007 年，他不再继续扣发村民个人粮食直补，而是放胆骗取国家粮食直补，全村小麦播种面积只有 760 亩，他居然上报 1550 亩！尝到甜头以后，2008 年，全村小麦实际播种面积 454 亩，他报为 1250 亩。两年共虚报 1586 亩，套取国家小麦补助款 72256 元。2009 年，市纪委在新绛县建设农廉网试点，这个村虚报粮食直补的问题在村民面前暴露无遗。令村民愤恨的是，党支部书记声称弄来的钱都花在村里的公益事业上了，但网上公布的开支账目上记录请客吃饭和招待费一项就多达 30161 元。国家下拨给种粮户的补助不允许挪用、侵占，骗取套领惠农资金，名为用作办公经费，实则违纪开支，天理难容！村民向农廉网投诉以后，纪检监察部门立案查处，所在乡党委给予其撤职处分。

救灾资金、救灾物资，历来被人们称作"高压线"，是群众的救命钱。但是，在监督机制尚不完备、救灾政策不透明、缺乏有效公开的情况下，总有一些少数利欲熏心的人干出丧尽天良的勾当。运城阳光农廉网公开惠农资金，救灾物资、救灾资金就是其中的重要组成部分。救灾内容、救济对象、救济物资和救济金数量全部公开，谁敢克扣、挪用和违规发放，就会被立即揭露出来。一些人惊呼：有了农廉网，"高压线"真的动不得了。

2009年冬季，一场罕见的暴风雪袭击了平陆县，造成某镇的多处养殖大棚倒塌，上级安排镇畜牧站将灾情统计上报。2010年8月，省、市财政部门拨付雪灾损失补助25.9万余元。镇畜牧站向受灾养殖户发放补助款时，从各村补助款中扣留20%，共计51851.3元，设立"小金库"，用于单位日常开支。刚领到救济款时，灾民们对国家拨给全乡的雪灾救济款的总额、发放的户数、标准一概不知，镇畜牧站给多给少，并不计较，反而内心充满感激，连声感谢。后来这笔救灾款的名单被公开在农廉网上，灾民们仔细看时，方才发现自己名下的救济金远远大于实际到手的数目，知道有人做了手脚，马上在农廉网投诉。后来，县纪委监察局查明了事情真相，给予镇畜牧站站长行政降级、免职处分。

2011年春节前夕，政府开展为贫困户送温暖活动，向上年遭受自然灾害致使粮食歉收的村庄下拨一批面粉，用于缺粮户春荒期间的临时生活补助，要求及时发放到户。某山区村上报了灾民名单，从镇政府领回29袋面粉。当面粉运到村委会办公室时，村里3名干部正在筹集元宵节文化活动经费。见到一车面粉，村委主任拍着手说，有了，有了，把这些面粉卖了，就不愁元宵节活动没钱花了。面粉卸下车后，车主说，头儿，把运费清了吧！大冬天的，山上有雪，路不好走，连装带卸，给150元。村委会主任说，要过年了，花钱的地儿忒多，正在想辙呢！要不这样吧，装上两袋白面回去过年去吧，吃亏占便宜就这么得了。车主也不还价，笑笑把两袋面粉扔到车上开走了。不一会儿，来了一个村民说，头儿，过年了，早前清理村里蓄水池的200多元工钱该给了吧？村委会主任说，该给，该给，只是现在没现金，搬上3袋面粉回去吧！讨债的村民说，行，行，我扛回去过年喽。不到一支烟的工夫，5袋救灾面粉就抵了村里的开支。剩余的24袋，村干部打发人以每袋60元的价格卖了出去，得款1440元，购置了一套锣鼓家伙，在元宵节那天敲打了一阵了事。

几个月后，村民们在农廉网本村的网页里看到了公布的救灾面粉的发放名单，纷纷去找村干部讨要面粉。村干部说，是把你们作为受灾户上报了，但面粉是给村里的，早已换成现金花光了。若放在以前，这些村民也就叹口气、摇摇头作罢。现在，有了阳光农廉网，有了投诉的便利，有人就把事情捅到了网上。县纪委受理后，其中两名党员干部分别受到党内严重警告和党内警告处分，另一名干部被延长了预备党员预备期，并责令他们购买面粉向受灾户发放。

还有一些村，把上级发来的面粉不经村民代表讨论，私自作主分给自己并没有受灾和生活并不困难的亲朋好友，后来名单公布在农廉网上，也一一被村民投诉，不仅作价退回面粉，而且受到上级严厉批评，责令在村民代表大会上作出检讨。

2008 年以来，国家实行扶持农村贫困户危房改造政策。申报程序为个人提出申请，经过村里审查和群众评议，乡镇汇总、调查上报，经过有关部门审定后，给予一定标准的政府补助。在相当长的时期内，大凡国家下拨的各类资金，往往要被一些经办人员以各种借口收取所谓的承办"费用"。在承报危房改造项目过程中，有的人故伎重演，从中捞取好处。但是，他们没有想到，这次，他们的跟头要栽在农廉网上了。

2011 年，有个乡政府承办村民危房改造申请的村镇建设助理员收到各村报来的申请，挑出几份说这家不符合政策，那家不完全够条件。递交申请的人无不急切地企求：那可怎么办？请想想办法啊。这时，他总会摆出一副神秘莫测的神情说，这个事情要办成嘛，还得去协调协调关系。咋个协调呀？你说咋个协调吗？好办，就是多出几个审核费用的事儿。就这样，有 16 户无奈奉上千元以上"费用"，请他"协调帮忙"。但偏偏有人不信这个邪，就上农廉网查询危房改造的相关政策，断定自己的申请条件符合国家规定，不仅理直气壮地予以拒绝，而且上网投诉。纪委监察局查明，这个助理员收取和向申请人索要"费用"共计两万多元，6000 元用于危房改造户的照相、表格复印和招待支出，其余据为己有，上级将其开除党籍，行政降级，没收违纪款，调离村镇建设助理员岗位。

阳光农廉网公开的投诉举报，不仅为惠农资金和农村财务筑起一道坚固的屏障，也开启了全方位监督农村干部行为举止的天眼，不论在任何一个领域违法乱纪，都逃不过群众的监督和举报。

近年来，房地产开发热蔓延到县城，城郊村庄的土地炙手可热，也为一些村、组干部乘机贪污受贿打开了方便之门。2010 年，一家房地产开发公司看中了某县城郊某居民组的土地，拿到土地以后，因为土地上的房屋、树木等附着物的赔偿价格同村民产生严重分歧。村民为了维护自己的合法权益，多次选出代表同开发商交涉无果。后来，开发商找到该组组长和会计，请他们协调解决。本来应该担当村民代言人的两位组干部，成为开发商的代理人。尽管经过同村民协商，开发商如期开工，但村民对赔偿标准很不满意，埋怨组干部"胳膊肘子往外拐"。他们哪里晓得，两位组干部已经得了人家的好处。当一座座楼房拔地而起时，一个消息不胫而走：组长和会计曾收受开发商 20 万元黑钱。有心的村民暗地查访，掌握了准确的消息来源，在农廉网上予以举报。县纪委立案查办，证实村民举报属实，所得 20 万元由两人平分，对他们作出开除党籍、追缴受贿款的处分，移交司法机关依法追究刑事责任。

有一个村民在乡镇企业工作期间入党，后来回到村里担任党支部书记。村民们纳闷的是，这位年纪不大的党支部书记，已是 4 个孩子的父亲，明显违犯国家计划生育政策，他怎么能入了党？何况，从来没有听说他和妻子接受过生育多胎的政策处罚。村民上网投诉，上级经过调查，此人在乡警务区担任协警员期间，隐瞒了生 4 胎的事实，在乡企事业党支部申请入党。乡党委给予其党纪处分，乡计生部门对其超生多胎作出经济处罚。

实行村民自治，村民委员会换届选举，是社会主义基层民主制度的保障和体现。由于监督机制缺失，一些地方贿选现象严重，引起村民强烈不满。农廉网开辟出村民依法监督换届选举程序、及时举报选举作弊行为的渠道。2011 年 12 月，某村村民委员会的换届选举令许多村民感到意外，选举前群众呼声很高的候选人落选，一个并不被看好的候选人当选。会后，村民三五一伙相聚窃窃私议，渐渐地，真相浮出水面。有人透露，选举前的一天晚上，当选的村委会主任着人给自家有选举权的人每人送来300元。有人说，我家5人投票，收到1500元。贿选，虽然只露出冰山一角，但是已经成为铁打的事实。为维护选举制度的公正性、严肃性，村民向农廉网举报，把有些人在暗地进行的不光彩的交易暴露在阳光下。纪委监察局的调查，揭开了这起贿选事件的内幕：选举前几天，当选人报名竞选村委会主任，知道自己缺乏群众基础，为了保障当选，决计向选民行贿。他安排亲朋好友以家庭为单位向150人上门送钱拉票，共送出45000元，每人300元。参与送钱的人，有一名是党员。依据《中华人民共和国村民委员会组织法》有关规定，所在乡人民政府宣布村委会主任当选无效，安排时间另行选举。至于那个参与贿选、送钱拉票的党员，当然也受到党纪严肃处理。

三

农村干部是党和国家各项方针路线、政策法规的实施者，可谓官职虽小，责任重大。他们都是依据《中国共产党党章》和《中华人民共和国村民委员会组织法》，经党员和村民民主选举产生，他们正所谓当今中国农村的脊梁，绝大多数人忠于职守，不计报酬，默默奉献，诚为建设社会主义新农村，发展农村经济的带头人。中国乡村，纷繁杂芜，一旦担任农村干部，百态人生需面对，千头俗务待打理。人际关系错综复杂，利益诉求不尽相同。分散经营的生产方式，更给管理造成许多难以逾越的困难。管好一个村，让村民满意，需要倾情付出，不计回报，需要大公无私，不徇私情。"能领一军，不领一村"，这句老话，道尽个中况味。

囿于传统沟通管道的局限和长期信息不对称的制约，农村干部往往被误解，遭到怀疑，甚至被诬陷中伤。财务公开不彻底，要被怀疑贪占；村务公开不及时，要被怀疑谋私；政策公开不经常，要被怀疑篡改。曾几何时，在一些人的眼里，"洪洞县里无好人"，村组干部都是贪污犯。别有用心的人一个谣言，一顿饭的工夫就会传遍全村。不明真相的人一个猜测，顷刻间就能够得到所有人的附和。干部憋屈、委屈，心灰意冷，浑身是嘴说不清，有时浑身是嘴也不愿去为自己辩解。村民愤恨、愤慨，每一张嘴都在谩骂，每一张嘴都在恶狠狠地诅咒。长此以往，干群离心离德，一池春水，浊浪翻滚，村头村尾恶语起，乡里县里上访忙，好端端的村子就会变得乱哄哄。运城市把农民群众关心的事项晒在阳光农廉网上，每个村的公共事务从此再无隐秘之处，每个村民都有权利和通道表达意见，每个人的眼前都觉得豁然敞亮了起来，郁结心头的阴霾一扫而光。哦，原来事情如此，错怪好人了！得到村民理解的村组干部倍感欣慰，不知多少人粲然一笑，事情原本就是如此，终得还我清白。公开，用阳光点亮了人心，温暖着人心。

黄河北岸的平陆县有个叫张店的村庄，村委会主任杨智强原是闻名全县的煤老板。2008 年，国家进行煤矿资源整合，50 多岁的杨智强退出煤炭行业。不过，他已经挣得盆满钵满，从此可以安享清福了。年底，适逢村民委员会换届选举。那时，有 3000 余人口的张店村，虽然是全县的大村之一，但也是远近闻名的"难点村"，经济发展速度缓慢，村容村貌陈旧不堪。村民渴望选出一位真正能够带领乡亲们致富奔小康的带头人。听说杨智强已经赋闲住在城里，许多人就提名他作为候选人参加选举，结果高票当选。杨智强难却乡亲一片真情，放弃县城的安逸生活环境，回村走马上任。回村不久，村里接受县里安排，接纳山区移民。杨智强利用这一契机，乘势而上，及时对村庄布局作出新的整体规划。他拿出家中的几百万元积蓄，一鼓作气，为村里建起社区服务中心大楼，"两委"办公室、党员活动室、民政办公室、老年活动中心、计生服务室、社区警务室、图书阅览室、农科资讯室一应俱全；建成社区文化活动广场；建起 4 栋居民楼。一年时间，村容村貌焕然一新，成为全市社会主义新农村建设的先进典型。村民们对杨智强赞不绝口，说这个村委会主任选对了。

杨智强沉浸在从来不曾有过的幸福感中。然而，赞美过后，非议悄然而起。有人说，村里这些建设项目，是国家的新农村建设试点工程，使用的全是政府拨款，哪里是杨智强个人垫的资，保不齐人家从中弄了多少好处哩！有人说，杨智强搞煤矿挣下了钱，人家这是回来搞土地经营来了，人家是要从中赚大钱哩！有人不同意，说村委公布的财务收入没说有国家给的盖楼款啊。有人神神秘秘地回答，财务是村里写了贴出来的，只有傻子才相信。有人半信半疑，有人完全听信。真的是人言可畏，众口铄金。很快，有些人再见到杨智强时，脸上的神情就由感激、赞赏转换为迷惘、轻蔑。也有人直接把话问到杨智强的脸上。起初，他不以为然，甚至还觉得好笑。后来，话越传越远，议论越来越多，杨智强坐不住了，他拍着桌子大叫，无中生有，一派胡言！一怒之下，他想到，何必自讨苦吃，不如撂了挑子辞职回城。就在这时，全市推行阳光农廉网建设，张店村的全部账务经县、乡农经部门审核审计后，在网上公开。满天乌云风吹散，谣言不攻自破。村民们把尊敬的目光重新送还杨智强，其中不乏歉意和愧疚。受伤的心灵得到抚慰，杨智强重拾信心，抖擞精神，以加倍的热情投入工作，修油路，打深井，调整产业结构，制定新农村远景规划，连创佳绩。两年后，张店村一跃跨入全市文明村、先进村行列。

老弋是盐湖区庙村第 8 居民组组长。农村居民组，是现今农村最底层的一级组织机构。民国以前，称作闾。人民公社时期，是最小的生产核算单位，称作生产队或生产小队。建立农业生产责任制以来，实施村民自治，始称居民组长。说居民组长是当今中国官阶最低的官儿当不为过。最小的官，担当的责任却一点也不小。大到组里的土地发包，修路，打井，统计上报各户的粮食种植面积，小到打扫街道卫生，调解邻里纠纷，都是组长的本职工作。近年来，国家为农村主干发放了工作津贴，尚未惠及组长。除了一些经济条件好、集体有收入的村庄，大多数组长完全是义务为乡亲服务。老弋担任组长多年，以前总认为自己为人厚道，办事公道，怎么也想不到组里还有人怀疑他干了以权谋私的事情，而且投诉到了农廉网上，说那年组里硬化路面，工程不招标，由他自己承包施工，从中捞钱；说他私自转卖集体宅基地，私自发包集体土地；还说组里有两笔款项去向不明。当上级调查组找他核实情况时，他才知道在乡亲们的眼里自己并不是一个手脚干净的干部。他一边连声大叫冤枉，一边讲述了实情。

先说路面硬化。那是 2006 年的事了，那年，村委对全村路面统一作了规划，分配各组，限期完成。老弋不敢怠慢，连忙发布招标事项。只因工程款还没有到位，需要承包人现行垫资，等了几天，也没有一个人前来应标。老弋好说歹说，才找到一个人以很低的价格包了出去。不料，干了几天，承包人觉得包亏了，干下去无钱可挣，便收拾家伙，一走了之。老弋实在找不到人了，只好自己垫钱，找来工匠接着干，工程完工后由村民代表验收合格。这件事已经够老弋窝火的了，不知道内情的人却以为他在占集体的便宜。组里转卖了两座院基的事情属实，那是为了筹集村西口通往村中路的修路款。转卖之前，向村委会提出申请，得到村委会的同意，何来私自转卖之说？至于那两笔款项，花得明明白白，账上记得也很清楚，都经组里的理财小组审核。上级经过调查，证明老弋所说完全属实，几天后，在农廉网上对村民的投诉作出反馈。组里的人说，这几件事情，不说清楚，心里总是个疙瘩。现在公开了，才知道是一场误会。

河津市人民村的供水管道年久失修，好几处铁质管道锈蚀渗水。2006年，村党总支书记宁太奎同当地一家集团企业联系，由企业赞助全部工程管件，对供水系统进行彻底改造，将铁质水管更换为优质塑制管材，全村吃水困难得到彻底解决。宁太奎担任了多年村总支书记，总有人挖空心思寻找他的经济问题，但却没有凭据。农廉网建立以后，有人想起当初村里更新吃水工程把铁管换成塑料管时，许多人不理解，说好好的铁管子不用，非要用那薄薄的塑料管，岂不是劳民伤财？于是，上网投诉说村委以次充好，把省水利厅拨来的铁管换成塑料管。乡政府到村里调查这件事，宁太奎哭笑不得，说我宁太奎真的是太亏了！那次改造吃水工程，省水利厅连一寸铁管子也没有给我们村，工程全是企业无偿捐助的啊！调查组在网上如实作了反馈后，宁太奎说，这下，我宁太奎一点也不觉得亏了。

　　农村生活五彩缤纷，村民对干部的误会、错怪五花八门，无处不在。只要一曝光，一切皆会化为笑谈。某山区小村实行退耕还林，国家给予扶持，村里每年上报造林面积，林业部门验收合格，把补助资金汇入农户的银行账户。令村民不平的是，在农廉网上，他们发现，村里的会计家里并没有退耕还林面积，在他的妻子和儿子的名下却各有 20 多亩，共计 54.08 亩，每亩国家补助 225 元，领取补助多达 12168 元。哼！面积还有零有整的，装得好像啊！这不是利用职权虚报冒领是什么？有人不假思索，也没有去找村干部问问清楚，马上向农廉网投诉。乡政府干部来到村里一查，发现并非会计贪占国家便宜。原来，这个村里各居民组都有一些集体造林面积，根据政策也应该享受国家惠农政策，但是由于全乡退耕还林大都以农户为单位实施，这个村集体有部分退耕还林面积，财政部门要求补助直接到户，村里个别户还没有来得及办理个人银行账户。这样，村干部只好让会计把集体和这些退耕还林户的面积报在他妻子和儿子的名下，补助一并领出后，将集体部分入账，个人部分上门发放。农廉网公开作了反馈，化解了一场风波。

　　农廉网晒财务、晒村务，还了好干部廉洁形象。针对村民对干部政绩的质疑，农廉网也及时晒工作进度、晒考核结果，还了好干部勤政形象。董建中 2008 年当选绛县东录村村委会主任后，认准村民要致富，必须狠抓产业结构调整，带领村委干部在村里大建日光大棚，大栽大粒樱桃。到 2012 年，建起大棚 23 个，栽植大粒樱桃 200 余亩，使大粒樱桃成为全村经济的新兴产业。村里还建起文化广场，安装了路灯。可是，有人向农廉网投诉，硬说董建中没有为村里办一件实事。镇政府派人到村里了解了村委会本年向村民所作的承诺落实情况，结合历年考核情况，认定投诉的村民对董建中的了解有失偏颇，在农廉网公开反馈中全面介绍了本届村委会的工作情况，作出肯定性的结论。

村民由于对国家政策尤其是惠农政策不了解或了解不全面，时常会觉得村组干部权力无边，无所不能，无所不为，许多涉及村民个人权益的事情往往是村干部从中作梗"使坏"，使得本来能办的事情办不了，办不好。有了农廉网，许多人把压在心底的不满甚至愤懑痛快淋漓地倒了出来，而且往往使用一些格外尖刻、犀利的言辞。而有关部门无不在公开反馈中将所涉及的有关政策规定一一解释明白。

闻喜县上院村位于中条山前沿，村外就是连绵起伏的焦山山脉，山中蕴藏着丰富的镁石资源。闻喜县金属镁产业兴起后，一家企业取得村外镁石矿的开采权。一些原本想投资开采或希望靠镁石矿增加集体收入的村民大失所望，纷纷公开指责村干部无能，保不住祖宗留下的基业。有人干脆到农廉网上投诉，说党支部书记个人出卖集体矿山，得了许多好处。有人说，如果农廉网不给个说法，就要组织村民到县里告状。几天后，县里派人来到村里，有人以为来的不是检察官也是县纪委的干部，谁知道来人自我介绍是国土资源局的人员，便不解地问，县里就派你们来查办党支部书记吗？国土局的干部笑着说，不是，是来向大家宣传国家矿产资源法规来了。国家法规？国家法规就允许村支书私自出卖集体的矿山？国土局干部说，《中华人民共和国宪法》规定，矿产资源属于国家所有，《中华人民共和国矿产资源法》规定，开发矿产资源要依法取得经营权。你们村外的矿山虽然在你们村的地界内，但是所有权属于国家，无论党支部书记、村委会主任还是任何村民都无权处置。开采的企业，是经过申请，由国土资源部门审查批准的。这一席话，打消了村民对村干部的误解，平息了一场即将发生的群体上访事件。后来，国土资源局又在农廉网上的投诉反馈栏作出公开解答。

河津市任家窑村有一位村干部，父亲、祖父先后患大病住院治疗，根据国家新农合大病救助制度，二人都申请得到医疗救助，分别领取数千元补助，并且在当年农廉网本村惠农资金中公布。不料，竟然引起有的村民的反感，他们不理解：是村干部的爸爸、爷爷，就能搞特权？生个病，住个院，还能挣国家的钱！于是，就向农廉网投诉。显然，投诉的人不了解新农合医疗救助制度。镇纪委在反馈中，解释了医疗救助制度的内容，特别强调，这项制度，不分身份，更不管是干部还是一般村民，只要符合条件，个人提出申请，经过新农合管理机构审核，人人都可享用。

2004 年以来，国家为了提高农业机械化水平，加强农业综合生产能力、发展现代农业、繁荣农村经济，对农民个人、农场职工、农村专业户和直接从事农业生产的农机作业服务组织，购置和更新农业生产所需的农机具给予补贴。这项政策称农机具购置补贴，简称农机补贴。申请和补贴的流程是，农户持村委介绍信和本人身份证到县农机局上网申报，再到省农机局确定的定点经销企业购置，享受补贴后的差价购机，由经销企业到省财政领取补贴款。这一政策，极大地调动了农民经营农机具的热情，进一步把农民从繁重的体力劳动中解放出来。不过，热情购机的许多农户，片面理解农机补贴政策，认为只要购机就可以得到国家补助，忽略了到农机局网上申购的环节，忽略了差价购机已经享受国家补助的环节。购机之后，从农廉网上公布的农机补贴中见到自己的名字和补贴数额，就惊呼自己分文未得，肯定是被村干部贪污了。有人在农廉网上公布的农机补贴中看不到自己的名字，就断定是县、乡、村执行政策不公。还有人怀疑村干部虚报了村里的购机数量，从中窃取国家补助。于是乎，购机享受差价的、购买非指定经销企业农机的和没有购机的人，都向农廉网投诉。对每一个疑问，每一次质疑，各县市农机局都不厌其烦地解说政策，直到打消误会。

平陆县有一个村，在一年时间里有 9 户农民投资 32 万元购置农机具，享受补贴多达十几万元。农机经营户外出作业后，有人在农廉网上看见本村这么多人购机，产生怀疑，就投诉说，这些户真的购买农机具了吗？不知道村主任是怎样做的这笔账，发了多大的财啊！希望政府给出解释。农机局反馈说，该村购机者确有其人，有人机合影为证。补贴由省农机局确定的定点经销企业到省财政领取补贴款，农民享受差价购机，没有现金补贴。村长以及村委会和购机补贴资金没有任何关系，他们没有做这本账，也根本没有办法做这本账。这个解释，完全解除了村民对农机补贴的误解，也把村干部解救出遭受无端指责的泥淖。

农村居民最低生活保障，简称农村低保。农民在普遍为低保叫好的同时，也一直关注如何公正地执行低保政策，让真正困难的村民受益。农廉网建立后，对本村低保享受人提出异议的投诉铺天盖地而来。除了举报个别人家庭经济状况好转依然还在享受低保外，相当多的人是因为对低保政策不完全了解而产生不满。临猗县堡里村一位情绪激动的村民这样在网上发问。

农村低保是农村困难户的活命钱，为什么七八十岁的老人领不到低保，能跑能走有劳动能力的人却能领到？是不是人老了，觉得没用了，你们就可以这样做？

临猗县民政局的如下反馈让投诉的村民不住地点头称好。

申请农村低保的条件是：凡家庭年收入低于 1724 元并持有本县农村户口的，都有权向所在村委会提出低保申请。并不是以年龄来决定能否享受低保。耽子乡堡里村享受低保的人员，都经过村民代表会讨论通过，并在村张榜公示，符合低保程序。县民政局在每年低保调整时都将拟享受城乡低保人名单在临猗电视台、临猗通讯上进行再次公示，并留有举报电话。人员名单确定后在农廉网常年公示，接受群众监督。

永济市西卫村一位宋姓村民就低保问题提出的投诉具体到人，询问这样的条件为什么不能享受低保：

我们村的宋某，今年 67 岁，患脑血栓 15 年，生活不能自理，能否办理低保，请领导下来调查。

办理这份投诉的永济市民政局，委托西卫村所在的镇政府进村入户进行调查，发现宋某患脑血栓属实，但家庭人均收入 2800 元，远远高于 1724 元的低保标准。反馈时公布了调查结果。

宋某家 7 口人，耕地 8.89 亩，人均 1.27 亩，种植小麦，复播玉米，亩均纯收入约 600 元，种植业纯收入约 5000 元。粮食直补约 800 元。儿子、儿媳、孙子常年在外打工，每人每月收入按 500 元计，劳务月收入 1500 元，年收入 15000 元。以上种植收入、粮食补贴收入、劳务收入 3 项共计 20000 左右，年人均纯收入 2800 元左右。

依据《山西省农村居民最低生活保障工作指导意见》第四条第一项规定，凡共同生活的家庭成员年人均纯收入低于当地低保标准的农村居民，均属于农村低保的保障范围。我市目前的低保标准为 1724 元。宋某家人均纯收入已超过此标准，故在此次低保复核评议中未评议上。

这样的反馈，在宣传低保政策的同时，就投诉人反映的具体对象的家庭收入进行详细算账，让投诉人心悦诚服。

2005 年，山西省对农村计划生育家庭实行奖励扶助政策，奖励独生子女户和双女户。河津市卫庄村一位曾经领取了"独生子女父母光荣证"的董姓村民，被告知不符合有关政策，不能享受独生子女家庭补助。但他内心不服，总认为是被村党支部书记无端扣去据为己有，因而耿耿于怀。2012 年 5 月，他向农廉网投诉说，村党支部书记领取了自己的独生子女补助款。几天后，河津市城区办纪委上门告诉他，他们夫妇因为婚后未曾生育，1985 年 2 月收养一女后领取了"独生子女父母光荣证"。但是，2005 年《山西省农村计划生育家庭奖励扶助工作实施方案》规定，夫妻双方未曾生育但收养孩子的不能申报为奖扶对象。他们不符合奖扶条件，村里当时就没有上报，根本不存在村干部扣发奖扶金的问题。得知真相，董姓村民解开几年来结在心里的疙瘩。农廉网对他的投诉予以公开反馈后，有100 多村民点击，许多人说，农廉网真好，取下了咱村支书背在身上好几年的一口黑锅。

2012 年，国家重点建设工程山西铝厂赤泥坝工程需要征用河津市阳村乡苍头村的土地。消息传来，即将失去土地的村民担心将来的生活没有保障，忧心如焚。激愤之下，一位村民在农廉网上投诉。

我是苍头的村民，赤泥坝为什么要强行征用我村土地呢？政府还不如买上几千口棺材把我村的人埋了。

乡里没有因为村民出言的激烈而责怪任何人，一边迅速派出干部进村向村民宣传国家征地政策，安抚村民情绪；一边向上级反映村里的实际困难，同占地企业协商，为村民争取最大程度的利益。同时，在网上作出反馈，很快平复了村民情绪，使征地工作顺利进行。

❧ 四 ❧

农廉网公开受理村民投诉机制的形成，激发起村民参与农村事务乃至社会事务管理的热情。村民在利用农廉网监督村民委员会成员以及政府涉农机构、政府工作人员依法、公平、公正地行使职权，促使农村干部搞好服务，廉洁从政，维护群体和各自合法权益的同时，对社区成员违背国家政策和社会道德准则的行为也予以监督，敦请村委会及政府部门及时查处和纠正。更为令人振奋的是，以此为契机，许多人的公民意识和社会责任得以成长、复苏，进而利用农廉网搭建的平台，对涉农以外的其他社会事务发表意见，行使公民监督和批评政府工作人员的权利，促进社会和谐进步。公开，用恢宏的气度召唤监督，善待监督。

2006年12月，夏县柳村党支部换届选举，村财务报账员的儿子当选为书记。村报账员的前身为村会计。近些年，山西省农村实行村财乡管，各村定期向乡镇农村经营管理站报账，原来村里的会计就成为报账员。父子"同朝"，老子经手财务，儿子执掌党务，这样的组织结构显然不合理。老子当即请辞，村委会以还没有合适人选为理由不予批准。但是，村民认为，报账员虽然不是村委会成员，但儿子担任党支部书记后继续留任，不利于财务监督，长此以往，还会影响两委主干的关系，遂向农廉网投诉。

乡政府接到县农廉网服务大厅监管大厅转来的村民投诉，马上向村委会指出报账员应该立即更换，村委会很快选用了新的报账员。

万荣县马家庄村村民从农廉网公布的本村领取独生子女奖励金的名单中发现，一对王姓夫妻榜上有名。他们清楚，这对夫妻以前是只有一个男孩，但在去年又抱养了一个女孩，这样，就不应该享受这一奖励政策了。投诉引来县人口计生局调查组，通过进村走访群众和本人见面予以核实。《山西省独生子女父母光荣证管理办法》第十四条规定：领取"独生子女父母光荣证"后，又收养或违反规定再生育子女的夫妻，应当在生育（收养）子女后 30 日内到原发证机关缴销"独生子女父母光荣证"并将已领取的奖励费退回发放部门。县计生局撤销了其"独生子女父母光荣证"，并收回先前已经发放的奖励。

平陆县磨沟村有一位老年妇女，丈夫生前在外地工作，她享受丈夫单位发放的遗属生活补助。3 个儿子有两人在外省工作，一人在本地中学任教，其中两人还担任一定领导职务。2010 年，村里研究低保，认为老人年纪大了，丈夫去世后，身边没有子女照顾，就为她办理了低保。名单在农廉网公布后，在全村炸开了锅。谁心里都明白，用不着算账，她家的收入肯定在村里许多人家之上，远远超出全市制定的享受低保家庭收入的 1724元。谁的心里都不平静，让一个家庭富裕的人享受低保，歪曲低保政策，暖心的事就成了闹心的事。让一个正在享用与政府低保同属生活救助的遗属补贴的人，占用村里稀缺的低保名额，另一个亟待政府救助的家庭就会觉得心寒。都是一个村的乡亲，祖祖辈辈生活在同一块土地上，大家和老妇人一家无仇无怨，但凡事得认一个理儿，不合理的就要说，就要管。两位村民实名在农廉网上投诉了这件事情。平陆县民政局到村里调查后，要求村里纠正，经村组干部和村民代表会议研究，取消了老妇人的低保。

平陆县某村一位村民，家里的房子年久失修，残破不堪。2010 年，他申报危房改造，新建砖木结构房屋 3 间，享受了数千元的国家补助。2011年，他通过关系，又以妻子的名义再次申报危房改造，又一次领取了数千元的补助款，被村民在农廉网上发现。对这种钻空子投机取巧的人，有人羡慕，说人家有本事，有门路。多数人非常反感，说国家的便宜不能任人去占，不能弄虚作假骗取国家资金。干部这样干，我们不能容忍；老百姓这样干，咱们也不能假装没有看见。2012年年初，村民们以"廉政公署"为网名，在农廉网上据实投诉。平陆县住建局经过查实，取消该村民妻子2011年危房改造资格，追缴已经领取的补助款。类似这样的故事还有很多很多。有人虚报了粮食播种面积，有人养猪养羊养鸡污染环境，有人建房多占了集体的土地，有人在责任田里建房，诸如此类的投诉，在网上目不暇接。投诉之后，马上回应，有人解决，并且照例予以公开反馈。当然，其中也有因为先前信息不够公开造成误解，经公开解释后令人释怀的投诉。有人感慨地说，此类问题，妨害和侵犯的对象为群体利益和国家利益，农廉网建立以前，投诉或者举报的渠道不畅通、不便捷，没有有效的反馈和处理机制，村民明知不对，但碍于情面，大都不闻不问，听之任之。倘若有谁讲话，则被视为狗逮耗子多管闲事，或被斥之为和人家过不去，轻则吵闹，重则斗殴，甚至引起家族之间大的冲突。是科学技术的进步和制度设计的科学合理，拓展了农民参与社会事务管理的空间。

农村教育是农民最为关注的领域之一。运城各县农民公开在阳光农廉网上表达对教育的关切，举报行业不正之风，形成强大的制约机制。

在过去相当长的一个时期内，运城不少村庄有一条不成文的规定，村里小学不设食堂，教师轮流在学生家中免费就餐，一则减轻村级集体负担，二则为教师派发福利。然则，学生家长深受其害，苦不堪言。饭菜不丰盛，有轻慢先生之嫌。教师不满意，有影响孩子学业之忧。每当轮到管教师饭食之日，家长无不诚惶诚恐，殷勤伺候。直到前几年撤并学校，小学规模扩大，办学条件改善，普遍建起食堂，方才结束了家长管教师吃饭的历史。不过，家长管饭历史还没有完全终结。2012年5月10日，一则题为《关于"绛县横水镇爱里村村民反映解决村小学老师吃饭"问题的反馈》在阳光农廉网的公开刊发，让许多人大吃一惊：难道农村教师还要家长管饭？是的，这里的管饭还在继续。爱里小学现有 101 名学生，10 名教师，其中 9 人家居外村。学校没有食堂，多年来，教师就餐全部由学生家长负担。撤并学校时，这所学校予以保留，规模没有改变，家长管饭的旧例也就"幸运"地保留了下来。轮到管饭日，10 名教师浩浩荡荡而来，七碟八碗摆满一大桌子。尽管时隔三个多月轮到一次，也是家长的一项不小的负担，经济负担在其次，精神负担之重已不堪承受。有些家长外出打工，留守的老人无力承担为教师做饭的重任，就只好以每位教师每人每天 10 元的标准向学校交上 100 元钱，让教师自行解决。每年 3 次，需要负担 300 元。家长心中不满，又难以启齿。后来，他们看到农廉网的作用，就鼓起勇气投诉：

现在老师太多了，挨家挨户管饭就成了头疼事，大多数家庭都是小锅小灶，不管就得拿 100 元饭费，望有关部门解决此事。

绛县教育局见到投诉，马上同爱里村支村委筹集资金，不到一个月，就开办起教师食堂。是村民的公开投诉完全终结了农村学生轮流管教师吃饭的历史。

"两免一补"，是国家从 2001 年起对农村义务教育阶段贫苦家庭就学实施的一项补助政策，具体内容为免杂费、免书本费、逐步补助寄宿生生活费。各级财政和教育部门每年将贫困生的补助下拨到学校，由学校向贫困生发放。2009 年秋季到 2011 年秋季，在永济市某中心小学，贫困生补助却成了全校学生人人都能享用的一项大众福利。2009 年，国家分配该校贫困生补助名额 35 人，标准为每人 500 元，通过现金方式一次性发放。学校收到总计 17500 元现金。我们不能不感叹，"不患寡患不均"的观念，滋润了一代又一代中国人的心灵，直到如今，连救困扶贫的资金也有人想着要一"均"了之。这里的校长说，谁家富，谁家穷，还要调查，也难分清。全校 100 多学生，与其让 35 人受益，不如人人有份，也有利于稳定生源，吸引生源。于是乎，平均发放，人均百元大钞。似乎没有差别，全校学生皆大欢喜，然而，贫困生们却心中不免悲戚。第二年，贫困生补助名额增加为 40 人，标准仍为每人 500 元。校长说，去年平均发放有点异议，今年改革，拉开差距发放。于是乎，将全校学生 4 人分为一组，家庭条件差的 1 人得 230 元，其他 3 人各 90 元。年底，国家又为 40 人增发 250 元。校长这次也懒得再分组发放，干脆全部平均发放。第三年春季，分配给王村小学的贫困生补助名额为 32 人，标准为每人 375 元，校长依旧将全校学生 4 人分为一组，其中 1 名贫困生 230 元，其他 3 人各 90 元。2011 年秋季，分配补助名额只有 23 人，补助款有限，不便人人有份，只好发给特困生。2012 年春季，分配贫困生补助名额为 35 人，标准为每人 375 元，校长再次将全校学生 3 人分为一组，1 名贫困生 175 元，其他 2 人各 100 元。3 年过来，该校生源并未见增加，倒是贫困生心中徒增悲凉：国家送来的温暖，竟被校长当作人情胡乱派发！不愿意一味保持沉默的贫困生家长们向农廉网投诉，引起永济市教育局的重视，对该校长擅自改变贫困生补助款发放方式的错误予以严厉批评，进行诫勉谈话，责令写出检查，纠正错误。教育局的投诉在农廉网公开反馈后，其他有类似问题的学校连忙自查自纠，改弦易辙。

新农合的建立，为农民就医提供经济支持，农村就医的患者，不再摧眉折腰，忍气吞声，而是选择勇敢地进行公开投诉。

夏县禹王乡某村一位妇女在县妇幼保健院住院时，那儿的医生、护士说话不和气，询问病情时不耐烦，这位患者就在农廉网上投诉说：

住院部的个别医生和护士伤不起啊，态度太恶劣了。

夏县卫生局接到投诉，立即着手组织对夏县妇幼保健院开展为期一个月的行风整顿，要求全院职工提高职业素养，规范职业道德。经过整顿，妇幼保健院风气大变，服务态度空前好转。

2012 年年初，绛县县城里出现了一家儿童专科医院，患者家长为县里出现专业医院而庆幸。然而，当许多人带着患病的孩子满怀希望前往就医时，却发现这家医院滥开处方，用药种类和数量远远高于其他医院，而且疗效很差。半年以后，上当受骗的患者越来越多，古绛镇的村民就在农廉网上投诉。绛县卫生局经过调查，发现这家医院没有取得《医疗机构执业许可证》从事诊疗活动，曾被卫生监督员发现受到责令停止诊疗活动和处以 10000 元罚款的处分，但之后又非法从事非法诊疗活动。卫生局依法对该诊所予以取缔，并给予行政处罚。

村民对医生和医院敢于投诉，对医疗行政部门工作失误和不到位也不留情面。

2011 年 12 月，万荣县人社局、卫生局为加强农村医护力量，招聘了一批乡镇卫生院医护人员。但是，被录用的原在县医院工作的部分临时医护人员，没有及时到乡镇卫生院上班，被留在县医院继续工作。一些村民就医时，发现有的乡镇卫生院医护人员依然紧缺，得知内情后就向农廉网投诉，万荣县卫生局、人社局很快予以纠正，要求录用人员全部到位。

近年来，山西省在全省农村实现了道路硬化全覆盖工程，村村油路、水泥路，交通条件空前改善。有的地方农村交通和客运管理亟待加强，交通管理部门鞭长莫及，出现监管漏洞。使用农廉网的许多村民，发现问题即行投诉，对行政监管进行再监管。

2012 年秋天，万荣县里望乡玉米喜获丰收，许多农户把玉米晾晒在公路上，通往各村的公路只能半边通行，根本没有安全可言，随时都有发生交通事故的可能。村民期盼县、乡交管部门出面制止，但是几天过去了，也没有见到交管人员的身影。村民们想到农廉网，一则投诉，召唤来县交通局的交通执法人员开展专项整治大行动。一位副局长带领 20 人，动员占道农户自行转移晾晒场地，对部分农户下达违法通知书。同时在县电视台播发禁止公路晾晒粮食的通告，并在全乡张贴通告。各村干部利用广播进行宣传，两天后，公路恢复畅通。

河津市上岭村道路硬化，给村民出行带来方便的同时，"黑出租车"运营也开始泛滥起来。一些人花费万儿八千元买来一辆半旧面包车，不办任何营运手续，就堂而皇之地搞起客运。为了多拉快赚，人不满不发车，准载六七人的车辆，经常坐进十一二人。交通部门虽然进行过查处，但久禁不止。村民看在眼里，急在心里。那是人命关天的大事啊，怎么就没人管呢？村民向农廉网举报后，在河津市政府安排下，河津市交通局立即开展了一场专项整治行动。交通局和上岭村所在的乡政府、县交通大队联合发布禁止违法载客车辆上路通行的公告，设立检查点，全天候设卡检查，全力打击非法客运。一个投诉换来"黑出租"销声匿迹，换来村民出行安全。

有人说农廉网是村民的靠山，有人说农廉网给村民撑腰壮胆，还有人说农廉网给了农民发声的管道。这些说法，都能从村民的投诉中得到验证。说到农民参与社会事务管理领域的扩展，稷山县几个村庄村民和芮城县农民对公安机关工作作风的投诉尤为值得一说。

2012年8月30日，运城市阳光农廉网上发布了这样一条引起热议的投诉反馈：关于"稷山县化峪镇吴嘱村民反映化峪派出所有关问题"的反馈。

反映问题：2012年8月2号爷爷家中被盗，我们都抓住小偷向化峪派出所报案，他们接到报案却迟迟不肯出警。3号又去了3次都没人管，后向纪检委投诉这才来勘察情况，这时已是8月8号。可能10号爷爷被叫去做笔录，回来说人家跟审犯人一样问话，还带有恐吓的问话，不去找嫌疑人却对两位70多岁的老人恐吓、为难，这难道就是打着为人民服务旗号的公安民警吗？

许多人看到这里，或许都会发出这样的惊叹：好家伙，投诉公安局，这是要在太岁头上动土了！

稷山县对村民投诉的重视和对涉诉人员查处的迅速，同样出人意料。

经调查，景某反映的2012年8月2日其爷爷家中被盗，抓住小偷向化峪派出所报案，派出所不出警一事，纪委已对民警冯某立案，正在查处中。反映的8月10日派出所在询问其爷爷、奶奶过程中有恐吓、为难一事，根据公安机关办理案件程序规定和办案区有关制度规定，对受害人、嫌疑人询问，必须在办案区进行。经查看办案区视频资料，不存在恐吓、为难受害人现象。

2012年8月14日，运城市阳光农廉网发布关于"稷山县太阳乡村民反映摩托车被盗问题"的反馈。

反映问题：大家对摩托被偷有什么样的看法？最近村里的摩托车被偷得简直快追上股票了，我不知道有人管这样的事吗？我报警了，他们说等着。一辆摩托被偷可以等，10辆呢？100辆呢？农民不容易，买一辆摩托不知道要积累多长时间，希望管这样事的人给些看法。

办理单位：稷山县公安局。

情况反馈：经我局核查，今年1~7月份，太阳乡丢失摩托车案件共有4起，目前正在办理中。由于摩托车丢失地点大多为田间地头，针对此情况，辖区派出所已通知各村治保组织，要求针对农民群众在田间干活，地头容易失窃摩托车这一问题，及时提醒，加强巡逻。

因反映人是匿名反映，QQ号码又联系不到，因此若留言人对公安工作有何意见或建议，可直接到太阳派出所或责任区刑警一中队反映。最后，感谢对公安工作的关注和支持。

2013年1月5日，运城市阳光农廉网发布关于"稷山县化峪镇上胡村民反映该镇派出所工作作风问题"的反馈。

反映问题：去化峪派出所办事太难，化峪的老百姓都遇到过这种难处，办事不多跑几次，事儿就办不了。

办理单位：稷山县公安局。

情况反馈：接到反映人所反映问题后，我局高度重视，立即与化峪派出所所长取得联系，调查具体情况。经了解，由于近期辖区新兵政治审查、十八大安保摸排、案件的调查取证、报刊征订等工作任务繁忙，给来所办事群众带来了不便，造成群众有时找人难、多跑腿的现象。为了更好地服务群众，搞好警民关系，特制定如下整改措施：

1.干警必须做到按时上下班；2.公开各种办事程序，做到热情服务；3.设立服务台，公布民警联系电话，实行预约服务。

无须赘言，无论村民表达的直接还是公安机关回复的恳切，展示在我们面前的是一种平等、坦诚、客观、理性互动和交流的情景。

2012 年 6 月 4 日，运城市阳光农廉网发布关于"芮城县古魏镇北关村某（村）民反映公车私用有关问题"的反馈，一位村民把监督的触角直指国家机关。

反映问题：我发现县城里，私用公家车办私事的很多，特别是公安局的。

办理单位：芮城县公安局纪检组。

情况反馈：经芮城县公安局纪检组答复如下：接群众反映后，我局于 5 月 31 日立即成立警用车辆专项整治工作领导小组，并下发《芮城县公安局警用车辆专项治理实施方案》，加强督察，由局督察大队组织人员进行上路检查。从严查处，检查中发现问题绝不姑息，从严处置。

五

打开运城阳光农廉网，浏览"投诉反馈"栏目，您或许会惊讶地发现，村民投诉的内容，更多的是农村日常生活和生产中的相关事项，数不胜数，令人目不暇接。说罢了浇地的井坏了没人修，吃水的管道漏了没人换，拖欠的工资没人给，又道我家的某笔补贴不到位，粮食直补面积不对头，生活困难需救助。你刚问罢计生奖扶金何时发，村里的垃圾谁来拉，组里的宅基何时划，他又问二胎准生证如何办，为啥我村栽树无补助，果树治虫用啥药。甚至同样的问题，东村村民刚问过，西村村民又质询。或许有人会说，尽是鸡毛蒜皮，琐碎小事。然而，对农民来说，生活生产没有小事，桩桩件件都是与他们的生存状态息息相关的大事，都是事关农村和谐稳定的大事。"三农"无小事，投诉无小事。运城市纪委要求对村民的投诉，无论任何事情都必须受理解决和公开反馈的规定，在网上架起了一座农民与各级干部心心相连的桥梁。对农民要求办理的每一件事情，都倾情办理。每一次询问，都耐心解答。公开，拉近了民与官的距离，把爱心洒满村村寨寨。这样的事例，随手可以拈来。

　　夏县尉郭乡东阴村有 600 多人，近年来，村里各家各户的自来水流量越来越小，供水的次数由原来的敞开供应，改为定时送水，农户如不适时接水，就有断水之虞。2012 年春，换届后的两委班子对全村供水管网进行改造，使水管不再渗漏。但是，村民打开水龙头后水量并无太大变化，不免大失所望。村干部找到原因，是深井水位下降所致，但是，折腾了几个月，不仅手里的钱花光了，还欠下一笔外债，改造深井还要另行筹资，就把这件事情放了下来。干部们有畏难情绪，村民们不答应，向农廉网投诉，夏县阳光农廉网监管大厅把投诉转到尉郭乡。乡党委书记、乡长带领乡水利干部到村里现场办公，对村里的深井一一勘察测量，决定利用一眼出水量较大的深井为全村供水。同时，乡里出面为村里协调解决了改造深井的资金。不几天，工程完成，东阴村民用水不再发愁。

　　2012 年初，一场连阴雨给家住黄河岸边芮城县阳城镇孙涧村一个自然村的村民老孙带来忧愁。他家住了几十年的几孔土窑洞已经开始"滴答、滴答"地滴水了，窑洞里摆满了大大小小接雨的盆子、水桶。窑洞随时都有坍塌的危险，当务之急是尽快搬家。可是，左邻右舍都是老旧窑洞，也不比自己家安全多少，实在无处可以栖身。情急之下，他想到向政府求救，便冒雨来到村里的农廉网查询点，在村级"信访投诉"栏里，反映了自己的处境，紧急请求上级帮助搬迁。芮城县农廉网监管大厅当即将投诉转往阳城镇政府办理。当天，阳城镇纪委书记和村干部来到老孙家，又在老孙的带领下，到相邻的各家窑洞了解险情，发现另有两家的窑洞也在漏雨。刻不容缓，他们当机立断，把 3 户人家安置到村小学闲置的教室中。3 家刚安置好，又有 7 户住窑洞的村民闻讯赶来，要求搬出自然村。镇、村干部现场研究确定了搬迁方案，报请土地部门审批。老孙一家搬出不久，窑洞就裂开口子，"哗哗"灌进雨水。后来，这个自然村有危房的村民都得到搬迁。

　　新绛县古交镇永丰庄村民向引红 2005 年 12 月为村里干活，应该领取报酬 850 元。那时，村里没钱，村委主任说，别急，少不了你的，有了就给。可是，直到村委会主任任满离职，他也没有拿到一分钱。老主任说，上届的账，村会计移交给新村委主任了，你找他去要吧！新主任说，等等吧，刚刚接手村主任，账上没钱。他只好耐心去等，直等到又换了一届村委主任，他去讨要，村会计却说，账上没有这笔挂账啊！向引红说，你们不给，我去找农廉网！他的投诉被转到镇政府，包村干部出面把新老会计召集到镇农经站，查看村里的往来账，果然当年没有挂账。老会计承认是他的失误，写出证明，村里兑现了拖欠了向引红 7 年的旧账。

盐湖区上郭乡西陈村有位姓李的女村民，2011 年 11 月被医院诊断患有盆腔肿瘤，因为需要一大笔医疗费，再婚丈夫闻讯离家出走，弃她而去。两个正在上学的女儿束手无策，辍学之后，把母亲拉回家中照顾。绝望之中，她向农廉网求助，希望得到政府的帮助。她想不到，第二天，家里就来了 20 多个干部，为首的是上郭乡党委书记、乡长，乡党委、政府领导班子成员全来了，村里的两委干部全来了。领导带来了 1000 元的慰问金，乡民政办为她申请办理了大病救助、最低生活保障，乡联学区为她的两个女儿联系到公立高中免费去读书。一个求助，请来了这么多的"贵人"，她做梦也没有想到，医疗费、生活费、女儿们的就学，难题全部解决，一个不剩，政府想得何其周到。幸福从天而降，她喜极而泣。后来，她在外地医院住院治疗，切除肿瘤，恢复了健康。

盐湖区解州镇常平村，是关公故里。每天游人如织，热闹非凡。但是，谁也不会想到，就在通往关帝庙的一条大街上的一些临街商铺里面，竟然多年来没有安装自来水管，住在里面的人吃水和经营用水都要从远处人挑车拉。他们向村里要求了不止一次，但总是得不到解决。有了农廉网，他们再也不用为这件事情去奔波了，轻点鼠标，就可以坐在家里静候佳音了。几天后，镇领导说话了，镇干部进村了，村委会开会了，临街门面房自来水安装的方案产生了。4 月底投诉，5 月初开工，月底就用上了自来水。

永济市虞乡镇西阳朝村外，有一条排洪和农田排碱的沟渠，直通五姓湖。近年来，西阳朝村附近企业林立，每家排出的生活废水一齐汇入沟渠，形成一条终年不断、汹涌而来的污水河。以前，干旱季节，村民还能在河底种植一点豆子、玉米、红薯。现在，污水漫流，时常漫过渠坝，淹没庄稼。夏天，恶臭熏天，蚊虫成群。村民多次同企业交涉无果，就向农廉网投诉。永济市环保局局长接到永济市农廉网的查办要求，带人查堵排水企业，责令限期整改，达标排放。市里派来专业施工队清理淤积，疏浚渠道。一个月后，一渠污水化作清流。

临猗县是晋南果品产区，苹果栽植面积很大。近年来，不少村庄调整产业结构，增加果类品种，大面积栽植枣树。枣树虽然耐旱，管理简便，但同样需要专业知识。许多管理苹果的高手管护的枣树挂果少，虫害多，收益低，他们大感困惑，一时不知所措。"有了困难就找农廉网"，他们想起这句农廉网的宣传口号，就纷纷在网上投诉。2012 年夏天，临猗县农廉网一连出现七八则关于枣树管理技术的投诉反馈。投诉内容有：枣树怎样才能增产？冬枣啥时施底肥？沾化枣如何嫁接？我家的枣树为啥长不大？夏季该给枣树施什么肥？作出反馈的是县、乡林业专业人员。后来，运城市阳光农廉网为满足村民对农业技术的渴求，设立了庄稼医院，聘请了 200 多名农业专家，将他们的电话、QQ 号公开，村民们足不出户即可在网上同专家们面对面地交流、请教。运城阳光农廉网公开效应带来的变化不可胜数，农廉网上的每一次投诉的背后都有令人神往的故事。农廉网每天都吸引着成千上万村民，人们为她激动，为她骄傲。她承载着人们的无限向往，无尽期待。

（本文写于 2014 年，发表于《北京文学》2014 年第 9 期）

作者简介

　　　　杨澍，男，笔名杨肃，公务员，山西省作协会员，山西省作协报告文学专业委员会委员，曾任乡镇党委书记，为《山西文学》2000～2006 年度优秀作家，在《山西文学》《黄河》发表多篇纪实作品。中篇报告文学《别了，夹边沟》获《黄河》2006 年度纪实文学特别奖。

援藏干部

杜文娟

❧ 热土阿里 ❧

他从昆仑来

青藏高原，素有千山之祖、万水之源的美誉，是世界屋脊，地球第三极，离太阳最近的圣洁之地。广袤的西藏大地，风采妖娆。藏北的辽阔与苍凉，藏西的遥远与伟岸，藏东的苍翠与绮丽，藏南的历史与文明，使西藏具有超凡的魅力，吸引着全世界的目光。

独特的地理位置，高寒的气候条件，恶劣的生存环境，使得西藏与内地经济发展不相匹配。中华人民共和国成立后，中央政府和内地各省市，不断对西藏进行多方面援助。1994 年 7 月，中央召开第三次西藏工作座谈会，确定了"对口支援、分片负责、定期轮换"的援藏方针。从 1995 年全国开展对口支援西藏工作以来，共有 18 个省市，60 多个中央和国家机关部委，17 家中央企业承担了援藏任务。截至目前，先后选派 6 批，共计4000 多名干部进藏工作。在国家计划之外，军队医疗、新闻媒体、教育和旅游等系统也派出人员援藏。

阿里地区，是西藏自治区 7 个地市中的一个，也是自然条件最恶劣的地区。位于西藏自治区西部。与印度、尼泊尔，还有克什米尔地区接壤，边境线长达 1116 公里。总面积 30 多万平方公里，辖 7 个县，人口 9 万左右。地域辽阔，人烟稀少，是世界上人口密度最小的地区之一。平均海拔约 4500 米，年平均气温 0℃，最低气温零下 40℃。年平均降水量 50～200 毫米，属于高原季风气候。生态环境十分脆弱，空气稀薄，含氧量不到平原地区的一半，被视为生命禁区。每年有 150 多天刮着 5 级以上的大风。阿里地区行署所在地狮泉河镇，距离西藏自治区首府拉萨市 1750 公里，距离新疆叶城县 1060 公里，距离新疆维吾尔自治区首府乌鲁木齐市 2800 公里。西藏自治区面积占国土总面积的 1/8，阿里地区占国土面积的 1/30。

阿里是喜马拉雅山脉、冈底斯山脉、喀喇昆仑山脉、昆仑山脉汇聚的地方。发源于冈底斯山脉和喜马拉雅山脉的狮泉河、象泉河、马泉河、孔雀河，不但哺育了阿里先民，见证了古象雄文明和古格王国的兴衰，还孕育了印度河文明，成为藏民族的摇篮和藏文化的发祥地。

1955 年 5 月，昆仑山和喀喇昆仑山依然被大雪覆盖，一支长长的驼队行进在冰天雪地之间。风雪、冰雹、阳光、寒冷，日夜兼程。这是一年中最后一批进入阿里的骆驼运输队，为阿里送去粮食、棉衣、药品、日用百货。起点是新疆喀什，终点是西藏阿里。

由卫生部派出的一支 6 人医疗小组，从北京出发，经新疆前往阿里，却在喀什骤然止步。尽管这支医疗小组计划周密，行动迅速，还是没有赶上最后的驼队。中央指示南疆军区，一定要把这 6 位同志尽快送到阿里。当时能跑运输的骆驼所剩无几，南疆军区只好临时组织一支 500 多头毛驴的运输队，并由一个排的兵力，于 6 月 15 日护送医疗小组赶赴阿里。风餐露宿，冰雪交加，40 多天以后，抵达目的地。

这是中央援助阿里的较早记录，也是较早一批援阿干部。从这个时候开始，国家和地方援助西藏的序幕，徐徐拉开。

1957 年 10 月，新疆到西藏的公路全线贯通，但不能保证全年通车，骡马、毛驴、骆驼依然发挥着巨大作用。多年以后，航拍技术显示，从喀什到阿里，有一条白骨森森的小路，绵绵不绝，蜿蜒千里。这条路，就是不计其数的骡马、毛驴、骆驼和人的尸骸堆积的道路，也是从内地到阿里的主要通道，是当年援助阿里的人和物资走过的道路。后来，才有人陆续从拉萨抵达阿里。

按照新援藏部署，阿里地区由河北、陕西两省对口支援。河北省援藏干部在阿里地区各级党政机关及日土、札达两县担任领导职务。陕西省援藏干部在阿里地区各级党政机关及普兰、噶尔两县担任领导职务。10多年来，两个省共派出6批、400多名援藏干部，每届3年，每批人员从10多人到40人不等，行政干部居多，技术干部稍少。

2002年开始，革吉县由中国联通援助，改则县由中国移动援助，措勤县由国家电网公司援助，每届两人。对援助资金、援助项目进行管理、分配和监督。

陕西省、河北省、中国联通、中国移动、国家电网公司，对阿里地区援助了数亿资金，7个县均有受惠。农牧民生产、生活条件得到很大提高，航运、公路、城建、住房等基础设施得到很大改善，卫生、教育、文化等社会事业得到空前发展。

这些援藏干部，大多正当盛年，在内地有一定的职务、社会关系和经济基础，上有老下有小，家庭幸福，衣食无忧。他们怀抱理想，孤身一人，来到西藏，乃至阿里，一干就是几年、几十年，克服了重重困难，创造了一个又一个奇迹。

一级战备下的李龙

在幅员辽阔的边境线上，有一个叫都木契列的口岸，地处祖国西南边陲。那里冬季白雪皑皑，雄宏圣洁。夏季短暂温婉，寸草不生。以狮泉河为界，河的这一边，是中国西藏阿里地区日土县。河的那一边，是印度实际控制区。狮泉河碧水长流，娇媚生辉，最窄处只有17米。都木契列，是日土县 350 公里边境线上 26 个对外通道之一。

2008 年 7 月 5 日，微风习习的狮泉河那一边，陆续有人聚集，并在河边扎起了帐篷，嘈杂声、喊话声逐渐高涨，人数迅速上升到 2000 多人，帐篷 100 顶左右。我边防军发现情况以后，立即上报给西藏军地联合指挥部。

李龙，河北省第 5 批援藏干部，日土县县委书记。这位生在燕赵大地，长在和平年代，从来没有边防工作经历和军事经验的河北汉子，面临着巨大考验。从日土县城到都木契列口岸 120 公里，全是砂石土路，沟壑相连，越野车单程行驶需要 4 个多小时。

军地联合指挥部调来部分部队。民兵、武警、公安在一线，部队在二线。他们搭一顶帐篷，我们搭两顶帐篷；他们有一个人，我们有两个人，多出他们两倍人员。启动两架直升飞机，在空中巡逻，目的是形成强大的军事势力，震慑住对方。因为不知道是谁操纵，只能隔河观察。

西藏自治区作出重要批示，提出三不政策，即不上当、不流血、不吃亏。

根据这个决策，有关方面作出严密部署。武器弹药装备、部队番号、兵力调动等等都有计划。比如在哪个山口引他们，在哪个山口堵截。战争一触即发，势态进入一级战备。

整整对峙半个月。在军事会晤站，通过军方会谈，让军方加强控制自己人员，经过多方努力，他们才陆续撤走。

在这种大环境下，县委书记李龙，白天驱车赶到边防一线，组织民兵、武警，与军队协调工作，密切关注对方行动。晚上，赶回县城，安排布置全县工作。把县上干部职工组织起来，24 小时昼夜巡逻。战争一旦打响，日土就是前线，必须保证全县 8000 多人的生命和财产安全。

李龙说，刚开始，还是有些惧怕，后来就不怕了，也顾不上想生与死的问题。

2007 年 7 月，李龙从河北省援助阿里，刚到日土，就给他来了一个"下马威"。

这个时候，阿里地区首次证实爆发小反刍兽疫疫情。疫情刚发生的时候，人们非常紧张，只要是羊，得病必死，对牧区造成很大威胁，牧民惶惶不可终日。为了控制疫情传播，必须对病羊进行捕杀，如果不捕杀，会在国际上造成巨大影响。

县委县政府立即采取措施，在通向克什米尔、印度、尼泊尔的道路上，和通往新疆、青海的道路上，进行封锁控制，采取隔离措施，把病区隔离起来。在所有措施中，捕杀羊是最难的工作，也是最不忍心干的事。羊是老百姓的命根子，老人拦在羊圈门口，哭天喊地，声称要杀羊先杀人。通过会藏语的干部翻译，一家一户讲道理，言明要害，历时一个多月时间。其中有 7 天 7 夜，李龙和他的同事们，在一个羊圈与一个羊圈之间奔波，一户牧民与一户牧民之间走动。喝不惯酥油茶坚持喝，吃不惯糌粑就饿肚子，没有水洗脸，没有换洗的衣服，硬着头皮还得坚持。

2007 年 9 月，小反刍兽疫疫情在阿里地区日土县、改则县、革吉县、札达县均有发生，各县采取一系列有效措施，疫情得到控制。

边境一线随时都有战争发生的可能，主要武装力量就是民兵。从援藏资金上投入 500 万元，建立了民兵训练基地，组织全县 700 名基干民兵，每年轮训一次。增加军事技能、军事常识，提高生产技能、劳动技能。以前，老百姓只会拿起鞭子放羊，放下鞭子喝酒。来到训练基地，从生活习惯、文明卫生上改变他们。在这里，相互认识，学到知识，结下友谊，甚至是获得爱情。

雪山下的紫花苜蓿

2011 年 5 月 29 日，是个星期天。陕西省第 6 批援藏干部程文杰带着我和地区医院的罗蒙医生，到离狮泉河镇 50 多公里的昆沙乡，参观噶尔县农业科技示范基地。

还没有到基地，远远就看见一片嫩绿，又一片嫩绿。更远的地方，藏民向大地覆盖塑料薄膜。一人多高的树木，列队般欢迎着我们。

走到近旁，才发现那绿，就是紫花苜蓿，只不过是少女时期的模样：娇嫩、含蓄、低眉信手，有的叶片卷着身子，含苞欲放。苜蓿地，既像田，又像地，规规矩矩，方正有序。田地间的小沟渠里，流淌着细微的雪山融水，悠闲缓慢，安安静静。

连绵起伏的喜马拉雅大雪山和寸草不生的冈底斯山，气势恢宏，巍峨壮观，但毫无生机。程文杰说，七八月间，苜蓿长到半人高，开着紫色的花朵，那个时候，会是另一番景象。高处的雪山，远处的戈壁，近处的花朵，飞翔的雄鹰，悠闲的黑颈鹤，置身其间，都不敢相信，这是在海拔4300 米的高原。

苜蓿地头，一个一个草垛吸引了我的目光。谁会相信自己的眼睛哩，那竟然是头一年的苜蓿草垛，揭开上面一层风干的黄色草茎，下面的草居然是翠绿的、水绿的、新绿的。绿的草尖上，顶着紫色花朵，那花儿，标本一般，扁扁的、干干的、鲜艳的、沁人心脾的。

小小的紫花，清新的苜蓿草，在噶尔县，在广袤的阿里高原，不单是一种草，一种绿色，还象征着一种精神，一种希望，一种生存方式。

科技示范基地，院里有一排房子，里面住着几位陕北汉子，韩俊文、李强、吕永锋等，他们在这里饲养牛羊，播种苜蓿，栽种树木，向当地群众传授技术。日出而作日落而息，黢黑油亮的脸庞上，依然密布着陕北人的纯朴神情。

为了全身心投入紫花苜蓿培育，吕永锋将年轻漂亮的妻子宋雅娟带到阿里，在噶尔县政府食堂工作，辛苦而快乐。

来自陕北的紫花苜蓿，与一个男人有关。这个男人叫温江城。温江城是陕西省第 4、第 5 批援藏干部，在阿里地区噶尔县工作过 6 年。

阿里高原，大部分是农牧民，牧业成分更高一些。牲畜饲草和粮食一般重要，现实却是，春瘦、夏壮、秋肥、冬死。7 月草绿，8 月草黄，9 月下雪。雪灾、旱灾、风灾、冰雹、霜冻、虫害等自然灾害，如影相随，从没间断。

1965 年入春，札达县遭受特大雪灾，降雪 20 余次，持续 3 个多月，死亡牲畜 3.1 万头（只、匹），死亡率达 40%。

1976 年，措勤县遭受特大风灾，牲畜完全不能归圈，帐篷被大风刮得所剩无几，号称高原之宝的牦牛，也被大风湮没 100 头左右。两群绵羊和山羊共 2000 只，被大风刮到大湖中致死。10 级左右的狂风卷起沙石，带着盐湖的硝末，染白了草原，染白了帐篷和羊圈。不生红柳的夏东公社，到处都是柳枝，平整的耕地，变成了荒丘，成堆的肥料一扫而光，就连根深蒂固的蒿草，也拔地而起。

1989 年 3 月，措勤县遭强暴风雪袭击，造成成畜死亡 1.8 万头（只、匹），幼畜死亡 3.59 万头（只、匹），冻伤牧民群众 178 人，灾后暴发急性流感，死亡 34 人。

1997 年冬，阿里 7 个县均遭受了历史罕见的雪灾，受灾人口达 44153 人，直接经济损失达 3 亿多元，牲畜死亡 92.6 万头（只、匹），造成 1319 户、6694 人绝畜。

曾经担任过阿里地区文化局长的索南群觉，对当年的风沙刻骨铭心。他说，那时候风沙非常大，两米高的房顶上，沙子呼呼地飞过。曾任噶尔县县长的尼玛平措说，当时噶尔县境内的道路每年需要雇用推土机推沙两次。一年到头都是扬沙天，沙子常常堆至窗台高，人们出远门回家，第一件事不是打水洗漱，而是在家门外除沙。

阿里地区气候干燥，人口稀少，野驴、鼠、兔、旱獭等野生动物繁衍生殖较快，与高原毛虫一并危害草场，形成兽、虫灾害，并引发许多人畜共患疾病。

风雪冰雹，旱涝虫害，构成了阿里高原恶劣的自然环境。这些灾害，魔鬼一般高悬在老百姓的头顶，防不胜防。还有一个美丽的杀手，名叫醉马草，学名叫冰川棘豆。醉马草早于其他牧草长出地面，鲜嫩清香，毒性极强，牲畜非常喜欢啃食。少食则无害，一旦多食，如醉酒一样步履蹒珊，直至死亡。科研人员和牧民使出浑身解数，也没有遏制住醉马草的生长。

阿里地区科技局与陕西相关科研单位，从 2005 年开始合作研究，希望研制出一种疫苗，在醉马草还没有长出地面的时候，给牲畜注射疫苗，防止牲畜啃食醉马草以后死亡。此项研究，至今还没有理想的结果。

孔繁森的秘书，现任阿里地委常务副秘书长的李玉键向我介绍，阿里草场，大部分是高寒草原和高寒草甸。养一只羊，需要 80 到 100 亩草场。即使在玛旁雍错、班公湖周边的环湖草原，狮泉河、马泉河、象泉河、孔雀河沿岸的湿地和草场，载畜量也是 60 亩养一头牲畜，属于比较合理的状态。

长期以来，阿里高原很少有水草丰美、牛肥马壮的景象，草场广阔而贫瘠。原本可以增加草场肥力的牛羊粪被农牧民当作主要燃料。农牧民心中，牛羊粪比粮食还重要。

边境贸易旺季，远方的牧人赶着牛羊来交换青稞、毛毯、盐巴等生活必需品，为了抢拾牛羊粪，孩子们背上筐子，跟着牛群。阿里人说的牛，是牦牛。

你盯几头，我跟几头，牦牛尾巴一翘，大声抢先声明，嗨，那是我的牛，是我的牛粪。牛粪一落地，便伸手得意地装进自己的筐里。无劳力的农家，燃料紧缺的时候，手拿钢针，一粒一粒，扎拾羊粪。

牧区，牛羊粪还起着报平安的作用。牧民常常一家一户，居住分散，亲戚邻居之间，远远看见这家人的帐篷冒着炊烟，说明这家人生活正常。如果几天不见帐篷冒烟，说明这家人已经被冻死、饿死，或被野狼吃掉。

好不容易养肥了牛羊，一场暴风雪，一场旱灾，连牲畜带人，全部毁灭，回归自然。生命在灾难面前，细微得如一缕清风。怎样才能保全人的生命，减少牲畜死亡，一直考验着阿里的执政者。阿里地委行署提出一产上水平，二产抓重点，三产大发展的发展模式，以及立草为业，草业先行的农牧业发展战略。可见草业在阿里民生经济中所占的位置。

温江城来噶尔县工作的时候，实际牲畜存栏量相当于 30 亩草场养一头牲畜，农牧业生产处于恶性循环状态。2005 年春，温江城从陕北原单位争取到 49 万元资金，购买了种子、地膜、化肥、覆膜机、播种机、割草机等，并雇了一辆大卡车，把物资从陕北运到万里之遥的噶尔县。从陕西请来技术人员，在昆沙乡开始人工种草试验。

温江城至今记得试验初期群众的不信任和不合作，几十亩试验田里，种了大白菜、油菜、青稞、新疆杨、陕北柳、樟子松、披肩草、沙打旺、燕麦草、紫花苜蓿等，共 4 大类 25 个品种。很多人等着看他们的笑话，因为噶尔县很早以前实施过人工种草，由于种种原因，收效甚微。

由于使用了地膜覆盖技术，精细化管理，加上阿里高原气候变暖的客观因素，人工种草取得了巨大成功。紫花苜蓿在众多实验品中，脱颖而出，沙打旺和草木樨也表现出了非凡的适应性，生长旺盛，打破了这些草种不能在海拔 4000 米以上地区种植的理论禁区。人工种草，给阿里农牧业带来了革命性的变革，打破了靠天养畜的传统农牧业生产方式。

除了牧草，蔬菜和苗木种植也颇有成效。大白菜被顺利引入，亩产量超过了内地省份。陕北柳和樟子松等树种，也深深扎根于噶尔县的土地。

温江城完成了援藏任务，回到陕北高原。接任他工作的张宇、程文杰、赵海斌、李伟等援藏干部，没有在前任成绩上睡大觉，而是将此项事业做大做强。

程文杰介绍，目前，噶尔县不但在昆沙有大片牧草、苗木基地，其他几个乡也建起了蔬菜温棚、牧草基地。每亩紫花苜蓿产鲜草 2500 公斤以上，相当于 100 亩天然草场的产草量。也就是说，一亩紫花苜蓿，相当于 100 亩天然草场。紫花苜蓿不但产量高，在同类饲草中，营养丰富，品质优良。4 公斤鲜草风干成一公斤干草，一只羊每天吃两公斤干草，一头奶牛每天吃 8 公斤干草。一年下来，昆沙乡的紫花苜蓿就可以饲养 1 万多只羊和 1000 多头奶牛。

经典男人的措勤情怀

当我见到刘道新的时候，笑场了，这是我从来没有经历过的。因为在此之前，关于他的故事太多，而那些故事，谁听了都会捧腹大笑。

毫不夸张地说，刘道新是一位经典男人，用金领来形容一点也不为过。西装革履，仪表堂堂，高一分则高，矮一分则低，宽一分则胖，窄一分则瘦，面容白皙俊朗，双目炯炯放光。这与我做的案头准备完全不同，网上查到的照片，全是大毡帽、运动装、黑黢黢的脸庞，眼前的他，光鲜明朗，仿佛换了个人。

最重要的一条是，刘道新的年龄似乎并不大，学历还不低。看见他，会让人想起一句古诗词，"日出江花红胜火，春来江水绿如蓝"。这样的男人，走在王府井大街上，也会招来众人的回眸。

措勤，这个想起来就头晕眼花的地方，在阿里以外的西藏任何地区，只要你说去阿里，人们就用疑惑或敬佩的目光注视你。在狮泉河镇，你要说去措勤，也有人上下左右打量你，审视你是否高原反应犯迷糊，在说胡话。的确，阿里是西藏的西藏，措勤又是阿里的阿里。

措勤县平均海拔 4700 米以上，全县人口 1.3 万，县城常住人口 0.23 万。全县除有草地外，无超过 20 厘米高的植物。有大片的无人区，常年大风不断，有的地方没有夏季。2008 年全县人均年收入 2100 元。县城基础设施匮乏，没有基本的水、电、暖。没有自来水，饮用水靠人工挑。县城有一座不到 40kW 的光伏电站，限时供电，每天晚上 10 点钟以后县城一片漆黑。取暖靠生炉子，烧牛羊粪，冬天晚上零下 30 多度，不管盖几床被子，都感觉浑身冰凉。

许多老百姓对太阳有着别样的情怀。认为太阳是神，把太阳的光和热用多了，会累坏神的。对此，刘道新们费尽口舌，耐心解释。

扎西罗布生于 1980 年，是土生土长的措勤人，任措勤县工商局局长。幼年的时候，他就知道一件事，一位毕业于北京一所师范大学的学生，主动申请到西藏工作。组织上把他分配到拉萨的一所学校教书，他不愿意，请求到西藏最艰苦的地方。自然就到了阿里，阿里领导格外惊喜，热情欢迎，终于盼来了首都北京的高才生，把他送到地区中学教书。他依然不同意，要求到更艰苦的地方工作，把最美好的青春和年华献给西藏的教育事业。组织上慎之又慎，将他送到了阿里地区七个县中条件最艰苦的措勤。当时，措勤没有中学，只有小学，这位高才生就在措勤小学当了一名教师。

校园里终于响起了悠扬的二胡声，清脆的口琴声。老师同学欢天喜地，逢人便说，措勤来了一位天底下最白净的男人。没过多久，二胡声渐渐变弱，口琴声显得凌乱。再后来，什么声音都没有了，一切归于平静。

谁也不知道大学生去了哪里。后来，听过大学生优美乐曲的人，去内地出差学习，四处打听，杳无音讯，好像那个人根本就没有到过人世间，没有到过阿里和措勤。

他还给我说起一件事，一位分配来措勤工作的小伙子，一年以后，搭乘一辆大卡车，回到青海格尔木的家中。当时阳光灿烂，碧空万里，母亲打开房门，连声问他，你找谁？胡子拉碴、面孔黢黑的儿子，忍受不住这句问话，一头扑进母亲怀里，号啕大哭，边哭边说，我找你。

扎西罗布和他的伙伴一样，从小没有见过树，不知道鲜花长什么样子。到拉萨以后，抱住柳树兴奋得喊叫，好大的花啊。

他还说，外地人离开措勤以后，会有后怕的感觉。

援藏干部贺鹏告诉我，就在几年前，一位藏族大学生分配到措勤工作，父亲爱护儿子，怕他一个人到措勤不放心，从拉萨乘汽车，好不容易到了县城，把儿子安顿好以后，父亲却因高原反应死在了措勤。

在措勤，由于缺氧引起心慌气短，思维迟钝，行动木讷，走路不能快，更不用说干体力活了。好多四川民工因为忍受不了高海拔的折磨，宁愿不要工钱偷偷溜走。

我曾三次到阿里，到过阿里地区 7 个县中的 6 个县，唯独没能抵达措勤。2010 年 8 月 20 日，我随阿里地区广播电视局刘局长和尼玛局长到改则县，参加改则县建县 50 周年大庆。改则是措勤的邻县。这一天，白天晴空万里，天高气爽，穿一件衬衣，夜晚得穿棉袄。县政府招待所，柴油机发电，灯泡忽明忽暗，瞬间又彻底熄灭，隔段时间自行亮起。房间里有卫生间，但没有自来水。每间客房准备有一个铁皮水箱和舀水的铁勺。手机信号时有时无。看到的最新报纸是半个月以前的。

刘局长对我说，阿里地区电视台一年广告费收入 3 万元，已经比较可观了。

2007 年 7 月 30 日，刘道新作为国家电网公司援藏干部，赴任阿里地委副秘书长、措勤县县委副书记。

按照贺鹏的说法，措勤还处于 20 世纪 70 年代中期的生活状态。正是在这样一片贫瘠的土地上，刘道新做了很多实事，被老百姓亲切地称为"米面油书记"。

国家电网公司和地方政府一起，制订有严密而长远的援藏计划。首先是解决措勤的供暖设施问题，之后逐步解决供水、排水等其他基础设施问题。

身处雪山缺水喝，令他们无奈而头痛。由于缺乏电力供应，深井供水远远达不到需求，尤其是冬天，百姓饮水更为紧张，只能勉强饮用浅井或地表水，水质较差，供水时间受限。一早一晚，有人挑着水桶沿街卖水，有的用编织袋或羊皮口袋装冰化水饮用。

经过水质化验和取证，确定了从 11 公里以外的雅凯山引优质山泉水入县城的供水方案。这个方案利用 200 米的天然落差，克服了措勤缺动力的制约。刘道新同贺鹏等援藏干部一道，多次爬上山头，凛冽的寒风仿佛要刺穿整个身躯，缺氧的大脑阵阵剧痛，本地干部也难以坚持。该项目于 2009 年开工，2010 年投入使用。

一次下乡，刘道新和搭档王战到一户牧民家，进屋后，差点把他吓住，这是对他关于贫困想象的最大挑战。解放这么多年了，西藏民主改革几十年了，竟然还有如此贫穷的地方，这么困难的人家。狭窄的房间里稀稀拉拉放着几个瓢勺，墙角放着几件农具，阴暗的屋子中间放着一口冷锅。没有床，也没有炕，两位老人在锅台边的地上，铺了一条又薄又破旧的布毯子，晚上睡觉把藏袍盖在身上当被子。11月冰天雪地，他们是怎样熬过漫漫长夜的呢？

从进到这户人家，到走出家门，刘道新一句话都说不出来。

几天以后，他和王战再次走进这户人家，将米、面、油、棉被、毛毯，亲手送到老人手中。老人把刘道新和王战的手拉起来，紧紧贴在自己皱纹密布的脸颊上。

从此以后，刘道新和王战每次下乡，车上都装满米、面、油、棉被和毛毯。哪户人家生活困难，随时帮助。还常常拿出自己的工资，进行援助。

曲洛乡一位特困户，无牲畜，不具备自主脱贫能力，刘道新当场与乡领导商量对策，认为必须从源头和根本上解决问题，不能一味地依赖救济，提出了集中购置母畜，将母畜无偿租借，定期回收仔畜的方式，使这类贫困户尽快实现脱贫致富。

刘道新那个令人忍俊不禁的故事，原来事出有因。刚到措勤的时候，每顿饭都要吃好几个馒头，两大盆稀饭，吃完以后还觉得饿。有一次，他与贺鹏到地区汇报工作，在狮泉河镇一家饭馆，一顿吃了6个鸡蛋、10根油条、5碗小米粥。他的吃功，令服务员瞠目结舌，站在远处捂着嘴笑，以为这个人在基层待久了，肚子里没有油水，长途跋涉到地区，终于吃上油条了，看他的衣着气质，也不是吃不起饭的人啊。

后来，地区一位领导到措勤检查工作，亲眼见识了刘道新的饭量。对他说这是一种高原病，刘道新才强行管住自己的胃口。

措勤人到地区，除过吃一顿有青菜的饭以外，还有一件大事，就是洗澡。贺鹏说，在措勤的日子里，就没有好好洗过澡，实在过意不去了，烧些热水，擦一擦身子。全县只有武装部有浴室，也不是经常开放，缺电少煤，水温忽高忽低，不好意思总是麻烦人家。

措勤不产蔬菜，所有蔬菜都是从拉萨或狮泉河镇运来的。富人吃菜，穷人吃肉，是西藏特色，措勤也一样。措勤不产萝卜、白菜，但产菌菇，这令外来者趋之若鹜，县长书记们也不例外。

贺鹏特别强调，措勤的羊是紫绒山羊，羊绒非常珍贵，肉质特别鲜美。有一次他和刘道新同时吃了菌菇烧羊肉，过了一会儿就闹肚子。因为房间里没有卫生间，又是雨夹雪天气。半夜三更爬起来，严严实实穿上羽绒服，打上雨伞。从房间到厕所 200 多米，一晚上跑了几个来回。好不容易折腾到天亮，刘道新打来电话，问他是不是闹肚子。原来刘道新也闹了一晚上肚子。刘道新的房间虽然有卫生间，但没有水。

在措勤的时光里，很长一段时间，贺鹏都令援藏干部羡慕不已。因为他的妻子和儿子，天外来客般地到他工作的地方看望过他。

那是 7 月末的事了。妻儿从拉萨乘越野车出发，经过两天时间，才翻越 5000 多米的桑木拉大阪。还望不见措勤县城的时候，天公不作美，飘起了雪花。这使一直生活在石家庄市的妻子和小小少年，惊奇错愕。翻过一座雪山，又是一座雪山，妻子再也忍不住了，面对望不到尽头的雪原，号啕大哭。

后来，他问妻子为什么哭。妻子说，不为什么，就是想哭。

王战来措勤的时候，也不适应，晚上睡不着觉，老觉着气短头疼，每天基本上都是凌晨两点以后才勉强睡着。好不容易睡着了，又突然憋醒，一看手表才过了一两分钟，鼻孔里每天都有血丝。尽管难受，工作还得开展。

措勤到拉萨和地区的车辆很少，一旦有车去拉萨和地区，人还没走，就有搭车和带东西的人打来电话，或跑来说情。这令援藏干部很长时间才适应。知道这种情况以后，他们也乐意帮忙。

有一次，王战出差到拉萨，措勤县的一名藏族职工打来电话，说自己的孩子在拉萨上学，凌晨突发疾病。接到电话以后，他立即赶到学校，和几名学生把病人送到医院。经诊断，孩子患的是急性阑尾炎，需要立即手术治疗，他以家长的名义立即交了 3000 元住院费，使孩子得到及时治疗。

我与刘道新、郭松山讨论过一个现象。

内地援助西藏是国家政策，在人力、物力、资金援助的同时，要尽量保留西藏的少数民族特色。比如，藏区的很多街道、楼房、学校、会堂，被冠名为山东路、江苏广场、苹果学校、陕西宾馆等等，其实这大可不必。既然是援助，同一个国家，同一片蓝天下，藏族和汉族是一个妈妈的女儿。援助省市和单位，没必要在西藏这片古老的土地上，每样东西上都烙上自己的大名，贴上自己的标签。个别地方为了推进新农村建设，或安居工程，把原来的藏式民居推倒，建起一间间蓝顶红顶汉式民居，这或许脱离了援藏的本意。

刘道新曾动情地说，只有我们将心贴在牧民的心上，他们才会将脸贴在我们的手上。人的一生不能重来，我将生命中最宝贵的一部分献给了雪山，献给了雪山深处的人民，终生无悔。援藏注定是不平凡甚至是极其特殊的，我也将在这平凡和不平凡中，寻找与提升自我，贡献自身的力量，实现人生的价值。

❀ 冈底斯新神话 ❀

不一样的妈妈

我确实有多重身份，在家里，我是老公的妻子，儿子的妈妈。在河北省栾城县委党校，是副校长。几个身份中，阿里地委党校教师的身份肯定是最特殊的。在阿里党校，我和郭运良老师职称最高——副高职称。不管什么身份，还是喜欢你这样直呼其名，叫我王惠萍。

我于 2007 年 6 月至 2010 年 7 月援藏，属于河北省第 5 批援藏人员。如你所说，我们是历届河北省援藏干部中，唯一有女同志的一届，光我们这一届就有 6 名女同志，陕西有一位。

　　说起援藏，是偶然，也是必然。我是河北师范大学研究生毕业，20 世纪 90 年代的大学生。当时同学们说，要是能去西藏感受一下就好了，2007 年有援藏机会，就报了名。我是姊妹中年龄最小的，父母过世早，哥哥姐姐都不同意我去。爱人很支持，孩子当时 10 岁。

　　刚到阿里，援友们就给我取了个外号，叫我"三陪"。什么原因啊，说来很简单。

　　刚上去，大伙都有高原反应，一位老师输液打针，我去医院陪护。这边还没有好利落，地区电视台一位女同志也高原反应，输液，我又去陪她。卫生局一个女的，也住院。三个人还没有住在同一家医院，我在三家医院连轴转。一连陪护了三个人，这不就成了"三陪"嘛。其实那个时候，我也不舒服，也难受，也打针，我住院的时候，大伙也来看我。跟大伙时间处久了，有人评价我，不小气，不小性，不娇气，比较有爱心。

　　3 年间，我特别幸运，净遇上好人。一开始，我住的房子是一间小屋，党校大房子盖好以后，一共 6 套，给我分了一套，有厕所，有厨房。学校没有食堂，几位援藏老师一起做饭，其他几个县的援藏干部，一到地区就来党校搭伙，把党校作为一个落脚点。大家在一起感情很深，有的是生死之交，患难之友。

　　教学方面，跟内地不一样，党校授课任务繁重。内地一年只有两三期班。阿里一年 15 期，还有 19 期的，每期时间最长一个月，最短一个星期。业务上，因为专业比较对口，把握的度比较好，学校给我的课题都是政策性比较强，比较敏感的，比较热门的。领导和学员反映比较好，我还被评为年度先进个人。

　　党校就是姓党，必须得讲政治讲政策。授课目的上，主旨上，时时刻刻与中央保持一致。不到西藏，不了解西藏，到了西藏，学习了西藏历史，认识到祖国的强大。国家对西藏人力、物力、资金上的投入巨大。在我授课过程中，总是强调事实：没有共产党就没有新西藏，激发他们感恩的情怀。

在阿里，我把自己定位成阿里人，党校人。上课去学校，下课也去。当地老师和我关系都很好。有一次肠胃犯病，输液两天，上课前，一位当地老师打来电话，说帮我上课。后勤打扫卫生的一位藏族妇女，名叫达珍，来宿舍看我，送我一盒冬虫夏草，说我很辛苦，课讲得好，吃了冬虫夏草，会强身健体。党校也经常下基层，到各县或其他单位讲党课，由于长途奔波，有时候胃痛，但看到一双双渴求知识的眼睛，把教案或茶杯顶在胸口，强撑着上课。学员们对我很热情，送来苹果、化石、红枣、哈达，令我感动。

我上阿里以前，肠胃就不好，上去以后更厉害，不能喝牛奶，一喝就拉肚子。反应最厉害的是生理周期紊乱，前半年，四五十天不来一次例假，肚子胀，憋得难受。到藏医院去看病，医生说，生理周期缩短或延长都是女性高原病。2008年以后，一个月来两次例假，每次一个星期左右，直到现在，回到栾城半年了，身体还特别虚弱，体重不到100斤。

有件事压在我心里可不舒服。2009年春节假期，给我爱人看病的时候，发现孩子有病，开始在石家庄看，后来到北京。心理医生一问详细情况，我眼泪就下来了，孩子患病的时候，正是我援藏后不久。在阿里，有一次正要输液，孩子给我打来电话，我没有接，我怕我哭出声来，就给他发短信，说妈妈在开会。孩子回复，那你忙去吧。可能那个时候，孩子就患病了，很孤独，希望我能陪伴他，跟他说说话，但我远在阿里。

以前都是我接送孩子，放学路上，孩子总是说个不停，现在孩子很少和我交流。知道孩子患病的时候，离援藏结束还有半年时间。给孩子转了学校，管理上也放松了一些，觉得健康第一，其他都不重要。孩子也觉得我跟以前不一样，其实我没有什么变化。那半年，继续在阿里上班，认认真真给学员上课。但内心的苦，不愿意告诉别人，整宿整宿睡不着觉，通宵看电视，经常哭，怕人听见，把音乐调到最高音，放声大哭。

唉，女人援藏，没有什么不容易的，就是这样走过来的，做的都是自己应该做的，都是自己的职责。

河北省到阿里援藏的女同志还有 5 位，各有各的难处，但都严于律己，工作为重。刘晶在河北省教育厅工作，衣食无忧，家庭幸福，援藏期间任阿里地区教育局副局长。父亲在她援藏期间去世，兄弟姐妹为了不影响她的工作，没有告诉她消息。后来，还是丈夫告诉了她实情，但路途遥远，无法回家。援友们都去安慰她，每人送去 500 元礼金，让她寄回老家，表示慰问。她把礼金通过邮局寄还给大家。单位上的许多藏族干部、家属，也纷纷慰问她，关心她。

女人援藏，快乐和艰辛并存。既然选择，就得付出；既然热爱，就不后悔。

十年前的格桑吉美

我就是王建华，10 年前的 2001 年 6 月，作为技术人员，到阿里地区人民医院援助工作，属于陕西省第 3 批援藏人员。3 年后，回到西安，继续在陕西省人民医院工作。

3 年里，最令我揪心的是一个女孩，格桑吉美，10 岁左右，患的是包虫病。这种病我在内地没有见过，阿里也不多见。狗、羊或其他牲畜会患上，属于人畜共患病。这种病大概与当地的饮食习惯有关系，他们喜欢吃生肉、风干肉、酥油、奶渣等。

看见格桑吉美的时候，她肚子里已经长满了虫子，眼睛清澈纯洁，天使一般。死的时候，肚子一定很痛，很难受，很委屈。我不在跟前，都不知道她死的时候是什么样子，没有看她最后一眼。医院为她免去了住院费，她父亲什么也没问，用羊皮袄把她一裹，头都没有回，就走了。

我是看着她父亲抱走她的，心里特别酸楚。10 年了，一直记着女孩的名字。

这种事，放在内地，医院要开会诊会，分析病例，研究死亡原因，下次再接收这类病人的时候，对症下药，避免死亡。我让医院开会，他们说从来都没有开过这种会。

那个时候，地区医院医疗条件特别差，连做手术用的手术刀片、生理盐水，都是从阿里军分区借来的。呼吸机、心电监护仪、机械吻合器、B超机、CT机，要么没有，要么陈旧。与内地医院不同的是，地区医院还吃大锅饭，医生看不看病都有收入。有的医生怕担风险，遇到难一点的病例，就让患者转院。阿里离拉萨市和新疆叶城都很远，有的病人就是死在转院途中的。阿里的医护人员，对知识的渴求度普遍不高。本科以上学历只有两人，有的医护人员没有从医资格证，但也得上岗，人才匮乏啊。

有一位年轻的藏族医生聪明好学，为人处世也很好，如果放在内地，一定是个人才，动手能力强，但不喜欢背病例。我把他带到陕西省人民医院进修了一年时间，跟我们家人处得很熟，孩子也很喜欢他。目前他在上海一家医院进修，医术提高很快，过年回西藏的时候，他会到西安来看我。如果他学成回到阿里，肯定能独当一面，希望他为更多患者解除痛苦。

当时，有个奇怪的现象，内地许多援助阿里项目都是建楼房，楼房里面空空如也，设备援助很少。尽管如此，阿里的眼科技术水平比较高，接近内地。我们的春花医生曾经到内地和印度、尼泊尔学习过。由于阿里地区海拔高，光照时间长，紫外线辐射强，白内障患者普遍。每年夏季暖和的时候，春花就带上一名医生、一位护士，到农区、牧区，把患者集中到河滩上，给患者做手术。遇到风沙天气，扎一顶帐篷，在帐篷里面继续手术，工作不间断。有的河滩很漂亮，近处流水潺潺，远处雪山绵延，壮美极了。一个地方做完了，又去另一个地方。春花他们的复明工程效果非常好，阿里的老百姓都很敬重她，把她当成活菩萨。春花现在是阿里地区医院院长，全国政协委员。

我在阿里做的第一台手术，确实有点惊心动魄，现在想起来，都有些后怕。到阿里才一周时间，还在休整期，没有正式上班，对医院情况不熟悉。有一位患者叫次仁丹增，日土县人。10多天前阑尾切除手术后，腹腔脓肿，医生建议病人转院。家属焦急万分，如果转院，无疑是判死刑。这个时候，有人想到了我。我是医生，当然不能推辞，但还没有完全适应阿里气候，头还有些晕乎。上了手术台，才知道手术器械跟陕西没法比，落后了不是几年，而是 10 年、20 年。好比开惯了飞机，忽然让你开一辆破旧的拖拉机，哪里都不顺手，特别拧巴。连全麻技术都不具备，没有机械吻合器，只能人工缝合。医护人员也是第一次跟我配合，陌生得无法想象。在内地很简单的手术，在阿里却做了 7 个小时，从黄昏一直站到凌晨两点。做完手术，浑身像散了架一样，瘫倒在椅子上，半晌起不来。

10 多天以后，次仁丹增痊愈出院。第二年，她从日土到冈仁波齐转神山，路过狮泉河，专门到医院看望我，还让她两个孩子，管叫我舅舅。

措勤县公安局干警达瓦次仁是个豪爽的汉子。因为喝酒过度，溃疡出血，并伴失血性休克。送到医院，已经很危险。没有相应的止血药，需要抗休克处理，首先需要大量血液，阿里没有血库。公安边防武警立即来了 40 名官兵，争着抢着要献血。其他医护人员立即抽血、验血、配血，我却忐忑不安。以前做过胃切除手术，但没有单独做过。现在是主刀，没有后退的余地。夜已经很深了，无计可施，赶紧给西安的老师打电话。老师对我说，只要患者还活着，就要抢救，推进手术室，立即手术。老师在电话里详细指导一番，并一再鼓励。

手术进行得很顺利。达瓦次仁出院以后，经常与我联系，希望我到措勤做客，他要请我喝酒。

我的经历啊，其实非常简单。西安人，小学、中学、大学、研究生，后来读博士，都在西安，没有农村生活经历。

我是省人民医院普外科，年龄最小、资历最年轻的，29 岁。如果论资排辈，怎么也轮不上我。医院这地方，知识分子集中，竞争激烈，医疗技术与日俱增，年轻人都在技术爬坡阶段，工作如果间断，职称、晋级都会受影响，何况一去 3 年。

父母和妻子反对我援藏，小孩才几岁。岳父岳母很开明，对我很支持。我也觉得男子汉就应该闯荡一番。

　　桑桑镇让我一步跨进了阿里的大门。

　　从拉萨出发到阿里，第一天晚上到桑桑镇，住一家小旅馆，屋子里面气味难闻极了，被头脏得没法看。门没有锁子，打一盆水放在门里边，挡住房门，避免门被风吹开。暖壶的开水一点都不烫，散发着浓浓的酥油味，口干舌燥，却没有勇气喝这样的水。从小到大没有经历过这么恶劣的环境，没有见过这么脏的东西，又是学医出身，天生洁癖。同伴都睡了，我坐在床头不睡，两个小时以后，实在忍不住，咬咬牙，一头钻进被窝，倒头就睡。这一关，终于闯过去了。前往阿里的路好远好长，总也到不了。司机是藏族人，风趣地告诉我们，看见乌鸦和石头的时候，阿里就到了。

　　以后，到牧区，下乡村，再差的条件，也能将就，跟藏民一起，喝酥油茶，吃糌粑。

　　阿里简直是个奇怪的地方，那么偏远，那么艰苦，大家生活得很简单、很单纯。所有人都喜气洋洋，无忧无虑的样子。每个人的表情坦然而轻松，不像内地都市人，满脸焦虑惶恐，惴惴不安。

　　在阿里最担心的是，我病了怎么办？一旦生病，谁给我治病？援藏期间，除过对病人尽职尽责以外，还要照顾好援藏干部的身体。嫂子们要我当好哥哥们的"体检书记"。对他们的健康，我也不能马虎。

　　2011 年 8 月，我带着一批医疗器械和医务人员，重返阿里，代表陕西省人民医院，与阿里地区人民医院建立友好协作医院签约挂牌，标志着两家医院友好协作正式启动。省医院将在科研攻关、管理水平、技术水平等方面，对阿里地区医院进行帮助。

　　这么多年了，一直怀念西藏，做的梦总是阿里的场景。如果再有援藏机会，希望再回阿里。格桑吉美如果活着，也是 20 岁的大姑娘了。她那种病，按照现在的医疗条件，如果早发现，应该会治好。

心跳停止 6 分钟

行政干部援藏,一般会带资金。我们这种技术援藏人员没有资金可带,就尽己所能,为阿里做更多实事,为那一片我们共同热爱的高原增加色彩。

从打算援藏开始,到援藏结束,回到原单位陕西省第二人民医院,都有人问我同一个问题,为什么去阿里?我说我杨福泉年少的时候没有当过兵,去阿里,就算当一回兵。

说来也巧,我接诊的第一位患者,就是一位军人。他叫蒋旭,武警交通部队第八支队的年轻战士,保养新藏公路时,拖拉机翻车,把他压在了车轮底下。内脏出血,神志不清。官兵们不知如何是好,他们的支队长周兵是陕西人,知道地区医院有老乡,就来求助于我们。

伤者被送到医院时,血压测不出来,管子里抽出的全是血。最危险的时候,心跳停止 6 分钟,立即采取心脏复苏措施。战士们都来献血,连他们的厨师,扔了勺子就往医院跑。这令我非常感动,真正领略了军人的风范,军人的气魄。因为抢救及时,脾脏切除手术顺利,病人恢复得很快。

部队为了照顾蒋旭,把他从阿里调到南疆工作。前几天在西安见到周兵,他还提起那件事,说在那种情况下能挽救一条生命,有点天方夜谭。

在阿里,最令我感动的是,病人家属对我的尊重,阿里人对我的尊重。

有一次,一位普兰县的藏族男子翻车,生命垂危,家属本来已经放弃了希望,在他人的劝说下,抱着试试看的态度,将患者抬到医院。接诊后,迅速完善检查,明确诊断。经行胸腔闭式引流,脾切除术治疗后,恢复良好。他是家里的顶梁柱,40 岁,上有老下有小,看望他的亲戚朋友比较多。每次我到病房查房,家属都站起来,向我鞠躬,后退一步,有的向我吐舌头。我知道,这是藏族人对尊贵客人的最高礼节。

单位开会,或到地区礼堂开会,我一去,大家都把前排位置让给我。走在街上,很多人叫我杨老师好,杨大夫好,跟我打招呼,有些人我都不认识。

有一个两岁的小女孩，父母是青海人，撒拉族人，到阿里打工。父亲在狮泉河桥头的青藏加油站当会计，母亲帮人做饭。一辆汽车加完油后倒车，没有注意，把玩耍的小女孩拖出五六米远。有人发现后，大喊大叫，司机才停车。孩子被送到医院，症状为昏迷，神志不清，血压测不出来，B超观察，内脏冒血，重度肝破裂。由于出血太多，血管收缩，液体输不进去，只能从腿上注射液体。有的医生说，可能不行了。女孩的父母哭得撕心裂肺，求我救救孩子，就算死马当活马医。

立即进行手术。到底是小孩子家，生命力旺盛，恢复得很快。再见到女孩时，还在车前车后玩耍，我就告诉她，不敢再往车下钻了。

2007年9月，内科有一位病危的贫血患者，血色素仅有30克/升，身体极度虚弱，需要紧急输血。阿里地区没有血库，需要家属寻找血源来输血，而这位藏族同胞来自边远牧区，在地区没有亲属，自己很难就近找到血源。当查看患者的血型，和我一样都是B型血时，我毫不犹豫，立即为她输血。

在阿里，有的医疗器械跟人一样，也发生高原反应。CT机在内地预热10多分钟就能使用，在阿里却要预热四五个小时，所以，医院规定周二、周五才能做CT。采血化验也规定有时间。我向医院建议，医院必须为患者服务，生命第一，患者什么时候来，咱们就得什么时候服务，尤其是急诊病人，随到随治。医院采纳了我的建议。

阿里不像内地医院，分科详细。在那里，从内科到外科，从头到脚都得看，连妇科也得看。

对医护人员的业务培训，也是援藏医生的重要职责，在学术报告、论文写作上，给予具体指导。3年来，共开展、完成手术200余例，以及多例门诊手术，效果良好，解除了农牧民的切身病痛。其中，开展盆腔肿瘤切除，腹膜后肿瘤切除，胆囊切除术后胆总管横断，总管重建，内镜下食道内异物取出等，填补了阿里地区医院的技术空白。

2009 年 10 月，作为陕西省第 5 批援藏干部的唯一代表，我被评为西藏自治区先进工作者；还被评为全国卫生系统援藏先进个人，受到卫生部表彰。同年，我被陕西省卫生系统评为优秀党员。

其实，我为阿里做得并不多，但得到了这么多荣誉，是我从来没有想到的。这也使我更加感激阿里，珍爱阿里。

寿终正寝多么幸福

对呀，这个 DVD，摄像制作都是我，王进。是我和赵新华一起走川藏公路的时候拍摄的。

当时走川藏公路的时候，还耍了个小心眼。你知道，川藏线和青藏线、新藏线一样，是世界上海拔最高的公路，名副其实的天路。走那样的路要担风险，谁也不清楚会发生什么意外，得责任自负。在家过完春节以后，要返回阿里上班，我和赵新华同行，从西安到成都，再从成都进藏。

走川藏线是我预谋好了的。我的计划是援藏 3 年期间，把 3 条天路都走到。赵新华想从成都乘飞机到拉萨，他觉得飞机更安全。为了让赵新华和我同行，我就对他大肆宣传川藏线风景多好多好，但不主动动员他一道走。见他又有乘汽车的意思，就告诉他，今天从成都到拉萨的汽车票卖完了。第二天，见他还没有同行的打算，又说车站今天不卖票。直到有一天，赵新华主动说要与我同行，高兴得我差点说出自己的"阴谋"。

走新藏线，搭乘的是一辆长途汽车，经过两天两夜跋涉，从阿里到了叶城，觉得像到了天堂。心想喀什比叶城还好，几个毫不相干的乘客拼了一辆出租车，急急忙忙赶到喀什。喀什果然比叶城还好。有高大的树木，可以洗热水澡，吃水果，喝饮料，还吃到了新疆大盘鸡。在喀什见到一位阿里同事，特别亲切，才几天没有见面，就像生离死别一样。

走青藏线的时候，感冒了，为了让自己舒服一点，头不至于太痛，药量喝得大了些。到唐古拉山口，迷糊得很厉害，原来把安眠药当感冒药喝了。想着好不容易才到达心中向往的地方，怎么能不拍照啊。强撑着拍照，发现其他人连车都下不了。

有一次，赵新华生病，很严重，需要送到新疆叶城治疗。赵新华希望我陪他一起去。病情后来得到控制，没有去叶城。但他对我的信任，是特殊环境下建立的特殊感情，很多人感受不到。在内地，同事做朋友的不多，但援藏干部，每个人都相互信任，是一生一世的朋友，可以把生命交给对方。这是所有援藏干部一笔巨大的财富。

赵新华在什么单位呀，哦，忘记告诉你了。他援藏前在陕西省丹凤县工作，援藏后在噶尔县任副县长，分管教育。阿里学校实行三包，尽管如此，还是有不支持孩子上学的家长。

有一次，牧民见赵新华又来家里动员孩子上学，就向他扔石头。还有一次，一个牧民拔出腰刀，威胁赵新华。同行的县人大副主任用藏语对牧民说，他是伟大领袖毛主席派来的。牧民才没有动武。

我们第3批援藏人员中，有一位叫刁晓军，是阿里地区检察院副检察长。他从拉萨开会返回狮泉河镇，事先说好那天下午就会回来。我们知道他会回来，就在酒吧等到很晚，没有等到。大家回去休息，到了第二天，刁检察长还是没有回来。我们也没有想到去问一问，打听一下。不知道怎么搞的，人在阿里会特别迟钝，缺乏深度思维，连自己的手机号码都记不清楚，刚刚见过的一个人，一转身就忘记人家叫什么名字。总之，刁检三天没有回来，我们谁都没有想到他是不是出了意外，或者有人想到了，不愿意说出来。直到3天以后，刁检回来了，请大家吃饭，敬我们每人一杯酒。我们很诧异，刁检平常是不喝酒的。这才知道，他们在戈壁滩上迷了路，失踪70个小时。

算了吧，刁检不会告诉你那70个小时的具体细节，他从来没有给人说过，我们也不主动去问。一辆车，几个人，茫茫戈壁。手机没有信号，没有食品，没有水喝，狼和旱獭随处可见。白天热得烤人，夜晚冻得发抖。还有一件可怕的事，离国境线那么近，谁能保证夜晚的车辙辘，一不留神会不会滑出国界。真的跑到邻国的土地上，会造成多大的国际影响。他可是政府的官员，而不是普通的羊倌，内心的煎熬谁能想象。

那 3 天检察院乱成了一锅粥，但又不敢大张旗鼓发动人去找，把消息一直压着。出动的几辆车，在路上找了几个来回，也没有发现一点线索。多亏日土县一位牧民发现了他们。

援藏干部，几乎每个人都有故事。

我援藏前在陕西省纤维检验局工作，到阿里以后，在地区质监局上班。干了一些工作，也遇到过危险，差点把命搭上，都算不了什么。

援藏 3 年我不后悔，其实最大的后悔是，我把父亲搞丢了。

我老家在安徽省全椒县，大学毕业以后我留在西安工作。父亲跟我们一家三口在西安生活，妻子很孝顺，孩子很懂事。父亲患有老年痴呆和精神分裂症，有时候，我们把他送到敬老院。2001 年，我援藏以后，就把父亲送回老家，跟我弟弟妹妹一起生活。2004 年 6 月 24 日，结束援藏，从阿里回到西安。而我父亲于 5 月 25 日在安徽老家走失。我还没有回到西安，就得知了消息，但不太担心，因为以前也走失过几次，隔几天就回来了。但这一次，再也没有找到。

我曾经在各大网站发过帖子，10 万元寻父王政清。如果他死了，把尸骨收回来，哪怕拍张照片也行。但从 2004 年到现在，一点消息都没有。这件事，只有几个亲戚朋友知道，每次他们见到我，问一声有没有消息。我摇摇头，或叹一口气。他们就不问了。

我弟弟说得对，他说，这辈子我们再也没有快乐了。

确实如此，几年来，我很少应酬，在外面应付场面才笑，心里一点也笑不起来。我表妹能理解，她说我不快乐。

有时候，同事或朋友家的老人去世了，我就对人家说，多好啊，寿终正寝是件多么幸福的事。了解我家里情况的人什么也不说，不理解的，以为我精神分裂。

现在，我对生死看得很淡，比如地震，感觉到楼房在晃，人家往外跑，我不跑，懒得动。

我把在阿里的感受和想法写了一本书，名叫《走进高原》。一个读者对我说，他读了3次，哭了3次。有些思考，我没有写出来，但我妻子和舅舅读出来了，他们最了解我的内心，知道我的甘苦。

梦回的地方

最是寂寞男儿身

两股清亮亮的尿液从两位中年男人体内射出，射向远方，在空中画出两个巨大的圆弧。

两人哈哈大笑，边笑边说自己尿得远。另一个说，你尿得比我远，可我尿得比你高，尿得高，说明威力大，那方面能力比你旺盛。

旺盛顶个屁用，半年都没碰过女人了，你好像也有半年了吧。

何止半年，快一年没回家了，都忘记老婆长啥样啦。没有女人的日子真难熬，把人得活活憋疯，下辈子再不当男人了。男人是进攻型的，隔段时间不在女人身上发泄一下，就想杀人。

呵呵，你杀人试试，还没动手，就自动缴枪了，还是好好当你的县太爷吧。咱们一年还能回一次家，有对夫妻，丈夫在昌都工作，老婆在那曲工作，相距千里，四五年才见一次面。见面以后，不好意思拉手；吃饭的时候，不好意思看对方的眼睛。

都是分居惹的祸啊。

咱还不是一球样，家人在内地，一个人在阿里，无聊透顶。当地干部盼过星期天，咱援藏干部怕过星期天，恨不得世界上就没有星期天这档子事。星期天太难熬了，没事可干，没有人说话，不给自己找点乐子，时间咋个打发。一天刷 3 次牙，一次刷一个小时，上下刷，左右刷，嘴里含着水，咕噜一阵吐出去，继续刷，不就是打发时间嘛。有电话打不通，电视只有中央台和西藏台两个频道，电视刚打开，就没电了，拉闸限电，咱县上什么时候才能不限电啊？昨晚点上印度红蜡烛，看了一夜书，现在脑袋瓜还闷着。

怪不得今天你没我尿得高，原来昨晚没休息好。一会儿咱去河边打枪玩，这一次没有啤酒瓶当靶子，只能打石头。吃完饭就走，别忘了带上自己的枪，多带几发子弹。

这是两位援藏干部的真实生活，时间在 1999 年左右。地点在阿里地区某县。

那个时候县级以上干部都配枪，为了打发业余时间，他们去河边打枪、野炊、过林卡。晚上，人少就打牌，人多就打麻将。援藏 3 年，都不知道打烂了多少副扑克，谁打输了，给谁脸上画王八。

原来全县没有一个厕所，撒尿不抬头，遍地是茅房。援藏干部来了以后，建了一个厕所，门上用藏汉两种文字标注。藏语在上，汉语在下。年轻军人和武警战士，看见厕所上面有女字，以为县城终于来了外地女人。有意无意站在远处观望，终究没有看见一个女人出入厕所。

寂寞、孤独无处不在，以下是一位援藏干部的日记片段，时间是 2007 年左右。

我在院子里转了一下午，直到天黑，一个人也没有碰到。四周的山是红的，脚下的地是红的，一圈的围墙也是红的，就连阿里人的脸庞，也是红红的、油油的，红中透着黑，这里缺少的就是象征生命的绿色。

一排两排，两排住房。一间两间三间四间五间六间，6 户人家。一株两株三株，整个院子里，两米以上的树木只有 34 株。地上铺了 172 块方砖。一个下午，不知道数了多少遍，走了多少个来回。它们在那里静静地存在着，只有我一个人冻着、喘着。突然，眼前一亮，不知什么时候院子里跑进了 3 只野狗，一只黑的，一只黄的，一只花的。他们在我身边渴望地转来转去，可能是希望我能施舍一些吃的东西。可是，朋友们啊，真对不起，屋子里唯一可吃的东西，是从内地带来的几包香烟。周围没有商店，没有食堂，如果有买东西的地方，一定买最好的东西给你们吃。求你们不要走开，多陪我一会儿吧。阿黑、阿黄还有阿花，你们是这个周末，我碰见的动物界仅有的几个朋友！

2011年3月，陕西省第6批援藏干部，阿里地区旅游局副局长王斌，到远离狮泉河镇500公里以外的改则县察布乡牛嘎修村蹲点，去了一周，回狮泉河镇为村里买东西的时候，与援友聚餐。

一位援友在QQ空间里写道：王斌变黑了，也瘦了，看着让人心疼和不忍。他跟我们说，太孤寂了，太荒凉了。

牛嘎修村离改则县城还有90多公里，几乎是无人区，牧民与牧民之间相距几十公里，村里只有几户人家，到处展现着一幅贫穷落后的景象。不习惯吃糌粑，整整吃了6天方便面，吃得他看见泡面就想吐。

为了节约用水，几天都没有洗脸，水就像红珊瑚一样珍贵，是牧民辛辛苦苦跑几里路，马驮人背回来的积雪和冰块，再用牛粪烧开，水里掺有杂质。只要是在城市里生活过的人，都不想喝那种水，但是在那个地方已经算很清洁的水了。村里没有电，手机也失去了作用，与外界完全失去联系。听不懂藏语，从牧民的表情看，他们很热情，但他依然觉得自己像个聋子，处在无声的世界里。每天晚上天一黑，就钻进自己的睡袋里，耳边是狂风怒吼，令他不安和恐惧，着急而无奈。

最近狮泉河镇每天都刮着令人厌恶的狂风，相比之下，狮泉河的风却是最温柔，最安全的，也是整个阿里地区的天堂，王斌只能在梦里怀念和享受了。的确，狮泉河再小也是个城镇，有电有水，有网络，能与外界正常联系。我们几位援藏干部能待在镇上是莫大的幸福。但我们也失去了一次难得的人生体验，体会不到只属于王斌的人生感悟。

援藏干部之间这种心心相印，互相体恤，令人感动。

在狮泉河镇，我见到了王斌，他对自己的艰辛只字不提，讲起老百姓的生活，感叹不已。噶一，是察布乡牛嘎修村党支部书记，1995 年担任支书以前，家里有 400 多只羊和 100 多头牦牛，属于村里的富裕户。现在已经成为绝畜户，老伴去世，大女儿出嫁又离婚，留下两个未成年的孩子。二女儿因患肺结核，一年四季被关在黑暗的小屋子里。小女儿患妇科病，不能劳动。祖孙三代靠噶一一年 7000 元的工资生活。王斌已经帮助联系好医生，为噶一的女儿看病，安排孙子上学，减轻噶一的生活负担；还尽其所能，帮助其他村民解决困难。

身体的伤痛看得见摸得着，内心的煎熬却无法言说，许多援藏干部对此深有体会。

一位援藏干部对我说，在阿里工作相对比较容易，人事关系简单。最难的是工作以外的困扰。高原缺氧折磨身心，远离亲人，远离朋友，远离以前的社会关系，说不出的寂寞和思念。"老西藏精神"总结得精辟，刚来阿里的时候，不理解"特别能忍耐"，现在理解了。这种忍耐不单是精神上的，更多的是身体上的。援藏干部还好些，到时间就回内地了，按照当地人的说法，是"有期徒刑"，在藏干部是"无期徒刑"。最辛苦的是当地干部群众，长期坚守西藏，一生一世都在高原，他们才是人类的英雄。

有人说，在阿里，援藏干部周末开上车，长龙一般，呼啸而来，呼啸而去，看似风光，实属无奈。狮泉河周边没有休闲娱乐的地方，只是去某个山头转一圈，在河边扔一阵石子，捞几条鱼，拍几张照片，撒一泡尿，再打道回府。

我在阿里的时候，对援藏干部的孤独和无聊，也略知一二。一天晚饭后，我和几个人开着车，在街上游荡，远远看见一支 10 多人的队伍，悠闲地走在街上。不用猜，就知道是刚吃过晚饭的援藏干部。客气地问他们是不是跟我们一起去玩，立即有人响应，并快速上了我们的车。一同去了歌舞厅，还没有拿来麦克风，就有人唱了起来。

还有一次，凌晨 3 点，有人打来电话，开口就说，王文娟你就装吧，为什么不理我。我大声回答，我不是王文娟，我叫杜文娟。次日，他向我道歉，连说自己喝高了，半夜孤单，想找人说话。

因为援藏，夫妻分居，缺乏交流，双方感情出轨，导致家庭不和，婚姻破裂的情况时有发生。

在承德采访的时候，几番周折，没有见到一位援藏干部，终于找到一位已经回内地的前援藏干部所在的单位。门卫躺在4个凳子拼起的床上，半天不起来，在我的好言恳求下，一手撑了凳子，斜着身子，一只眼睛睁开，一只眼睛闭着，懒洋洋地告诉我，那个人已经半年不上班了。末了补充一句，他是单位的副职。

与那人电话联系，对方说自己在外地考察，推托再三，语焉不详。

再打听，没有下文。有人提示我，网上或许能查出原委。后来才知道，此人已经与妻子离婚，经济上出了问题。

一位前援藏干部，说起结束援藏，回到内地，失落和牢骚颇多。

也有援藏干部对我说，援藏经历很不平常，最值得回味。这段经历深深写入生命之中，是人生最宝贵、最值得珍藏的一部分。使人重新认识自然，认识自己的价值取向，作为一个自然人，很难得，于公于私都不后悔，是值得欣慰的事情。不管是老西藏，还是援藏干部，从高原回到内地，对功名利禄、人际关系，看得很轻、很淡、很豁达，更加珍惜生命、亲情、友情、爱情。为老人捶一次背，为孩子削一个苹果，对妻子脉脉含情一眼，为需要帮助者做一件事，都是极大的幸福和享受。

三岁红柳

2010年最后一段时间，怀揣中国作家协会给我开出的两份介绍信，拉开了我在内地采访的序幕。介绍信分别给河北省委组织部和陕西省委组织部，因为他们分管对口援藏工作。

在石家庄一家饭店，河北省第6批援藏干部副领队王洋对我说，小杜，把你也算作我们第6批援藏人员，咱们一起给第5批援藏干部敬杯酒吧。

我愣了几秒钟，立即站起身，恭恭敬敬给前辈敬酒。

我为王洋的这句话感动。连续几次到阿里，与阿里人结下了深厚友谊。不管是援藏干部，还是当地人，对我都很热情。

回到内地，常常想起阿里的一朵花、一株草、一棵树，这些花啊草啊，总与美好相依相存，回味悠长。

世界上所有人，都向往绿色，阿里人更加强烈。

在阿里，有树比黄金贵的说法，也有养一棵树，比养一个孩子还难的苦楚。目前阿里地区分布树种仅 11 科 31 个种，优势树种以班公柳、杨树和红柳为主。由于海拔高，干旱缺氧，土壤贫瘠，造林成活率和保存率一直很低。灌木林是阿里地区的主要木本植物群落，也是维系生态安全的重要屏障，主要分布在札达、普兰、日土和噶尔四县。东部革吉、改则、措勤三县，仅有零星灌木林分布。

在缺少绿色的荒原上，人们总是千方百计寻找绿色、珍惜绿色、创造绿色。

到过札达县城的人，都会被莽莽土林深处的那一片绿意感动。

这一片林，与一个人有关，他叫刘继华。

刘继华是上海人，20 世纪 50 年代，大学毕业后自愿来到西藏工作。刘继华担任县委书记以后，骑马走遍了全县的农区和牧区，村庄和牧场。摸实情，定规划，着手发展经济，改善生产生活条件。

没有住房，就拿出自己的工资，买来木料，带领干部职工打土坯、盖土房。春节到了，人们却发现县委书记失踪了。县长一着急，派人四处寻找，结果在毛刺沟里找到他。原来，他利用节日时间，骑上马勘察从县城通往地区的线路。规划好线路以后，又组织干部群众开始修路。没有机械设备，只有铁锹镐头。他和大家一起吃住在工地上，风餐露宿，奋战两个月，终于打通了通向外界的路，结束了札达外出只能步行或骑马的历史。

几十年过去了，现在通往地区的公路，仍然是当年刘继华骑马勘察的那条路。

根据札达县海拔较低的特点，刘继华利用到新疆出差的机会，亲自买来树苗，动员干部职工植树。一年又一年，年年栽下来，河岸沟塘，房前屋后，公路两旁，栽满了白杨。

札达，就此有了新疆白杨，有了绿意盎然。很多老阿里，至今说起刘继华，感情真挚，异口同声。从未见过像他那样廉洁清苦的领导，下乡时从来都是骑马，自带灶具和粮食，自己做饭，从不扰民。所挣的工资几乎全部帮助了别人，由于常年不能回家探亲，对家里照顾极少。离任时，县里准备了隆重的欢送仪式，他却先一天搭车，悄然离去。

郭玉普，是1998年到阿里地区札达县任副县长的，河北省第2批援藏干部，分管工商旅游等工作。漫漫长夜，他想起了家乡的小苹果树。

顾不了人到中年的练达，顾不了身为副县长的稳重，请求朋友从内地寄来树叶，电话难通，只能写信。信发出以后，天天到邮局，天天望着远处的土林。邮车来时，尘烟滚滚，那尘烟，成为他心中的女神。一个月，两个月。信，终于来了，厚厚的牛皮纸信封。不敢打开，怕里面没有绿色，怕绿色不是记忆中的颜色、脉络、姿容。

深深地呼吸，气喘得连自己都觉得不好意思。洁白的信笺中，依偎着两片树叶。小苹果树的叶子，纹路、脉络、形态、色彩、气味、清雅，都是童年的模样。

这一天，他把所有援藏干部都请到身边，将家乡的绿色展示出来。开朗的、健谈的、内向的、少言的，所有男人，盯着小苹果叶，全都沉默下来，全都泪光闪闪。

郭玉普是个性情中人，从他做主为古格王国遗址、托林寺、札达土林等几个景点规定的门票价格就可以看出来。

原来一个景点门票收5角钱，有时候可收可不收，收一点也是给看门人的生活补贴。规范景点门票以后，以古格王国遗址为例，国内游客100元，外宾250元，学生出示学生证50元，也可以免票。日本人700元。

中秋节或国庆节，约上几位好友，扛上被褥、食品，上到古格王国遗址最高处，那是国王的故居，几个人住在王宫里，对酒当歌，吟诗赏月。

激情时歌唱，伤感时落泪。

　　有一次，当他终于从一望无际的土林深处，望见县城那几株高大的白杨时，心里总算踏实了，回到有人的地方了，有绿色的地方了。车在一处拐弯的地方坏了轮胎，不能前行。树木和县城，海市蜃楼一般，飘在远方，却不能抵达。几番周折，星星升上天空，月亮高挂古格城堡的时候，远行的人才回到县城，才听见树叶在晚风中摇曳的声音。

　　他说，能听见树叶的声音，是多么幸福，跟小时候妈妈呼唤他的声音一样好听。

　　杨保团，曾任措勤县科技副县长。好不容易养活了两株一米多高的红柳，许多人没有见过树是什么样子，纷纷到他门前参观。闲来无事，同事朋友到他房间打牌喝酒，尿就撒在红柳上，以为增加养分，却烧死了一株。好在还有一株，细心呵护，倍加珍惜。一不留神，被羊啃食。10 多年后的现在，已经回到内地的杨保团，房前屋后，鲜花盛开，绿树成荫。对那两株红柳，依然念念不忘，记忆犹新。

　　陕西省第 5 批援藏干部刘毅，至今记着一句话。一次，他到地委会堂开会，无意间听见彭措副专员说，阿里人太可怜了，年年在同一块地上栽树，年年不见树。

　　就为这句话，刘毅认真地研究了阿里林业的历史和现状，专门撰写论文，为阿里林业发展出谋划策。

　　长期以来，占总人口 80% 的农牧民，主要依赖牛羊粪便和红柳、班公柳等薪柴能源。近年来，随着经济的发展和交通条件的改善，煤炭、石油、液化气、太阳能等新能源逐渐引进，但尚未全面普及。

　　通过调研，刘毅认为，阿里造林成活率低的主要原因，是造林者缺乏必要的造林技能，造林后期没有进行科学合理的管护。

　　2009 年春季，在他的坚持下，从拉萨少量引进高山云杉，栽种在林业局的院子里，生长良好并成功越冬。2010 年春季，较大批量地引种栽培，用于行署广场等地的绿化。鲜脆的绿色，成为狮泉河街道一道亮丽的风景，过往行人都忍不住多看几眼。

阿里军分区一位战士告诉我，要培育一株红柳，得花两三年时间。第一年五六月，天气变暖的时候，把选好的柳枝段斜插在土里，露出地面的一端，用塑料布包裹，时常浇水。九十月气温下降，给柳枝搭上草帘或温棚，一早一晚不能浇水，防止结冰冻伤。第二年气温升高以后，如果柳枝发芽，也不能移栽，根须还没有长出来。要到第三年夏季，新叶和根须全都长出来，才能移栽。经常是辛辛苦苦两三年，望眼欲穿，一堆腐烂，无处诉苦。

在扎西岗边防连、且坎边防营、都木契列边防哨所，见到的绿色是那样珍贵。大地一片荒凉，山峦寸草不生。房间里，楼道中，干净整齐地排列着几个花盆，盆中的绿草、仙人掌、格桑花，美艳妖娆。有条件的连队和哨所，还有自己的蔬菜温棚。

有一次，当我离开一个边防哨所的时候，一位年轻哨兵对我说，阿姨，非常感谢你。

我吃了一惊，睁大眼睛望着他。

他说，我快 19 岁了，来这里当兵两年，没有见过城镇，没有逛过商店，没有见过一棵大树。寂寞心烦的时候，跑到蔬菜温棚里，看看绿色的黄瓜叶子，红色的西红柿，大哭一场，什么烦恼就都没有了，下次难受的时候，再去温棚。阿姨，你是我半年来见到的第二个陌生人，也是我两年来见到的第一个女人。半年前一位首长来这里视察，跟我说过一句话，你跟我说了这么多话，所以，我要感谢你。

在扎西岗边防连，站在一株红柳下，拽着一根柳丝，和一位 25 岁的战士聊天。他说自己刚从内地老家探亲回来，与相恋一年半的女友分手了。说这话的时候，战士眼里饱含泪水，盯着我的手看。我偏了头，看自己的右手，不知什么时候，一片柳叶被我拽掉了。

神山冈仁波齐脚下的塔尔钦小学，只有教室和办公室地面平整，水泥铺就。操场和院落，同周边环境一样，寸草不生，全是砾石。38 岁的校长达瓦曲英对我说，校园里如果有绿树和青草，学生的学习积极性就会提高。

在阿里，同样感到了绿色的珍贵。当我沿着雅鲁藏布江逆流而上，一侧是喜马拉雅山脉，一侧是冈底斯山脉，越走越荒凉，越走越见不到绿色。终于抵达狮泉河镇的时候，看见街道上有几株纤细的向日葵，开着弱小的花朵。还看见有人在瓦盆里种着几株蒜苗。不由自主，惊喜异常，话语变得稠密，语调变得温和。

有一次，去一个特殊地方暗访，遭到恐吓。当我跑出几百米以后，心慌气短，头晕眼花，发现自己不能再奔跑，如果体力消耗过度，一口气上不来，倒毙街头，无人收尸。

想起一位援藏干部住在不远的地方，敲门，没有声息，打出3个电话，无人接听。一屁股坐在门前的台阶上，手机颤抖几下，掉落地上。气喘稍微平复，弯腰捡拾手机。握住手机的瞬间，同时触摸到了两朵紫色鲜花。胡豆瓣大小的花朵，令我凝神静气，顿觉温暖。

伸出食指和中指，轻轻抚摸，细细欣赏，最终，没有采摘。此时的花儿和我一样，需要呵护，需要爱怜，她遇见了我，我却没有遇见。

一个傍晚，在一户人家吃饭，一位客人还没有到，我站在窗前向外张望，看见窗沿下有一株红柳，娇嫩的叶片刚刚展开，红色的枝干非常清新，我欢喜得赞不绝口。

主人说，红柳已经3岁了，还不到窗沿高。

多日以后，回到内地，依然猜测，战士的眼泪，是为女友流的，还是为那片柳叶流的。

某个清晨，红柳的主人发来手机短信。昨天晚上，又梦见你了，站在窗前向外张望的样子。

瞬间，我想起了那株3岁的红柳。

焦增刚与黑树林

焦增刚，山西运城人。1952 年从西安金融系统志愿援助新疆，在乌鲁木齐银行系统工作。1955 年 3 月的一天，新疆分局组织部通知他去开会。内容言简意赅，中央为新疆分配了一批援藏干部名额，去阿里地区工作两年。要求政治可靠，身体好，能吃苦，工作能力强。经组织部门再三考查，觉得他符合条件。回去准备准备，3 天以后出发。随后还附带介绍，那里是热带气候，和江南一样美丽。但要翻越昆仑山，比较冷，要穿皮大衣、戴皮帽子、皮手套，还要穿大头皮鞋。

不久，他与几十名援藏干部一起，以及 2000 多峰（头）骆驼和毛驴，排成数公里长的队伍，向巍巍昆仑挺进。打头的骆驼遭遇冰雹，队尾的骆驼阳光普照。面朝阳光的一面，温暖坦荡；背对阳光的一面，瑟瑟发抖。牲畜和人一样，在雪地里行走，也会患上雪盲症，眼睛像蒙上了白纱，举步维艰。稍有偏差，踩进尖利的石头缝隙，崴了脚踝，伤了筋骨，只是小事。最大的威胁是，与马同时掉下悬崖，救命声传到驼队，人和马已经热血飞溅，身首异处。

沿途，一堆堆白骨随处可见，黑压压的乌鸦吞噬腐尸烂肉的惨景，令焦增刚毛骨悚然。45 天以后，终于到达阿里。

那个时候，阿里边防一人守防，新疆就要有两个人和 5 峰骆驼来保障，每运到阿里的一斤粮食，相当于新疆 25 斤的价格。边防战士和援藏干部，看见千里而来的驼队，紧紧抱住赶驼人和骆驼，泪如雨下。

世界上，没有什么力量能够胜过爱的火热。在那艰苦的岁月里，漂亮活泼的江南美女闵乃丽与英俊潇洒的北方汉子焦增刚恋爱了。他们的爱，轰动了整个荒原，渲染了寂寥戈壁，给阿里人带来了无限的风景，唱响了一曲生死相恋的高原牧歌。

闵乃丽是十八军的文艺兵，响应组织号召，从拉萨来到阿里。两位俊男美女，在阿里开创了一个新纪元，那就是在海拔 4500 米的阿里高原，生下了一个活下来的汉族婴儿。因为怀孕 7 个月，只有 3 斤重。

　　焦增刚和闵乃丽要去内地学习，小两口天不亮就起来，抱上刚刚两个月的小雅莎，骑上骆驼赶路。登上那布如山顶时，孩子脸色发紫，呼吸急促，不哭也不笑。焦增刚感到异常，从妻子怀里抢过女儿，一口气跑下几千米高的大阪。刚跑到山下，女儿就放声啼哭。焦增刚却满头大汗，气喘如牛，瘫倒在地，不能动弹。

　　终于搭上汽车，摇摇晃晃一路颠簸，至奇林湖时，突发洪水，交通中断。只能以车为家，清晨看日出，傍晚看夕阳，度过了 10 多个不眠之夜。经过唐古拉山口时，小雅莎又没了哭声。经验丰富的驾驶员在小雅莎嘴上抹了一点冰水，增加氧气，猛踩油门，飞速行驶。直到温泉兵站，孩子才断断续续有了哭声。

　　一个多月以后，终于到达西藏公学院甘肃山丹筹备处。孩子又因腹泻脱水，奄奄一息。送到医院，医生拒绝接收，小两口苦苦哀求，医生抱着试试看的态度，打了针，输了液，才转危为安。小雅莎 4 个月的时候，焦增刚将女儿送回山西运城老家，交给奶奶看护。小雅莎成人以后，除了身材娇小，其他一切正常。

　　援藏两年以后，焦增刚并没有回到新疆，而是和他美丽温良的妻子一起，在阿里一直工作到 1981 年干部内调的时候，才回到山西运城。多才多艺的美女闵乃丽，还是阿里地区新华书店创建人之一，为农牧区送书下乡，播撒文明火种。

　　与黑树林相识，纯属偶然。

　　2009 年 7 月，我到普兰县旅行，在县城问路的时候，一位武警军官问我是哪里人，我如实相告。他兴奋地说，普兰县的几位领导都是你们陕西人呢。

　　一秒钟都没有犹豫，直接上了县委县政府办公大楼，办公楼有 4 层，政府主要领导在一楼办公，县委主要领导在二楼。办公室门上方，挂着一溜红颜色牌子，一面是汉字，一面是藏文，标示着各间办公室的名字。上到二楼，敲开县委办公室主任的门，主任是位年轻的汉族干部，拿着我的名片去了隔壁办公室。我看到门后贴着一张普兰县夏季上下班时间表。

上午　9:30～13:00

下午　16:30～19:30

我觉得稀奇，这是我从来没有见过的中国作息时间表。几分钟以后，主任带我见到了黑树林。

他当时任县委副书记，一张办公桌，两侧都有抽斗，桌子中间放着两个人的办公用品，一面小党旗，一面小国旗。又觉得奇怪，偏着头上下左右观看。他介绍说，与县纪委书记两个人合用一张办公桌，面对面办公。

他是陕西省第5批援藏干部，来普兰以前，在陕北一个县当团委书记。因为我也当过团干部，两人便聊得投机。

末了，他说请我吃饭，既然是陕西人，就吃面吧。我说从小在陕南长大，不爱吃面食，想吃米饭。他笑我原来这么直率。

更令我惊讶的是，饭桌上竟然有新鲜的黄瓜和西红柿，而且是当地所产。

一起吃饭的有他的妻子和女儿，妻子在陕北一所学校当教师，利用暑假带孩子来普兰探亲。县委宣传部部长冉红梅和丈夫儿子也在座。冉部长是一位漂亮高挑的女人，丈夫从辽宁一个市来普兰探亲，路上走了将近20天时间。儿子在拉萨上大学，一家三口分居三地，终于在普兰团聚。

2010年，受组织选派，黑树林继续留任普兰，担任县委书记。2011年6月，我随阿里行署工作组一行到普兰，自然要看望黑树林。他住在县委县政府院子的一套平房里，暖廊前正在挖沟铺设水管。

敲了好一阵门才开，黑树林挂着一根不锈钢拐杖，斜着身子，把我们让进客厅。小小的客厅里奇迹般地有一盆绿色植物，枝繁叶茂，长势喜人。他把拐杖靠在墙上，一瘸一拐，为我们切一个只有男人拳头稍大些的西瓜。他告诉我们，两天前札达县委书记来普兰时，专门从温棚里摘了两个西瓜，带给他的。切开西瓜，瓤子却是白的。

他们谈工作，我几乎没有跟他说上一句话。20 分钟以后，他送我们出门，没有拄拐杖，我站在几个人后面，一直望着他。我知道，在他心目中，我是老乡，顺道来看他，恰在痛风病折磨得他苦不堪言的时候。从此以后，在普兰这块土地上难再相见。转身离开的时候，我看见了他的眼神，越过所有人的头顶，望向我。

就在这一瞬间，我想流泪。我知道这眼神中的内容。他乡遇故知的眼神，病重男人的眼神，羔羊般的眼神。

几个月以后，与陕西人民广播电台资深记者、主持人窦卫东说起黑树林的眼神时，依然泪水涟涟。

窦卫东说，他在普兰见过黑树林，有过一次深谈。他发现黑树林是一个有理想、有追求的人。有一种黄土地文化和黄土地汉子的特殊气质，甚至有文学青年的激情和感动。这种品质崇高而神圣，在纷繁热闹的时代，愈加显得弥足珍贵和受人尊重。在他多年的新闻工作中，采访过千千万万的大小干部，像黑树林这种有政治理想和远大抱负的人，少之又少。

窦卫东 7 次进藏，3 次到过阿里，采访过 3 届陕西省援藏干部，与陕西人民广播电台做过连线节目。不管是单独采访一个人，还是几十个人一起做访谈，100% 的援藏干部都哭过。黑树林也哭过，但黑树林的哭和其他人的哭内涵不同。其他人说起老婆孩子父母亲人，不被人理解，受到委屈时，痛哭流涕。只有黑树林，说起理想、抱负、追求，与普兰实际结合，遇到种种困难时，难以自制。

为什么眼里常含泪水

杨松，祖籍河北，新疆大学毕业，曾在新疆建设兵团工作过。1976 年援藏阿里，在阿里地区计委任干事、主任、行署副专员等职。后任西藏自治区党委副书记、常务副主席，第十七届中央候补委员，湖北省委副书记，武汉市委书记等职。

早已离开阿里的杨松，至今记得初到阿里的情景，从乌鲁木齐到狮泉河镇一共走了 15 天，2800 公里的路程，相当于北京到昆明的距离，绝大多数是石子路和土路。乘坐的汽车小坑不管，大坑闭眼。翻越最后一个大阪的时候，水箱开了。阿里那边已经把时间衔接好，要夹道欢迎。不能停车等水箱的水凉下来，周围也没有水可加。司机就把车倒过来开，让车头顶风吹，使水箱降温。大家开玩笑说，在开历史的倒车。下了大阪就见到欢迎队伍，整个狮泉河的干部职工 1000 多人，全部出来欢迎他们。

河北省委组织部援边办王珍瑜处长，对援助西藏、新疆和本省坝上的干部非常有感情，曾经两次前往阿里，看望河北省援藏干部。他说，援藏干部最大的收获，应该是心理上的。感受孤独，耐得住寂寞，看似折磨，受益终生。有的援藏干部回来以后，因为种种原因，岗位安排得不理想，但都能正确对待。该保护干部利益的时候，我们一定会保护。邯郸有位干部叫侯有民，刚回来的时候，安排的位置不太理想，工作热情一点也没有降低。后来在魏县当县委副书记，干得一样出色。

王珍瑜说，应该感谢阿里，为我们培养和锻炼了一批又一批优秀干部，使老西藏精神在燕赵大地发扬光大，生根开花。

李志强，是河北省第 6 批援藏干部。他有一套宽敞的宿办合一的房子，长长的暖廊，还有一盆桂花。桂花旁边有一套精致的茶具，大家坐在一起喝茶聊天。我去的时候，房间里已经坐满了人，个个衣着整洁，快乐随意，其乐融融的样子。

别人喝着茶，我则总是往桂花旁边凑，想要辨别真伪。终于，我闻到了桂花的清香，并大声喊叫，原来阿里有真的桂花啊。

他们被我的大惊小怪感染了，纷纷说，这盆花，是志强花了好大工夫才养活的，是他们在阿里见到的稀有植物。辛苦一天，下班以后，聚到志强的房间里，喝茶聊天，欣赏一下桂花，是一件奢侈的事情。

李志强是一位热情开朗的年轻人，原本在邯郸市委组织部工作，2003

年从省委党校研究生毕业后，就到了省委统战部工作。援藏到阿里地委统战部，任正处级副部长。为了尽快熟悉新工作，融入新环境，掌握第一手材料，学喝酥油茶，吃糌粑，买来藏语日常口语教材，边工作边学习。不顾缺氧引起的眼疾，深入寺庙拉康，了解僧尼情况，熟悉民风民俗。通过走访了解，发现当地寺庙众多，地点分散，做好民族宗教工作，意义深远而重大。

他视阿里为第二故乡，真情援藏、感情援藏、智力援藏。先后从内地为地区统战部争取到 70 多万元资金，极大地改善了统战部的办公条件，提升了统战工作的运转质量和效能。几次到内地为阿里对接了 10 多个项目，签订了项目合作协议书，涉及旅游、矿业、农牧业、高端饮用水、食品加工等多个行业。邀请有实力的企业家到阿里考察访问，组织当地民营企业家到内地培训、参观、考察，拓宽视野，增长识见，对接洽谈。同时，每年拿出部分工资，资助家庭贫困的学生。

窦卫东曾多次前往阿里采访，他说，阿里地处祖国边陲，不管是军人、当地群众、外来人员，对身处的位置，有一种发自内心、与生俱来的神圣感、仪式感、责任感、自豪感。这种感情似乎是一种气场，一种特产，是边疆人民的特有气质、独特素养。这种神奇的磁场，内地人永远无法想象和体会。她是一种甜蜜，一种尊贵，一种伟大，一种奉献中的享受，升华中的快乐，说不清道不明的生命愉悦。

窦卫东说，援藏干部有三种心态。第一种是怀抱理想，充满激情，要在阿里大展宏图，成就一番事业。第二种是，认为援藏既是一个机会，也是政治资本的积累和积淀。第三种是"被援藏"。被单位派遣，或出于种种无奈而去，工作上不主动，遇到困难躲着走。后者只是极少数。

援藏干部，地处海拔越高，想成就一番事业的想法越强，希望被人理解的愿望越鲜明。许多援藏干部，面对工作上的艰难，生活上的烦恼，感情上的失落，都能豁达对待，肝胆相照。但对不被原单位领导理解，不被同事信任，不被亲人朋友支持，对前途的渺茫，心存委屈。

理解，是所有援藏干部的最高需求。政府和主流媒体，应该加大对这个群体的宣传和关注，使他们身处边疆，不觉得孤独与无助，更好地为边疆人民服务，为守边固土贡献力量。

李忙全、刘强、刘亚汉三人，同在陕西省发展和改革委员会工作，先后援藏阿里，并担任援藏干部领队，任阿里地区行署副专员。阿里给他们留下了共同的记忆和美好。

李忙全说，他特别能理解孔繁森为什么再次援藏，是因为对西藏那片土地上的人感情太深。为什么我的眼中常含泪水，因为对这片土地爱得深沉。在西藏工作的时候，不觉得什么，离开以后，才觉得愧疚，应该为西藏做更多的工作。当地人很诚实，跟他们打交道必须得交心，真诚相待。阿里人的境界很高，对祖国的贡献最大，最能体会寸土必争的神圣。放牧就是巡逻，巡逻就是站岗。阿里是一方净土，所有到过阿里的人，灵魂都会得到洗礼和升华。只有边疆稳固，才能发展经济，国家才会强大。阿里人的崇高情怀，能够激发人的奉献精神。

有一个场面，终生难忘。有一份感情，一直珍藏。有一份美好，名叫悲壮。

离开阿里的头一天晚上，李忙全几乎一夜没有休息，当地干部、军人、饭馆老板、农民工，纷纷来到他的住处，为他献上哈达，捧上青稞酒。一拨人还没有走，另一拨人又来了。为了不惊扰更多的人，天刚亮，就准备出发。房门一打开，他被惊呆了。送行人排成了长长的队伍，静静等候着他。有人与他紧紧拥抱，有人动情地握手，有人把他的双手轻轻拉起来，放到自己的脸颊上，有人把自己的额头顶到他的额头上。有人用不流畅的汉语对他说，这一别，可能是永别。你可能会再来阿里，我永远也到不了你那个地方。

离开阿里已经 10 年了，李忙全对离开阿里时车开快还是开慢，充满了遗憾。他说，当时送行人和我们都哭成了一片，司机不知道是开快还是开慢，征求他的意见。他说，慢一点；再慢一点。

　　事过以后，大家一直认为，应该下车走一段路，再上车。

　　所有援藏干部，在那一刻，体会到了生命的价值，人间的真情，流下了一个成年男人最多的眼泪。就在那一瞬间，突然冒出一个想法，不应该走，不应该离开阿里，对不起阿里人民的 3 年厚爱，应该把全部的精力和热情，都奉献给阿里，为改变阿里贫穷落后的面貌，做出更多更扎实的工作。

　　王庆安和白军生是陕西省第 4 批援藏干部，从拉萨前往阿里的第一天，就翻车受伤。王庆安胳臂骨折，在西安住院一年，白军生住院一个月。伤愈后，再次踏上阿里的征程，更加珍惜生命的每一天，珍惜生命中相遇的每一个人，珍惜为阿里干的每一件工作。河北一位援藏干部，也在雅鲁藏布江边翻车受伤，回到内地长期疗伤，再也无法踏上西藏的土地。青藏高原成为他永久的念想，多少回梦里回西藏，多少次唤着阿里的名字，流泪到天明。

　　西藏自治区一位权威人士对我说，对口援藏工作开展 10 多年来，已经有好几位援藏干部，把生命留在了西藏这片冻土之上。

　　河北一位援藏干部在他的书中写道：对于我们援藏干部来说，孔繁森是我们的榜样，我们要学习他，他做了很多有利于人民的事。虽然他死了，但是我们还活着，还要继续他的路。

　　陕西省委组织部部务委员陈光明，2011 年 6 月到阿里看望援藏干部。

　　他说，援藏是人生宝贵的经历，肩负着历史使命，和平时期的援藏干部，就是出征的战士，选择了援藏，就是选择了崇高。

　　内地的美丽，来自阿里的和谐。祖国的繁荣富强，来自边疆的稳定安宁。援藏干部要为肩负的神圣使命而自豪，在阿里所做的每一件工作，坚持的每一分钟，都是对中华人民共和国的贡献。

　　珍惜机会，多做工作，祖国给我一个平台，我还祖国一个精彩。

（本文写于 2012 年，发表于《北京文学》

2012 年第 6 期，收入本书时略有删节）

作者简介

　　杜文娟，女，陕西人。著有长篇小说《走向珠穆朗玛》，小说集《有梦相约》，散文集《杜鹃声声》《天堂女孩》。鲁迅文学院第十四届高研班学员，中国作家协会首批定点深入生活作家，中国作家协会会员。

徐文涛：60 岁，点燃激情

刘国强

❧ 引子 ❧

当我亲耳听到沈阳军区后勤史馆馆长徐文涛激情的演说，亲眼看到那些推陈出新、综艺品位很高的整体设计、特色专题和精彩的解说词，我震撼了！

在我之前，已有 10 万人被震撼！

不仅各个行业、各个年龄段的观众被震撼了，写下数万条令人感动的留言，中央军委委员、中国人民解放军总后勤部部长廖锡龙上将，中央军委委员、总政治部主任李继耐上将，中央军委纪委书记童世平上将，沈阳军区政委黄献中上将等多位首长和各界名流纷纷批示、写信、留言，盛赞徐文涛是"建立红色家谱，传播红色文化"的楷模……

继当选 2010 年"感动沈阳"十大人物，沈阳军区学雷锋学苏宁自学成才标兵，荣获金质荣誉章后，2011 年 9 月 9 日，徐文涛又以"首席"高票数折桂第四届辽宁省道德模范……

采访徐文涛后，我被点燃的激情火花四处迸射。我想点燃更多的人。可是，在酒桌，在健身房，在邻人间，这"火花"一次次被熄灭。这些人中有企业主，有干部，有教授，有退休工人，也有风华正茂的年轻人——

难道他们都是"阻燃材料"？

想了想，我理解了他们。放目现实，在这个快速发展的时代，人们忙于现实生活，冷不丁冒出个靠办"史馆"成为"感动人物"的人，能不是炒作？

有人质疑："不就是弄点图片，搞搞解说么？"

有人则说："又出个不食人间烟火的人！"

这后一句话"点燃"了我！

❧　国是我的国，家是我的家　❧

一个真正热爱祖国的人，在各个方面都是一个真正的人。

——苏霍姆林斯基

一把钥匙和"半个微笑"

2009 年，盛大文学起点中文网联合国内各大知名论坛进行了一项调查问卷，其中一个令人汗颜的问题是：有近半人不知道自己爷爷奶奶的名字。至于"姓氏由来""家谱排序"更是高难问题了！

这么多人"集体失忆"令人深思：当代人多么幸福，幸福得除了追求更向往的幸福，什么都不管不顾了。然而，当代人又未免有些可怕，这么多人几尽忘了自己从哪里来、向哪里去、为什么去……

一个人如此，会削弱亲情血脉；一个家庭如此，会弱化家族的传承；一个民族如此，将又怎样？

其实，家与国、国与家从来都同体同身、密不可分。正如歌中所唱："都说国很大／其实一个家／一心装满国／一手撑起家／家是最小国／国是千万家／……有了强的国／才有富的家……国是我的国／家是我的家／我爱我的国／我爱我的家。"

一个不爱家，不了解、不铭记、不感恩自己亲人的人，说他爱国，谁信？

2004 年 11 月，沈阳军区某部部长（现为总参谋部副总参谋长、上将）高屋建瓴，把建"后勤史馆"纳入议程。但，他深知：如果找不到责任、能力、水准"一肩挑"的人，这件事有可能只是拉个架子、摆摆样子。部长闭目深思，一个个人选在脑袋里"放电影"，眼前一亮，徐文涛的肖像"特写"渐渐浮现、清晰起来……

彼时，徐文涛刚刚做出一个让人钦佩又震惊的事：提前 2 年主动辞去联勤部某分部副部长职务，给年轻干部让贤……

部长把徐文涛请到办公室，单刀直入：

"你辞职后有什么想法？"

"我个人没什么想法，如果单位有事情，我可以去办。"

"我们计划建个'后勤史馆'，现在没合适人选，你行不？"

"可以考虑。"

"你回去考虑考虑，"部长朝他的爱将笑了笑，"尽快给我回话。"

徐文涛回老首长个微笑，突然挺胸拔腰、脚跟并拢"咔"的一个立正，严肃地行个标准的军礼："是！"

笑容绽放在两张脸上，却表达着同一个主题：这事定了！

部长知道，徐文涛当兵 35 年，从来没离开过后勤工作。初入部队时的"尖子班长"、沈阳军区学雷锋标兵、优秀基层干部，读军校时的优秀学员，下基层单位的"改革新星"。数十年来他多次迎难而上、"摧城拔寨"，先进和立功从未离开过他！

军人以服从命令为天职，首长交办的任务，徐文涛从未说个"不"字。徐文涛所说的"考虑"，是想跟妻子和女儿商量一下。但他心里有数，家人肯定会投赞成票的！

第二天，徐文涛带着妻子和女儿的热诚鼓励，向部长报告了接受任务后，部长交给徐文涛一把钥匙。那一刻，徐文涛心里冰凉冰凉——这把轻若鸿毛又重如泰山的钥匙，就是史馆的全部资产……

当得知史馆要由废弃的旧食堂改造，又不许破坏原主体结构时，徐文涛的情绪再度降温：在有限的窄小的天空中飞行，怎么张得开翅膀？

部长向来简洁干练，再一次"单刀直入"："争取明年'八一'前或年底建好，让老干部们看看。"

首长下令，军人立刻领命、敬礼，不容迟疑。但，有时这敬礼是下意识或本能的。

徐文涛麻利地敬个英武的军礼出来，竟冷意尽消、浑身灼热！

徐文涛的目光直视前方、旋风一样"刮过去"，熟悉的办公楼、营房、花木们纷纷退去，熟悉的鸟叫和战士向他问好的声音都过耳不闻，他心中只有一个目标：旧食堂。他口中默念着：现在一无所有，离开馆只有 8 个月啊！来到食堂跟前，他张开手，发现那把钥匙热得烫手、浸满了汗水……

为了攻克"山头"，徐文涛拼了！怪时针走得太快，恨分身无术。削减睡眠、深耕黑夜，连走访、调查、取经都重新"编队"甚至合并同类项、穿插进行。公元 2004 年 12 月 31 日，徐文涛把半个月时间就完成的史馆筹建报告递给首长，部长详细阅后只简洁地回答他两个字："很好！"

徐文涛来不及品味和享受首长的赞扬，只礼节性地回以"半个微笑"，脚步声已经旋风一样刮出屋外。此时的"很好"，像一发刚刚压进枪膛的子弹——现在最紧迫的是，他必须带着新指令瞄向新的目标、一枪命中……

宁让身受苦，不让脸发烧

徐文涛告诉我，他每年都要回老家看看。

1951 年 5 月 7 日，辽阳市白塔区南林子徐家诞生个营养不良、又瘦又小的男孩。谁也没想到，当年那个瘦削、弱小的男孩就是后来吹打弹拉唱样样会、说写干行行精、扛上威武的大校军衔、让 10 万人竖起大拇指的徐文涛！

由于家庭贫穷，小文涛遇到太多麻烦。

冬天早他一步，穿不上棉衣；夏天早他一步，脱不下棉衣；土路早他一步，总是在下一双鞋还没指望的时候就"掏烂"了脚上的鞋子……但，这丝毫也不影响他打柴、挖菜、干家务、上学……小文涛有股子不服输、不示弱、不怕苦的硬汉气象。

徐文涛人生路上拼力向上、只挂前进挡，得益于父亲徐景云的言传身教。祖国如朝阳喷薄初升、气象万千，14 岁的"猪倌"父亲也交了好运，靠读过几年私塾的底子，幸运地迈进年轻的中华人民共和国执掌的辽阳纺织厂的大门。由于吃苦耐劳、又红又专双翼齐飞，扎实地走过学徒、技工、车间主任和管理能手的不俗路段，被推荐到青岛纺织干校学习 3 年，以中华人民共和国第一代识文断字、蓬勃奋发的青年才俊的形象，荣幸地在鲜红的党旗下举起右拳……

父亲坚毅、硬朗、宁折不弯。但，他却常常以开阔的视野和胸怀，向家人传递着柔情和爱。父亲爱中国传统文化，在物质匮乏的贫瘠生活里，《名贤集》《千字文》《三字经》《弟子规》《朱伯庐治家格言》等儒学经典都能倒背如流，雨露，滋润着孩子们心灵的禾苗。他告诉孩子们，徐家祖上世代为农，从山东移民东北后房无一间、地无一垄，能有现在的生活，我们已经很知足了。一辈子都不要忘了六个字："爱国、爱党、爱家！"没有国，就没有我们的家。家家都过上好日子，每个家庭成员都力争成才，国家就强大了！

虽然当年不敢大张旗鼓地讲"爱家"，但父亲的"内参"有理论依据：大丈夫要"齐家、治国、平天下"，家是首选。事实依据永远让小文涛刻骨铭心。爷爷争强好胜、侠肝义胆、要面子，只因家贫，打光棍 50 年娶不上媳妇。奶奶在死了两房丈夫后才嫁给爷爷，一辈子生了 14 个孩子，就活父亲一人。爷爷闻知本族亲戚要结婚，却怎么也拿不出两毛钱礼金。要面子的爷爷哪受得了这个？一股火窝心不散，抑郁而死……

母亲李素珍是徐文涛的另一任老师。别看她一个字不识，却以另一种民间文化传承的形态展现着她的耿直、坚韧和善良。

"只要功夫深，铁棒磨成针""没有过不去的火焰山"，母亲的语录，永远珍藏在徐文涛的心坎，一辈子不敢忘怀。但，母亲有一颗宽阔的心。每每徐文涛做事吃了亏，母亲从不埋怨他，却以"吃小亏占大便宜"的乡村哲学理念，为儿子打开另一扇窗……

徐文涛妻子深情而怀恋地评价："我婆婆对谁都好。她说：'要饭花子到咱家，也不能让人空手走。'别看她一个字不识，却是个大气的女人，她多次告诫我们：'贪小的人，大事不成。'"

"终身辛勤劳作，一生纯朴为人"，父亲单位送给母亲的挽联，浓缩了母亲可敬的一生，也成为徐文涛牢记不忘的座右铭。

多年之后，当徐文涛攥热了部长交给他的钥匙，站在冷寂而颓废的旧食堂跟前，不仅有父亲的智慧和硬朗强力支撑，母亲的话也依然在耳："宁可身受苦，不让脸发烧。"

🎋 习惯的力量 🎋

习惯能加强诺言和天性的力量。

——尼可罗·马基雅维利

小木匠"老徐"17岁

"少年不识愁滋味，爱上层楼。"

不管什么条件，徐文涛都坚守着不服输、争上游的习惯。

缺吃少穿的苦日子乌云般厚厚压来，徐文涛偏偏乐在其中，试图在乌云缝隙里寻找穿透云层的阳光，哪怕只是一小块、几丝丝，都能带来无尽的惊喜和快活。直到上学了，才发现个天大的问题：手指头都掐酸了，怎么也数不全 10 个数！

父母没有责怪他，老师也没有说他笨。但，看着那么多同学流利地数过 100 和率真无忌的笑声、怪怪的表情，他急啊！从那一刻起，他就一头扎进书里，拼力学习。

家人以为，这孩子将来能算开生活中的小账，最好会背小九九，就行了。不料，期末考试，小文涛后来居上，竟取得了数学 96 分、语文 100 分的好成绩！老师同学们纷纷刮目相看，异口同声评他为三好学生、选他当班长——此后直到万分不舍地离校，学习委员、少先队中队长、体育委员的"官衔"，从未离开过他。

生活清贫徐文涛不能掌控，但，他有自己的"表达方式"：衣服破，16 岁前没穿过袜子，学校组织看电影因拿不出一毛钱只能借故躲开，他都在学习和各项活动上"补齐"！1966 年，他已经通读了《毛泽东选集》四卷、"老三篇"、《反对自由主义》，翻开任何一页《毛主席语录》，他都能熟练成诵。迷恋宋体、楷体、黑体等字体，使他在刻钢板、校黑板报、校办小报上大放异彩；刊登在校报上的文章，被老师当成范文；乒乓球台前，他的球总能赢得观者的掌声；他以中长跑尖子生的成绩，被选为校队主力……

然而，受挫的事也时有发生。

一次上大楷课，徐文涛因只带了毛笔没带砚台被老师厉声训斥："身为班长，写大楷不带学习用具，还上什么课？"在全班同学面前丢丑，徐文涛恨不能钻进地缝里！但他咬紧牙关挺着也没有道出实情——他买不起呀！

见儿子乒乓球打得这样好，还是校队主力，母亲偷偷给他 2 块钱买个球拍。父亲火了："哪有钱买那个？打它有什么用！"

1968 年 9 月，徐文涛离开他无限眷恋的学校，成为下乡知青。父亲少见的大方，竟塞给他几张票子，让他买锛凿斧锯。

"不学门手艺，"父亲解开徐文涛的疑惑，"将来靠什么养家糊口？"

我高兴的是，徐文涛不唱高调，而是实实在在地道出事情的"由头"，告诉我学木匠的真相。试想，一个人连自己都"建设"不好，甚至屡现生存危机，只是嘴上抹蜜，张口就"一心为了集体、为了国家"，谁信？

以艺养人的观念牢牢扎根。入伍后，徐文涛被告知"坦克乘员合格"，可乐坏了！他想：在部队有了开坦克的手艺，回来后开拖拉机也行呀！哪知道，到了黑龙江某偏僻的后勤仓库才傻了眼：怎么一辆坦克都没有呀！

我问他愿意"扎根农村 60 年"么？

"不愿意有什么办法？"徐文涛说，"这是国家的事，谁也不知道将来会怎样。再说，要是不好好干，就是有机会回城，也轮不到呀！"

精神和理想，永远是生命的希望和阳光。只要精神追求不止、"爱上层楼"，就能在寒冷中获取温暖，在迷茫中找到坐标。

哪有空泡病号、酗酒呀，徐文涛连愁的时间都没有。他像一株蓬勃的青春树，风来了舒展腰肢筋脉，雨来了滋润根须清洁尘垢，阳光来了可以综合营养补补钙，惊骇的雷声和闪电来了，索性拿它练练胆子！他像只勤劳的工蜂不知疲倦地飞来飞去，见蕊就采……白天劳动很忙，宁可拖着疲惫的身子少睡觉，也要帮乡亲们干木工活。青年农民大柱子盖房子，他给砍房架子；小海子等人爱打球，他逐个在背心上印了字；一个农民盖房子，徐文涛从辽阳买了 40 斤钉子背回来；好几个农村青年结婚的对箱、饭桌，都是徐文涛做的……

他的木匠手艺也突飞猛进。1970 年青年点盖了 3 间房，徐文涛包揽了全部木工活！

1970 年 12 月，徐文涛穿上军装后，好多人为他高兴。闻知徐文涛已经离开村子，刘秉威、山海子等 4 个青年农民走了 40 多里路赶到鞍山，只为跟徐文涛合个影……

偶有闲暇还要练毛笔字、学二胡——徐文涛要做的太多了！

这样不知疲倦地劳动和助人为乐，威望怎能不高？压上知青点长的担子，他操心更多了，才 17 岁，就有了"老徐"的雅号……

❧　一切为了史馆！　❧

> 唯有民族魂是值得宝贵的，唯有他发扬起来，中国才有真进步。
>
> ——鲁迅

认真比聪明更重要

站在废弃的旧食堂前，徐文涛头一把"金刚钻"竟是亚里士多德的一句话："认真比聪明更重要。"

没有文物，没有资料，连个助手都没有。但，开弓没有回头箭。紧握认真二字，徐文涛的腹稿很宏伟：一定要建成一个人们爱看、爱听、爱来，传播红色文化的高标准后勤史馆！

白手起家，徐文涛只能亲力亲为。设计、装修、安装，指挥与小兵融于一身。为了省钱，他多次到建材市场跟人"砍价"，硬件建设与软件资料收集同步进行、择机穿插。施工期间，他再走访老前辈、阅读数千万字的资料，学习各军、地史馆的经验……

为了赶在 2006 年"八一"前开馆，徐文涛每天睡眠不足 3 个小时。走路、吃饭、坐车、睡觉，不，就连坐在便池上，他的思维都在燃烧，企望碰撞出更新、更精彩的思想火花！有时刚睡着，突然激灵一下坐起来，抓起床头的小本子　把偶得的灵感记上……

展馆不过 3000 平方米，在上溯百年、学识万象中如何取舍？怎样把高屋建瓴与深入浅出、艰深宏伟与平易亲切寓于一体？

很快，徐文涛有了构想：画面要气势恢宏、先声夺人，内容要震撼，史料要经典，解说词要精彩，思想要大胆，全程各部分都要体现震撼人、鼓舞人的要素。总之，这个史馆既要"爆发力强"，还是个"长跑选手"！

徐文涛实现了！

欣赏了整个展馆，我仿佛看见他爬了好多道大山，涉了好多条河流。茫茫荒野上，无论酷暑严寒，在石缝、草丛、树隙、荆棘里寻找，时而俯首，时而翘足，时而跳跃，采摘最美丽的花朵，宽进严出、层层筛选、优中选优……

在 3 个综合馆 6 个分馆，2000 多幅图片、300 多个冲击力很强的标题，数万言解说词，几乎个个惊世骇俗、振聋发聩、启人深思……如果问中国的国土面积有多大？人们都会脱口而出："960 万平方公里。"若进一步问："历史上中国的版图多大？"则大都哑然。在"国耻馆"，徐文涛指着一张 1936 年出版、加工放大的《中国疆域变迁图》问："朋友们，在我们被弱肉强食、饱受欺凌的时候，谁能说说哪个国家侵占我们的国土最多？"

沉默。集体失语。

我在前边说过，许多人连自己爷爷奶奶的名字都说不出，谁记得这些？

"近代以来，俄国人割占了我们 300 多万平方公里呀！日本人侵华战争使中国军民死伤 3500 万人的数字，仍然有人瞪大了眼睛……"徐文涛在地图上指指点点，观者无不惊骇，"这才过去 100 多年，朋友们怎么就不记得了呢？"

"列宁说，忘记过去就等于背叛。"徐文涛话题一转，"但，从前我不怪你们，算我们老一辈工作失职。但，从今天开始，你们一定要记着，历史是我们民族的一部教科书，我们建设富强国家就从这里开始，知耻而后勇……"

在"东北解放战争"专题馆，徐文涛这样强调了东北战略地位的重要，毛泽东说："只要我们有了东北，中国革命就有了巩固的基础。"

如下是说明和表格：东北地区面积达 130 万平方公里，幅员辽阔、土地肥沃、资源丰富，有"谷仓""林海"之称。叙述了人口、耕地面积、森林面积后，以数字（1943 年统计）说话：

木材积蓄量：30 亿立方米，占全国 1/3；

产煤：2532 万吨，占全国 49.5%；

产铁：171 万吨，占全国 87.7%；

钢材：49 万吨，占全国 93%；

水泥：150 万吨，占全国 66%；

发电：107 万千瓦，占全国 78.2%；

铁路：1.4 万公里，占全国 50%；

公路：10.8 万公里，占全国 50%。

除了"抢占先机，挺进东北""辗转曲折，立足北满""筹粮运弹，鏖战松江"等吸引眼球的标题外，徐文涛还费尽周折，找到毛泽东当年指挥东北作战、部署后勤工作的 11 封珍贵的电报手稿……

在"朝鲜战争馆"序言里，徐文涛在几百万字的材料中，精练地描绘了朝、苏、中三方的战前立场和错综复杂的国际形势，最后用毛泽东的一句话结论："打得一拳开，免得百拳来。"

徐文涛的解说并非照本宣科，而是根据观众的行业或身份特点，临场发挥，组织不同的语言。

"我们总把密切联系群众挂在嘴上，总感慨解放战争时期群众跟共产党的关系好，看看过去我们是怎么做的，就一目了然了。"启发几句后，徐文涛才把观众的目光引向展板，"根据中共中央东北局'七七会议'精神，东北党政军干部纷纷走出城市，丢掉汽车，脱掉皮鞋，换上农民衣服，不分文武，不分男女，不分资格，统统到农村去，为创建巩固的东北根据地而奋斗。广大农民革命和生产积极性空前高涨，踊跃参军支前……"

徐文涛感慨我们现在有的官员总说群众的觉悟太差，差在哪儿？不差在群众，而是我们的官员自身出了问题。我们整天把群众呀政治呀挂在嘴边，做到了吗？

徐文涛从厚厚的《张闻天传》中摘录了几十个字，足以让人震撼：

"什么叫世界大事，就是群众觉悟。"

"人民觉悟，就是打不烂的工事。"

"什么叫政治家？给人民解决了土地、房子、牛羊问题，他就是伟大的政治家。"

如上洗练、经典、引人深思的观点和精彩的解说词，史馆中随处可见。

然而，精彩的背后，却是难以想象的艰辛。为了在文海里捞出几十个字，为了一件文物的追索，徐文涛认真、感人的事例数不胜数。仅我手头掌握的部分资料，就多达108个。篇幅所限，我只选取几个小故事——

故事一：被反锁在阅览室。2005年10月。北京。徐文涛经朋友引见、出具单位介绍信，才得以进到这个不对外开放的史料室。工作人员很信任他，打开室门后，让他自己翻找。

徐文涛伸手碰了碰离他最近的泛黄的厚本子，只翻阅了几下，立刻两眼放光：这正是有关沈阳军区后勤的史料！他像蝶儿见到了花朵，马儿看到了草原，苍鹰扑进蓝天的怀抱，浑身上下都激荡着狂喜、振奋和痴醉！如果不是怕惊扰别人，如果不是抑制着情绪，这个年过半百、霜染双鬓的大校，真想像孩子一样蹦个高、喊他几嗓子！

此前他已经阅读了2000多万字的史料，走访了数百位后勤老前辈，甚至一头扎进某单位几十麻袋废弃的文件中仔细淘金，灰头土脸、热汗淋淋中把每一本蒙着厚尘的资料、每一页飞舞的单页都翻个遍，忙碌了30多个小时，拿着一沓子陈旧的、在他心中闪闪发光的史料兴奋地说："太好了，太好了！差点与这些宝贝失之交臂呀！"

现在，他徜徉于一排排高高的史料架子里，如掉队的散兵历经磨难终于找到大部队一样惊喜！哈，哪张脸都亲切，哪双眼睛都传神，哪句话都好听，哪双手都温暖！

　　然而，忙碌了两个多小时，手指头都翻酸了，居然未遇"所需"！于是，他又退回原地、从头再来……

　　在那个封闭的资料室外，时间、工作次序、午饭、晚饭、交接班（以为徐文涛早就走了！）都按部就班。只有徐文涛，胸怀理想、肩挑责任，把整个世界浓缩成一个资料室，如痴如醉！

　　肚子咕咕叫，他不理。手表秒针一直在左腕疾行、鸣叫，他充耳不闻！徐文涛那双眼睛越来越明亮，生怕漏掉一个知己；那双手简直成了犁铧、细齿梳子，沿着文字序列的机理耕耘、梳理……

　　故事二：兵贵神速。2006 年 5 月，徐文涛看着《沈阳晚报》上的一条消息眼睛放光：沈阳重型机械厂退休老工人李洪儒，想给手中的历史文物找个"家"。徐文涛喜出望外、浑身灼热，立刻赶了过去。由于地址不详，他在铁西区 14 路一带折腾了一个多小时才如愿以偿：军容整齐的徐文涛见到李洪儒老人后，立正，啪地敬个军礼："我是沈阳军区后勤史馆馆长徐文涛，我在报上看到消息后，特来拜访。"

　　这些泛黄、陈旧的收条果然来历不俗。1945 年，我军把一批武器弹药和军需物资寄藏在李洪儒家。在危机四伏、搜查不断的白色恐怖中，李家人冒死保存了这些武器。解放军分期分批取走武器，每次都留下收条。这 11 张收条见证那段非同寻常的后勤历史，也见证了当年我党我军同人民群众生死与共的血肉联系。徐文涛介绍了后勤史馆的情况和来意，李洪儒愉快地捐赠了这些宝贵的历史文物。此后相继有 14 家单位找到老人，李洪儒不断地重复那句话："你们来晚了。"

　　故事三：一切为了史馆！2007 年国庆节。沈阳 463 医院。徐文涛火急火燎地跑前跑后，安排舒适的干部病房，找最好的医生和护士，挂号、抓药、打饭、护理老人、问寒问暖，楼上楼下跑个不停，总是气喘吁吁、满脸热汗，眼神和口气流露出关爱和焦急。陌生人连连赞叹："你看这大校，对父母多孝顺呀！"

　　其实，徐文涛与两位老年夫妇素不相识。

晚上，"徐馆长"突然接到刚刚认识的一位北京朋友的电话，"我父母从山东济南去东北长白山旅游，母亲突然得了腰脱病，走都走不了了，"电话中满是焦急和担忧，"现在困在沈阳，人生地不熟的，您能不能帮帮他们？"

"请告诉我联系方式，"徐文涛边听边记下电话号码，"请放心，我一定安排好！"

老人病好后急着回去，却买不到国庆期间非常紧缺的软卧车票，徐文涛立刻找军代处主任王治国帮忙解决燃眉之急，并亲自将二老送进软卧包厢……

"徐馆长，您放心，""北京朋友"闻知父母的倾情讲述，非常感动，"后勤史馆资料的事，我一定尽力！"

他们的相识，始于"资料"。

听说北京某大档案馆有毛泽东主席关于指挥东北战区后勤工作的手书信件，徐文涛痒痒得不行。"听说"是否准确，要眼见为实。难的是，这种不对外的档案馆不让馆外的人靠近，怎么验证准确？徐文涛出具了沈阳军区开的介绍信，"北京朋友"同意帮忙寻找。回信说：文件太多，没有找到。

"帮助别人，就是帮助自己"，徐文涛用事实再次印证这句话。几天后，徐文涛终于弄到梦寐以求的11件毛泽东手书稿复印件……

虽然我在农村生活过，在展馆中见到乌拉草还是很惊讶——

萧瑟的冷风劫匪般在那片秃疮般萎黄的洼地上撒野，抽打得细枝条乱发一样四下乍飞，在不堪虐待的挣扎中发出声声怪叫。蛇冬眠，鼠匿洞，鸟飞逃。植物们换上尽失生命气象的黄装，生灵们远远逃遁……

然而，一个身材挺拔的军人却劈面而来，任风抽打他的脸、扯飞他的衣角，踏破冰封、踏断残枝，在破棉絮般的荒野上东寻西找。当地上那一墩墩假发套似的东西进入视野，"找到了！"他惊喜地招呼后边的同伴，"你们看，这就是乌拉草！"

为了再现当年我军在滴水成冰的东北以乌拉草抵御严寒的情景，让当代年轻人看看乌拉草是什么样，徐文涛专程来到丹东凤城荒野……

辽宁省政协原主席孙奇来馆参观见之很亲切，随口背出了《乌拉歌》。徐文涛闻知立刻上门求教，请他写下来——

"参观中见东北解放战争中战士穿的乌拉鞋，见物生情，想起少年时听过的一首歌，我顺口说出，大家听后说'形象'。徐文涛馆长让我写下乌拉歌：有大有小，农夫之宝／皮里没肉，肚里有草／脸多皱纹，耳朵不少／放开不动，绑起能跑。"

徐文涛凭着这股认真的劲，让后勤史馆如期开馆并一炮走红！

中央军委委员、总后勤部部长廖锡龙上将评价说："沈阳军区做了一件了不起的事情。建设这样的史馆需要很多时间和精力，你们把它建成了，很了不起，作用很大，影响力也很大。这说明你们读懂了历史，也给大家提供了有益的借鉴。"

沈阳军区政委黄献中上将 5 次莅临史馆并批示："军区后勤史馆是一项创新型建设，看了的都说好，应当尽力发挥其作用。"还亲自题词："丹心昭日月，丰功著伟业。"

毛泽东主席 13 次接见过的老劳模尉凤英参观后欣然命笔："后勤史馆是爱国主义教育的最好课堂，应该让全社会都来参观受教育。徐馆长的讲解非常生动感人，独一无二，应当立功！请领导把史馆拍成电影。"

沈阳军区前进报社原社长、现东北解放战争史研究会副会长冯荆育激动得热泪盈眶。"能把历史梳理得这样清晰，确实很不容易，"他眷恋地指着展板，"好久不这样感动了，这里的展出内容很精彩、很震撼！"意犹未尽，他感慨地写下留言："生动再现了军区后勤 60 年风雨历程和丰硕成果，这是人民战争的伟大胜利，是毛泽东军事思想的伟大胜利。对我参加编写《东北解放战争图志》有很多震撼心灵的启示。希望加强同东北解放战争研究会的联系，深入挖掘馆藏内涵，不断扩大展馆的社会影响。"

❧ 特立独行 ❧

我独自一人，却像攻克城池的军队一样前进。

——萨特

敢捅"马蜂窝"

为了还原历史、向后人负责，徐文涛千呼万唤，终于淘到 1936 年出版的《中国疆域变迁图》，并把它放在史馆最抢眼的地方。有好心人劝告："还是慎重吧，这是鲜为人知、非常敏感的话题啊！"

徐文涛深谙此情。这段历史很久以来为史家所忌讳，宣传媒体回避，教科书回避，以致才过去百多年，竟然湮灭无闻！

徐文涛毅然决然地剥去掩埋的历史厚土，撕开真相，展露伤疤，让子孙后代在惊骇中知耻而后勇、奋力拼搏！

这张图把 1858 年中俄签订"瑷珲（爱辉）条约"，直到 1945 年以前国民党统治中国期间，历代统治者亡国败家割地赔款的历史事实——列出……

此图如同一记惊雷，震撼了人们的心灵。每一个华夏子孙看着中国巨大的版图一年年地缩小，数百万平方公里生生被蚕食、掠夺，中国疆域由"海棠叶"变成"公鸡形"，无不万分惊讶、痛惜、知耻、感奋！老人们叹息，青年们摇头，教员们感叹，将军们扼腕——生龙活虎的现役军人，或高高地挥舞拳头，或牙齿咬得咯咯响……

许多人感慨万千！他们说，过去我们常常自满于所谓"地大物博，幅员辽阔"，可是究竟有多辽阔，并不真知底细。现在看了这张图，真真切切感受到"伟大"这两个字的含义。而这"伟大"之中又包含了多少辛酸屈辱的沧桑往事。由此更增加了观展的真正价值：知耻知史，爱国爱党，发奋图强！

为了满足太多热血观众的要求，徐文涛精心仿制了一批"胶质"《中国疆域变迁图》。我获此图后，心情万般复杂地珍藏起来……

东北解放战争时期，林彪系中共中央东北局书记、东北民主联军总司令兼政委，是名副其实的"一把手"。抗美援朝时期，高岗接任林彪职位，人称"东北王"。徐文涛一反"大凡人物有争议"就回避的"常规"，实事求是、客观地表达历史。

关于抗美援朝战前复杂的形势，徐文涛让金日成、斯大林、林彪、彭德怀等人不同观点的激烈交锋"还原"，让人知晓这场战争非同寻常的震撼及历史意义。

凡有争议人物"出场"的地方，徐文涛都坚持以尊重历史、向后人负责的原则，拨云去雾，还原真实。

人所共知，这样求真务实的结果往往是：干事是为了工作，一旦出了问题，责任却要个人承担。因此，我们的流行语中才有了三思而行、舌间半句、明哲保身甚至为了推脱责任一再"传承"李宗吾的"锯箭法"。徐文涛决不这样。虽然他积 40 多年工作经验，教训成堆，在解放军后勤学院读书曾以哲学课第一名的成绩惊动全院的高才生……

触碰"题材禁区"

我以审视和挑剔的心理仔细看了史馆内容，发现徐文涛积极推进、树立正面导向时，以不怕非议、过人的胆量，"把美撕破了给人看"。

当年中国人民志愿军入朝作战，美国人至今承认这是他们国家成立以来"唯一的一次败仗"。徐文涛却激情地告诉我，"我们夺取了战争的胜利，但，由于战争初期后勤保障不利，也有血的教训！"

"请看，这个展板，就说了一个让人痛心的故事，"为了证实于此，徐文涛停了停，"我们后勤老领导谢宁就目睹、采访了这个悲惨的故事。"

2011 年 8 月 23 日下午 3 点，伴着柔丽的阳光，我同徐文涛一起拜访了原东北军区后勤部政治部宣传部谢宁老人。谢家仍然住沈阳城中心很少见的平房。一进客厅，我就欣赏谢宁先生 60 多年前的半身黑白相片，瓜子脸、宽额头、大眼睛，高挺笔直的鼻子、唇线分明的嘴，在军帽、军装的衬托下，尤显英气逼人。

"太帅啦！"我指着照片说，"一点不比当今的一线影星逊色！"谢宁老人客气地递上水果，礼让着。我象征性地摘几粒葡萄，瞅一眼徐文涛，示意开始。

徐文涛说明来意，谢宁老人满脸和善，先说了说建史馆的事。当我转移话题，让他说说当年朝鲜战场的冻伤情况时，谢宁老人脸色陡然紧了，红而白，白而红，憋了半天，嘴唇微微颤抖——"那个战役太惨啦！"只开个头，谢宁老人居然说不下去，立刻悲痛欲绝、泣不成声……

那是插在老人心中的一根刺，永远的痛！

1950 年 11 月，由于战事紧急，后勤保障尚未跟上，我 15 万志愿军战士来不及换冬装，穿着单衣就过了鸭绿江！

在长津湖战场上，气温达零下 50 度，美军第八集团军军长沃克实在顶不住，狼狈弃阵，逃跑中翻车而死。

身着夏装、围打敌人的我军勇士们，借夜幕掩护悄悄摸上去……

大雪没膝，寒气近逼。风刀似的一把把抛来，割剖、凌迟着这个匍匐于地、等候进攻命令的坚强群体。起先，天空中布满牙齿，戳透薄布啃咬着志愿军战士们的身体。很快，四面八方到处都是牙齿，牙齿们包围过来，渐渐收紧、收紧，一口接一口吸着战士们的体温，把血肉之躯吸凉、吸成冻板，还在不停地吸着吸着……血液流速迟滞，脉管已经挂冰，心脏之火即将熄灭——死神能夺走战士们的生命，却夺不走钢铁般的意志和伟大的精神！宋阿毛和他的战友们承受着生命的极限，仍然群虎般卧在雪地上，等待着进攻的号令！

每个小时，不，每一分钟，都是挑战生命极限的考验！每一秒钟，都是剥夺生命的危险承受！等啊等，挺啊挺——进攻的时间到了，冲锋号激越地响起！咦？"死鹰岭"阵地上的前卫尖刀连怎么没有反应？

20 军 117 团 6 连的 125 名志愿军战士，全部冻死在阵地上！

坚守阵地的宋阿毛知道寒冷残忍、绝情、步步紧逼，预感自己的青春即将终结。但他仍以视死如归、为国捐躯的坚贞和令人惊骇的坚强意志，写下绝笔诗。

> 我爱我的亲人和祖国，
> 我更爱我的荣誉。
> 我是一名光荣的志愿军战士！
> 冰雪啊，我决不屈服于你！
> 哪怕是冻死，
> 我也要高傲地耸立在
> 我的阵地上！

15 万志愿军战士大都身着单衣，这 125 人仅仅是微小的一部分！

谢宁和楼适夷部长目睹此景，惊讶得目瞪口呆！

"老长老长的烈士垛呀，"谢宁老人一边呜呜哭一边讲述，"烈士垛码放得很整齐，头是头脚是脚。头上清一色的大檐帽，脚上清一色的回力球鞋。天哪！一人多高、好几百米长啊！我们那些可怜的战士们……"一阵急切的哽咽狂猛袭来，谢宁老人实在说不下去，我连忙递上毛巾。老人揩掉眼泪缓了缓，又接着说，"冻破脸、冻坏胳膊腿、冻掉手脚、冻掉耳朵的伤员们遍地都是呀，他们东倒西歪，疼得可地打滚，整个山岗一片凄惨的号叫声。楼适夷（曾任东北军区后勤部宣传部长、人民文学出版社副社长等）见了哇哇大哭，哪顾得上采访啊……"

"敌人的海军陆战师都逃跑了，整个山坡上，到处都是敌人丢弃的坦克、火炮，"谢宁老人举了举拳头，"朝鲜老百姓上来，气坏了，把美国鬼子的衣服扒光了，连内裤都不留。敌人的白条尸体也码成垛……"

西线战场冻伤2万人，东线战场冻伤3万人，5万多活蹦乱跳年轻的躯体，没有死伤在与敌拼杀格斗和硝烟中，而是亡命于"后勤补给"！

"当时的志愿军有三怕，"徐文涛借题发挥道，"一怕没饭吃，二怕没子弹打，三怕负伤了抬不下来。"

"文涛胆子大，"谢宁赞赏着，"这话对是对，除了文涛的解说词，没人敢这样写。"

宁讲万言史，不冷一人心

"感动一个领导，就感动一个单位；感动一个人，就感动一个家庭。"徐文涛这样哲思闪耀的星火随处飘飞。一天接待几个团，他不停地讲啊讲，口干舌燥、嗓子冒烟，他仍然激情万丈、口若悬河。观众那样忘情、专注，表情随着讲解内容而阴云密布、晓日破云、春光乍泄、狂风突袭、晴空万里。徐文涛如同加足油、挂快挡的车子拼力前行。观众们被展馆内容感动，也被徐文涛的精神感动。有的观众心疼亲人那样递上洁白的手绢、面巾纸，有人专门跑出去买来矿泉水、冰棒、饮料。徐文涛又被观众感染、感动，心灵的清爽和激情化作更流畅、更丰富的演讲……

面对几百人的团队观众如此，面对几个人甚至一个人，也是如此！徐文涛对自己的另一个要求是："宁讲万言史，不冷一人心。""这年头感动一个人不容易，不放过任何机会，尽量做，感动一个是一个。"因为他知道，只有点燃心灵的火种、星火燎原，我们的"红色家园"才能日益壮大、永世传承……

2011年8月19日，我在杂志上看到一幅照片，徐文涛单独为一个"小矮人"解说。"小矮人"头大、身材瘦小，衣服穿在身上，如同直接挂在骨架上，头顶不及徐文涛肩膀。我算算比例，他大概不到一米五。

他叫林卓，黑龙江省哈尔滨市的一个普通工人。他闻知沈阳有个后勤史馆，专程赶来，收集亲属的原始材料。林卓的大爷原在沈阳军区后勤某分部服役，是林氏家族最出色的人物。

林卓的语言如同他的个头、长相一样其貌不扬。走路脚步很轻、无声，像一片片叶子飘来飘去。见面后，他受宠若惊地跟徐文涛握手，握力很轻、若有若无。但，徐文涛已经读懂了这个"小矮人"的不同之处。

面对一个观众，徐文涛 3 个小时不停歇，以同样的激情，同样的认真，同样的内容，让"小矮人"与"一个团队"同等待遇，感受中国军事后勤百年风起云涌、波澜壮阔、扣人心弦的"展馆风暴"……

观展结束后林卓由于激动久久不能自拔。风雷在体内狂猛激荡，感谢的话争先恐后挤在喉头、不肯礼让，塞憋半天，直到面颊云霞缤纷，才迸出几个残破、排序混乱的字词。他再次移动那双轻若飘叶的脚步，握手——仍旧力轻若无，如同两个叶片象征性地包夹一朵花蕾……

开馆后，徐文涛没有一个休息日，慕名而来的人太多。"五一""十一"和春节，都是他最忙的时候。分身无术，徐文涛只有一个办法："全天候，零距离。"

2009 年 5 月初，徐文涛正在医院忙碌，首任老师、89 岁高龄的父亲大腿截肢，担心、疼痛的刀子，一下下割在他的心上。手术刚完，父亲苍白的面孔、多处插满管子的样子，更让人忧心忡忡、愁肠寸断！

这时，沈阳药科大学读大一的团支书戚凝打来电话，她要在五四青年节组织学生会来史馆学习并与部队官兵联欢。徐文涛如同听到首长命令那样应下后，看看病床上的父亲，眼窝潮润，向父亲轻轻说了声"对不起"，被懂他的妹妹和妻子"撵走"……

得知戚凝和同学们要参观军营，已超出徐文涛的职责范围。面对这些热情的学生，徐文涛没有封口、推托，而是请直属工作处处长协调，先后找了通信站的政委、教导员、连长等 6 个人，再亲自把学生们送到连队……

事后戚凝再三致谢，徐文涛这才解开"谜底"："我为什么这样做？第一，你是大一的团支部书记，刚踏进大学校门就来展馆和部队学习，非常难能可贵，我必须帮你。你第一次办事成功了，有个良好开端，将对你一生有着重大意义。从你人生和事业的角度，我也要支持你。第二，我要告诉你一个道理，今天社会上还是好人多。我和你素不相识，支持了你；6个人都和你素不相识、都支持了你，支持概率是100%。我想让你相信：只要年轻人勤奋好学，就会得到全社会的支持！"

我更看重人的价值

"我现在60岁，按说，大校职位早就应该退休。只因工作需要，我还肩负着责任，就一直坚守在史馆的岗位上。无论干什么，多大年纪，都不要忘记：人生的本质是责任。人的价值，就是对社会对人的奉献。检验价值的标准，就是对社会有没有用。人，有作为才有地位，有奉献才有价值。

"我的智商不比别人高，我学习好、工作好，别人惊讶、惊喜、惊叹，其实我只是时时把责任放在心头，多下了许多笨功夫罢了。就拿建史馆来说，近3000个日日夜夜我昼思夜想，无时无刻不在琢磨。一听别人说哪有文物，我就眼睛放光。不管费多少劲、求多少人，也要尽力收集。因为，文物最能体现真实，是最好的证人，是不动声色的叙述，是史馆最重要的文化力量。现在，我一共搜集了几百件有价值的文物，这是一笔宝贵的财富。虽然史馆的工作千头万绪，我从不嫌麻烦。我一直把史馆当成家，当学问来研究，当事业来做。把'爱国主义教育、传承红色文化'，当成自己价值追求的体现。

"名誉和地位追求，乃人之本性。追求官职本没有错，但要有限度，要方方面面考虑，决不能'一根筋'！提了正常；不提，也是正常的。太多人一再追求官位，提了高兴，不提就翻脸，这怎么行？官职上不封顶，副师晋正师，五级晋四级，四级晋将军，有头吗？再说，职位跟社会价值没有必然联系。更重要的是，'该提没提，方显英雄本色'！

"'知恩知足心态好，爱党爱军感情深'。我出生在世代为农的家庭，现在已是大校，我非常知足。食着百姓小米，花着纳税人的钱，拿着国家俸禄，要感恩，要回报。怎么回报？对我来说，就是要放大价值。资本家追求利益最大化，我追求人生价值最大化。现在感动 10 万人远远不够，'10 万是起点，百万是目标'，只要我身体行，只要组织需要、社会需要，我会当一辈子红色传人！

"现在生活条件好了，生存环境好了，为什么很多人迷茫、无所事事？太多人生活在幸福之中，太多人又生活在牢骚之中，为什么？最重要的原因就是没理想、没精神支柱、没榜样，放大了说，一个没有偶像的民族是危险的民族！网上流传：一些年轻人'宁可坐在奔驰车里哭，也不骑着自行车笑'。这样的追求多么可怕！

"我问过太多的大学生，许多人没有偶像，也没有崇拜的人，这是一件可怕的事。过去我们只强调精神是有偏颇的，现在完全放弃精神，难道不是偏颇吗？当今社会，大家不缺知识，而是缺榜样。我们需要时代最强音，需要引领时代民族精神的榜样！"

2011 年初，干部处长已经向徐文涛明确：因为你已经 60 岁了，虽然仍然在岗位上继续工作，但已经不能调资、不能晋级。

徐文涛听后没有丝毫不快，更没有半点牢骚，而是无官一身轻松，忘记名利比蜜甜。但，工作激情不能减，永远不能忘了责任和担当。"别人和我比官职，我和别人比价值。"

❧ "前卫"的"后勤" ❧

一个人的生命价值，要看他贡献了什么，而不应当看他取得了什么，当了多大的官。人应该以尽可能多地给社会作贡献为生活目的。

——爱因斯坦

后勤"不后"

步入后勤史馆，一个鲜活、生动、飘荡的"红领巾图形"赫然显现，这是徐文涛亲自和老战友梁冰设计的东北地形图。洒脱、前卫、创意新颖的造型，既具象了史馆本体的规范，也抽象地昭示了史馆的灵活和外延……

"红领巾"下侧飘逸的"开口"，10 个大字赫然醒目："强大的后勤，胜利的保障。"这行字既是全馆的主题，也是后勤史诗的"诗眼"……

"哪个领导题的词？"好多人问。

"不，"徐文涛直言不讳，"这是我想出来的。"

以不同的视角易位思考，时刻想着史馆的社会意义，对不同人都有启发。这是徐文涛时刻最重视的内容之一。就连小学生对"后勤"质疑了，徐文涛也深入浅出地跟他们对话："你们家谁买米、买菜、做饭、收拾卫生？""我妈。""衣服脏了，谁洗？""我妈。""上学的书包呀笔呀本子呀，谁管？""我妈。"

"那么，在你们家，你妈就是后勤部长。"见孩子们懂了，个个面呈新奇和求知的表情，徐文涛又问，"小朋友们，没有干后勤的行不行？""不行！""你们说，后勤重要不重要？""重要！"

史馆正门，著名书法家李仲元先生的楹联掷地有声："开记忆闸门，奔来白山黑水；看后勤将士，捧出碧血丹心。"

"用后勤语言，书写后勤历史"，内容必须新颖、独具匠心，决不步人后尘，这是徐文涛创建史馆、组织内容的又一准则。

仅以后勤史馆的业务展馆为例：浩瀚繁复的内容，他别出心裁地以"金色血液、军中先行官、白衣天使、军事大动脉、铁打营盘、经济卫士"6 个专业馆的名称概括，术语简约，文采优美，意境深远。有军旅观众这样描绘道："这些标题，有如久卧潜伏之地，突然听见一声嘹亮的冲锋号。这一声响，直唤得新兵们心潮激荡，振奋精神，老兵们热血沸腾，感慨万端！"

我们只知道，展馆 4 万多字解说词、2000 多幅珍贵照片，字字如金，幅幅震撼。却很少有人知道，这些宝贵的果实，是徐文涛从浩瀚无边的"史料森林"里，一个个、一朵朵"采摘"的呀！

观众感慨道："这是一份家谱／一份无须记全姓名却个个鲜活生动／令后人终生铭记的家谱／一份无须分清血缘却又脉脉传承相袭／为民族永远骄傲的家谱！"

中国人民解放军军事后勤陈列馆馆长，后勤指挥学院历史研究室主任徐庆儒，用整整 3 天时间把史馆从头至尾看完后评价道："建馆思路清晰，内容取舍得当，政治与军事、军事与后勤、综合与专业、纵向与横向、形式与内容都达到了完美结合。知识性、可视性较强，整个展览是成功的。是集后勤历史大成的窗口，是很好的军事教育基地。"

"以大见小知后勤，以小见大知军史。"总后司令部参谋长刘铮少将的留言，诠释了后勤史馆非同寻常的建馆理念。

一位京城的记者被邀请参观史馆，本不想看，却碍于情面，只好声称"有要事赶时间"，只能看"三五分钟"。然而，他一头扎进史馆，竟蝶恋花、鱼遇水、逢知音一样物我两忘！惊看表，不知不觉过去 3 个小时！差点误了登机时间，这才意犹未尽地道出告别语："我们当记者的什么展览没看过啊？原以为后勤展馆不会有什么特别，只想'点到为止''意思'一下，结果出乎意料，不但后勤不'后'，史馆有'史'，而且还别具特色，令人震撼……"

徐文涛并没有停留、沉迷在赞美声中，而是百尺竿头、更上层楼，对自己提出一个近乎苛刻的要求："史馆不死，常看常新。"为了这 8 个字，徐文涛只能在超负荷时开足马力、弓拉满月。当展馆名气如日中天一再向外、向外时，徐文涛的时间挖潜却只能向内、向内。

2006 年春节，徐文涛住院手术，谁能想到，许多佳词丽句竟然诞生在疼痛中、病床上！

2009 年，徐文涛半夜昏迷，说胡话，满身淌汗，妻子吓坏了，赶紧送他去医院。谁能想到，第二天，他又英姿勃发、眉飞色舞地出现在演讲现场！

徐文涛身材高挑、挺拔，瓜子脸，头发自然卷曲，面庞轮廓分明，儒雅威武中流露着艺术家气质。演说声音厚重、富于磁性，表情激昂，伴以得体、适度的肢体动作，一开口就先声夺人，仿佛把观众带进艺术殿堂——谁能想到，这却是 4 个 + 号的糖尿病患者，体重降了 30 斤的人！

一位老战士留言希望办个"纪念抗美援朝战争展览"，这一句话，徐文涛足足干了一个月！

2011 年 8 月 19 日上午，得知他要办"纪念'九一八'展览"，"这……还不到一个月，"我惊讶地问，"来得及吗？"

"我有这个本事，"徐文涛面呈微笑高高举起右拳，"连宿连夜干，我半个月就能干出一个展览！"

我知道，徐文涛干事素以高标准、严要求著称，这样看来，时间真是太紧了。但，我也知道，徐文涛雷厉风行、从不食言……

每场演讲都是一次创作

徐文涛办公室堆积了太多的资料。图书、报刊、史料、册页应有尽有。他告诉我，他们家里没什么财富，就是书多。每天，徐文涛都要在这些资料中畅游一遍，和它们亲切对话、交流，依门类或属性，把这些"新兵"分到该去的连排班组，或种在思想的土壤养育、催芽，或组织它们立刻"参战"。"活学活用"，"天天为用而学"。"把鲜活的历史，变成鲜活的教材"，"21 世纪的文盲不是不识字的人，而是不会学习的人。"

1983 年 10 月，徐文涛在后勤学院近千名考生中，哲学以 97 分的高分折桂！全日制脱产学习 2 年，他一直是优秀学员。学问的溪流，打通了闭塞梗阻，滋润了大片大片知识秧苗茁壮成长，助推这位血气方刚的"后勤人"扶摇直上、蓄势待发……

我们听过太多次讲课、演讲,大多味同嚼蜡。原因很多。其中一个原因则是:不管上哪儿,针对什么人群,都只备一次课、一个稿子。拿个"通稿"到处讲,这怎么行?

徐文涛每年都有上百场演讲,每次演讲,都是一次创作!

既要"贴近群众,贴近生活,贴近形势和任务",还要备课内容"一对一"!针对不同对象,有不同的讲法!

徐文涛演讲超过千场,每一次都刮起"掌声风暴"!

2011 年 4 月 17 日。沈阳。中国医科大学礼堂。组织者事先极力为徐文涛的演讲造势,并抛出纪律约束,同学们来得很踊跃。开始前,同学们交头接耳,议论纷纷。

"听说这个姓徐的是个军官,大校。"一个胖脸男生好奇地说。

"史馆的解说员,"瘦脸男生老到地摆摆手,"老古董,充其量也就照本宣科吧!"

身边的漂亮女生未卜先知地总结:"肯定又是讲从前我们怎么挨八国联军欺负,今天怎么怎么强大了,让我们好好学习,将来报效祖国。"

徐文涛健步走到讲台前。

数百束目光从不同方向快速聚焦——徐文涛一身英武的军装,身材笔挺,面庞清秀,胸前挂满闪闪发亮的军功章,以一个威武庄重的军礼开场。

"亲爱的同学们,"徐文涛洪亮而富于磁性的男中音打断了几个人的议论,"大家下午好!"

"别说,这老头还挺帅呢!"漂亮女生小声嘀咕。

"同学们,28 年前,我也曾是一名在校大学生,跟大家不同的是,我读的是军校,"徐文涛扫视一下全场,"但是,我觉得,不管读哪所大学、读什么专业,天下大学生相同的就是,以勤奋学习,爱母校,爱祖国,报效祖国为己任!"

同学们大多神情专注,只有刚才几个同学相互看看。其中漂亮女生向邻座挤挤眼，以怪异、调皮的笑容"证实"了她刚才的预测。

"同学们，"徐文涛热情地招招手，"表达上述内容的实例很多很多，我们先说第一个话题，校训……，美国耶鲁大学的校训是：真理和光明。第一，为国家和世界培养领袖；第二，保护、传授、推进和丰富知识与文化。那么，他们做得怎么样呢？现在，我就背诵一下耶鲁大学校长在 300 年校庆上的演说，这个演说很短，只有 156 个字。"徐文涛双目闪亮、表情灿烂，醇厚的男中音抑扬顿挫、波汹浪涌、激情飞扬，不时伴以职业演说家的手势，"今天我们不应该只说耶鲁的历史上出过 5 位美国总统，包括近几十年接踵入驻白宫的老布什、克林顿和小布什，也不要说耶鲁是造就首席执政官最多的大学摇篮。我们更应该记住，耶鲁的毕业生有 3 位诺贝尔物理学奖、5 位诺贝尔化学奖、8 位诺贝尔文学奖、80 位普利策新闻奖和格莱美奖的获奖者。耶鲁，我们的耶鲁，自始至终坚持为人类文明和社会进步服务的理念！"

礼堂立刻被引爆，暴风雨般的掌声排山倒海而来！

"同学们，"徐文涛的声音再次响起，所有掌声都来个急刹车，礼堂鸦雀无声，"美国哈佛大学的校训只有两个字：真理。麻省理工学院的校训是：动脑又动手。清华大学的校训是：自强不息，厚德载物。"

"哈佛大学校长对新入校的新生说，"徐文涛扫视全场，"哈佛大学最值得夸耀的，不是培养几个总统，培养几个诺贝尔奖获得者，重要的是，要让凡是进入哈佛的每粒金子都发光！"热烈的掌声尚未平息，徐文涛激昂地挥着拳头，"今天，我就让你们发光！"

校训只是开场白，徐文涛话题一转，从大学生实际问题切入，演讲了立志、学习、精神、继承、发扬、报效国家……

4 个多小时的演讲，徐文涛一口水没喝，同学们生怕漏掉一句话，连厕所都不愿去，手都拍疼了——一场演讲，掌声风暴刮了七八十次！

演讲一结束，同学们呼啦啦跑上讲台，将徐文涛围个水泄不通，本子、帽子、围巾、教材纷纷举过来，都成了签名道具……

"这回我可有偶像喽！"漂亮女生跳着脚挤上来，从胳膊丛林里递上签名本子，还激动地表达情绪，"徐馆长，您讲得太好了！"

2008年起，徐文涛经常为大学生演讲，知道他们热情澎湃、有冲劲。但，也知道他们书生气、自负、好高骛远。为当代大学生上课，既要让他们感到新鲜、生动、务实，更要让他们感到有深刻的文化底蕴。"掌声风暴"背后却是常人难以想象的苦功：各个大学行业不同、专业各异，每次演讲徐文涛都要"一对一"备课。仅就"校训"而言，他居然研究了中外100多个大学的校训……

当今人们的价值观多元呈现、多元追求，每个人心中都有太多的"问号"，要让人听得入心、入脑、信服，光有热情远远不够，更需要满腹的才情和深入内质的思考。徐文涛为此刻苦钻研了几千万字的中国近代史、党史、军史，并侧重哲学、教育、文学、艺术、演讲、表演等学科。每次演讲或讲解，针对不同的受众群体进行创作——托起精彩的幕后，还有故事、诗朗诵、情节、细节的强力支撑……

徐文涛的每一次演讲，都掀起狂猛的"掌声风暴"！1000多场红色演讲，遍及东北白山黑水的部队、机关、学校、社区……，还曾到达南海之滨的广州空军的后勤机关。

沈阳市委宣传部原部长刘迎初，认真、纹丝不动地听了一次徐文涛3个多小时的演讲后，激动地拉着徐文涛的手："老徐，你是个优秀的演说家！"

❧　渴望爱情　❧

只有在你的微笑里，我才有呼吸。

——狄更斯

遥远的思念

一轮朝阳喷薄而出，把山顶逆光里手握长枪的年轻战士的威武身姿勾了闪亮的金边，格外生动。脚下云雾缭绕、林海浩瀚，黛色的远山渐次淡去——好壮丽的北国风光！

徐文涛没心思欣赏这些美景。

在中苏战争一触即发的 1972 年，白天，徐文涛和战友们最关注的是几十里外——苏联人的炮口、枪口，正瞄向这里！他们值守的黑龙江东宁县绥阳地区，则是前线的前线！

不，哪怕夜间，徐文涛也高兴不起来。和女友失去联络两年多了，她现在怎么样？还能和她重续前缘么？从上初中，一直到下乡，他跟她一直很好，哦，并没有确立爱情关系，这算好么？

自从向女友提出那件事，女友在信中说母亲不同意，"母亲的意见，也是我的意见。我刚工作，你刚参军，年龄也小，这事先放放。"徐文涛的心弦一下就绷紧了！"先放放"是多久？还能捡起来吗？

当兵两年来，徐文涛想着女友，如同揣在怀里的一轮小太阳，温暖而不安。

1970 年 10 月，当回城的第一批指标下来，女友以知青选举第一名、贫下中农推荐第一名、党支部审批第一名的优异成绩顺利回城，被分配在丹东铁路分局。两个月后，12 月末，身兼民兵连副连长、青年点长的徐文涛也荣幸地穿上新军装……

说他们"两小无猜"也不夸张。1963 年 5 月，两个人像辽阳的春天一样明媚、蓬勃向上。同在一个学校，徐文涛是六一班尖子，女友是六二班尖子，都是"校队"的运动员。每天早上，他们都要参加野外训练。欢声笑语。鸟儿轻轻唱，花儿悄悄开。春天般青春的身体加速后，路边树、房屋、山冈纷纷后退，他们的能力和知识则节节攀升……

运动场上，女友的跳高、跳远项目回回给人惊喜。徐文涛的 400 米、

800 米更狠，只要他下场，就要第一个在终点挺胸、撞线……

学校黑板报前围了一大群学生，大家连连赞叹："徐文涛的文章太好了！"第二期板报，仍然上演了如上情景，只是，赞叹的对象换成了女友！

1967 年 8 月，是女友最兴奋的日子——望眼欲穿的理想实现了，她穿上了人人羡慕的草绿色军装！

后来，女友下乡在辽阳穆家公社鲁家大队 1 小队，徐文涛在该公社横道大队 2 小队，相距 10 华里。为了关怀、安慰女友，徐文涛把这 10 华里跑成了"热线"。我在前边说过，17 岁的小木匠"老徐"很快被知青、贫下中农们认可，"黑小子"成了"红人"。17 岁的女友同样是巾帼女杰，昔日养尊处优的"大小姐"迅速变成泼辣能干的"铁姑娘"，跟犁撒种、铲地、翻耕已是"小菜"，向水库大坝上挑土、扛水泥袋子，在弯而不平的土路上推独轮车，样样抢在先。肩膀、手脚都破了，鲜血淋淋，她也决不叫苦、决不请假……

徐文涛刚入伍，二人还有书信往来。

她的回信不谈感情，字字句句貌似普通，可对于徐文涛来说，每一个字都会呼吸、有温度，每一句话都是一把火、一束阳光！每一次捧读她的信，浑身都生发了力量，让他在练兵场中不知疲倦。无论阴云密布的月夜，还是暴雪狂猛袭击时，抑或极限越野训练，徐文涛都一马当先，队列、投弹、射击、知识考试，徐文涛样样突出。即使 3 个月新兵训练结束后，让他去榆树县农村一个生产队支农一年，徐文涛照样干得兴冲冲的！"政治建队"、科学种田，19 岁的新兵蛋子"老徐"频出新招，跟农民打成一片……

当班长后，连长用掏大粪、种菜考验他，徐文涛毫不退缩。阳光炙热，大粪臭浪翻卷，冲击很远很远，徐文涛甘愿被臭气浓浓包围，仔细兑水稀释粪便，再一勺勺均匀地浇蔬菜……

为节省经费，徐文涛重操旧业，修门窗、桌凳，仓库的战友们亲切地叫他"学雷锋的小木匠"……

徐文涛怀揣一把火，要烧掉所有的困难——远方的女友仍然在向组织递交入党申请书，他怎能甘居人后？

部队调防黑龙江边境，离苏联近了，离危险近了。但，徐文涛却兴奋地想：祖国考验的时候到了！立功的时候到了！

为伟大的祖国站岗，无论雨雪之夜、酷暑炙烤，还是冷风割面、虎叫狼嗥，徐文涛都毫不在乎，心生自豪。只是，被女友拒绝，两年音讯皆无，让他吊胆悬心、空落难耐……

1973 年 3 月，当兵 3 年后第一次回家，徐文涛的心情也跟东北的早春一样，乍暖还寒。以沈阳军区后勤部学雷锋标兵的身份，带着心爱的二胡到沈阳参加文艺会演、看望亲人让他兴奋，不知道女友近况却让他惴惴不安……

复杂和忧虑把徐文涛的脚步引领到同学姜恩才家。

"我知道她家，"姜恩才催促道，"走，看看去！"

姜恩才借故离开，屋里只剩他们两个人了。徐文涛抑制着脱兔般的心跳，极尽收敛呼吸，平静地观察着女友。3 年不见，女友更漂亮了：脸白净了，皮肤细腻光洁。但，白洁皮肤里仍隐隐透出经历过劳动锻炼的结实。朝气和充沛的精神集中在眼睛上，那两粒"黑葡萄"极富神采，闪闪发亮……

"你怎么回来了？"女友首先打破沉闷，这一刻，有如石破天惊——徐文涛从未见过她这样美而羞涩——长长的睫毛忽闪忽闪，眼帘低垂，双颊红云弥漫……

徐文涛回答了问话，女友用清丽的声音娓娓说了近况，徐文涛涌动的青春和激情瞬间转换成新的压力：女友工作很好，组织把她父亲的问题也进一步落实了政策，真替她高兴。现在她全力扑在工作上，加倍努力，争取尽快入党。

3 年一见，这次他们的谈话仍如几年前的通信一样，相互体贴，相互鼓励，相互支持，但，不谈爱情。

"两个兜管四个兜的"

回部队后，徐文涛像一座拧紧发条的机器咔咔咔转动，不知疲倦。立不了功，怎么跟上女友的步伐？

随部队从吉林移防到黑龙江边境后，徐文涛项项活动积极，仍是"学雷锋的小木匠"，仍是业余文艺骨干，二胡能自如地串 3 个把位，快弓、跳弓和高难的乐谱都有突破性进展。但，徐文涛清楚，这些都是"点缀"。军事本领不过硬，算什么军人？

越野、负重拉练难不住这个学生时代的中长跑能手，"单项"可是硬碰硬哟！除了指定训练，徐文涛主攻"业余"，他的身影频频穿梭于风雨雪夜，很快，在队列、射击、投弹、爆破、大工作业等项目中，徐文涛项项拔尖，跻身稀少的优秀战士行列。在倡导"一花开放不是春，百花齐放春满园"的时代，徐文涛把他的班带成了全连的"尖子班"，部队打出了"向徐文涛学习"的口号……

红叶燃烧、大雁南飞的 1973 年 9 月，东北大地风光壮美、丰收在望。徐文涛也收获了抑制不住的喜悦——他激情满怀地站在鲜红、庄严的党旗前昂首宣誓……

徐文涛以梯队"干部苗子"身份被送到教导队培训，后被留在教导队当军事教员、代理干部的重任。身着"两个兜"军服，却经常给"4 个兜"（排以上干部）甚至营长、团长上课，徐文涛在荣幸、压力、自豪、责任中声名鹊起……

"现在年龄还小吗？" 1974 年 7 月，徐文涛再次见到女友，开门见山地问。

女友腼腆地笑了笑，向母亲努努嘴。徐文涛笑了，像满杯水溢出来一样，那么自然、生动。女友也是认真的人，压抑着内心的感动和欣喜，不想让男友再心怀不安，立刻跑过去，"妈，徐文涛特意回来的，"她亲切地搂着母亲的脖颈，"这回，我们年龄还小吗？"这位当年在抗日战场烽火硝烟里出生入死的大学生、军人，没有直接回答女儿的话，只慈祥地微笑，"客人来了，"老人指着厨房，"还不做饭做菜去？"

1976 年 3 月，二人登记结婚时，徐家只有 160 元钱，简直就是裸婚！"徐木匠"请假回来，亲手打了箱子、柜、写字桌。婚后二人又各奔东西。女友的工作已调到辽阳市妇联，徐文涛则在黑龙江省尚志县的大山沟里任职"多了两个兜"的排长。2 年后，徐文涛被调回沈阳军区联勤部。此后 30 多年，他一直在后勤安营扎寨……

❧　态度决定行动　❧

一切利己的生活，都是非理性的、动物的生活。

——列夫·托尔斯泰

该提不提不灰心，方显英雄本色

部长政委：

我自 1970 年 12 月入伍以来，一直在军区后勤部系统工作。35 年来，是部队各级首长和党组织的培养教育，使我从一个普通战士成长为一名师级领导干部和大校军官。我发自内心地感谢军区后勤部队各级首长和党组织的培养关怀，可以说，没有首长的帮助教育、党的培养，就没有我今天的一切。

现在，我军正面临一场新的军事变革，迫切需要一大批年富力强的同志充实到部队领导班子中。但是，我们分部领导班子平均年龄已 50 岁，亟需改变年龄结构。我是班子中年龄最大的一位，下面有许多优秀正团职干部需要提拔，但由于编制所限提不起来。我和家属、孩子经过认真思考，决定主动辞去副部长职务，给年轻同志让位。这绝不是因为近几年职务没提上去有什么牢骚和怨气，请首长准予我的请求。

某分部副部长：徐文涛
2004 年 11 月 20 日

这是 7 年前徐文涛递交的辞职报告。

"徐文涛还差两年呢！"听说这件事，知情者惊讶不已，人家到点都不下，他怎么能这样干？"

组织批准报告的当天晚上，妻子和女儿特意为徐文涛办个小型酒会。

和家人在一起，徐文涛特别开心。这些年来，妻子既是他的贤内助，也是他的精神导师之一，每每遇到不开心的事，她都能豁达地开导他，给他开一服良药。

女儿 2 岁半就送长托，无论在国内上学还是出国留学、回来工作，徐文涛从来就没操过心！现在，放下肩上的重任，该为她们做点什么。

"爸，"女儿爽快地喝了杯中酒，"这回有时间了，您可以天天拉二胡、弹钢琴了！"

"这样吧，"妻子太熟悉丈夫了，又举起酒杯，"刚辞职，你先给自己放几天假。假期一满，不管你干什么，我和孩子都支持你！"

徐文涛告诉我，易位思考，他如果干到年龄退休，现在的副手也过了提拔年龄，永失提拔机会。现在把这样水平高、年富力强的人提起来，对工作对部下都有利。

我写此文时，偶然在网络上看到一条新闻：2011 年 11 月 14 日上午，临汾市委常委、纪委书记沈某因将自己年龄改小 5 岁被免职。我在百度搜索一下，类似信息竟有数十条之多！

去年网上曾惹发领导干部延长退休年龄的争议。为什么？我无意考究谁是谁非优劣利弊，但我却不能不说出这样一个事实：与"有职有权"对应的，则是"无职无权"。商人想挣钱，官人想提职，这无可厚非。让人深思的是：钱多少算多？官多大算大？如果掉进钱眼、沉迷官职、不择手段又会怎样？即便理论上想开了，设身处地从大局着想、主动让位的又有多少？

就此议题我"拷问"徐文涛，他的回答真实可信。

1989年，在基层干了4年，荣立军功，被誉为"改革新星"，提职呼声最高时却"花落他人"；1994年，在副参谋长、正团职位置干得有声有色，知情人议论他"转正"参谋长顺理成章，再次失之交臂；当了7年分部副部长（副师），能力、军功、年龄都是"黄金季"，部长职位却提了他人……

面对多次被"截和"，徐文涛告诉我，"哪一次都窝火几天。做官的哪个不想提升？但，很快就风吹云散。因为，提与不提职是组织的权力，怎样对待是个人的觉悟。沧海横流、世事变迁，组织培养这么多年，怎能只打自己的小算盘？和平时期，顺风顺水地工作，该提就提算什么？如果经得住考验，该提不提方显英雄本色！"

"提不了职就发牢骚，"徐文涛说，"我最看不上这样的干部。怎么？官非得你当？再说了，提了这级想那级，一级一级无止境，有头么？"

"善身善事善千秋，明理明德明万代。"徐文涛告诉我，他最佩服、为之感动落泪、定为终生榜样的就是"胡子将军"孙毅中将。这位战功卓著的副总参谋长，早在20世纪80年代，就主动退出领导岗位，让位年轻人。还有长征时期的红一师师长、原东北军区后勤部部长李聚奎上将，在他80岁时为子女留下了这样的人生真谛："纵然给我更大的权力，我也决不以权谋私；纵然给我更多的金钱，我也决不丢掉艰苦奋斗；纵然让我再活80岁，我也决不止步不前。"

群众是我们的衣食父母

我没想到徐文涛的工作配车居然是破旧的"捷达"！我更没想到，这辆配备给他的捷达只是"接送客人"的公务用车！

"上不攀下不比，老老实实管自己。"提起太多领导配备了昂贵的豪华车，车接车送要耗费太多油料，徐文涛想得更深的问题是："过去老百姓那样拥护共产党，是因为我们的干部'吃亏在前，享受在后'，甚至和老百姓同吃同住同劳动，现在待遇掉个过儿，变成了'享受在前，吃亏在后'。令人担忧的是，干群关系不也'掉个过儿'吗？

"共产党来源于群众，就要把自己当成群众的一员。事实证明，什么时候密切联系群众了，什么时候就取得胜利。什么时候脱离群众，什么时候就失败。我们党从前算是在野党，能从13个党派中脱颖而出，而能成为执政党，其中一个重要原因，就是关心群众，为群众谋利益。现在我们的一些干部，嘴上说着'执政为民'，实际整天在考虑小集团、小部门利益和个人利益，就是这些'歪嘴和尚'，把中央的好政策糟蹋了，一弄就走样……

"我给同志们讲历史，每讲一次都在净化自己的心灵。为了我们今天的幸福生活，中华人民共和国成立前2000多万烈士献出了宝贵生命！可是，目前在民政部注册登记的烈士才180万，还有1820万无名烈士无人知晓啊！想想这些人，我们有什么资格跟组织讲待遇、讲条件？有什么资格不好好为老百姓做事？

"我看过一个资料：当年的中共高级领导人周恩来、董必武、吴玉章等，从不搞特殊化，生活上和大家同甘共苦，周恩来从不准伙食团单独给他弄夜宵，凡是有补贴、提高待遇之类的'好事'，周恩来都在享受名单中划掉自己的名字。

"周恩来和大家每天都吃一样的饭菜，在饭菜上从不提任何要求。连炊事员都不知道周恩来究竟喜欢吃什么。不过周恩来对其他同志却十分关心。当时，由于国民党对办事处的生活加以限制，炊事员们经常得坐船到土湾，提前准备两三个月的米、柴、炭，没车运输，只有肩扛手提，所以肩头常常被磨得红红的。看见同志们这样辛苦，晚上周恩来亲自买酒，让大家消除疲劳。"

1987 年春节，一个面庞清秀、形体标致、态度和蔼的军官在沈阳 202 医院家属楼东看西问、挨家走访。这个二层小楼院内垃圾成堆，缸、白菜、破桌椅把楼道挤得很窄，有的地方侧身才能通过。一个平房住 20 多户，共用一个厨房，厕所不分男女！

户主们打开门后，上上下下打量着来人，脸上写满了问号："你是谁？""你找谁？""你是哪儿来的？"来人笑眯眯地回答："我不找谁，就是到你这看看。"主人更加怀疑了，这个破地方，人称"鬼见愁"，当官的谁来呀！当得知来人叫徐文涛，是 202 医院新来的副院长，主管行政后勤工作，人们这才凑近了他，打开话匣子。多数人诉说居住条件之苦，也有人用沉默和怪话说"这是解决不了的老大难"。

5 天时间，徐文涛走访了 70 多户，春节没休息，研究对策，大年初六一上班，徐文涛就带人治乱除差。房门破，房子漏，下水堵，墙坏了，厕所不分男女、臭气烘烘，一个一个解决。在 1000 多人参加的群众大会上，徐文涛演说 2 个小时的治院方案，突出"吃穿住行衣"5 个字，群众给他鼓掌 20 多次。

"徐院长可真是个干事的人啊！"

"李向南来了！"

"上级给钱给物，不如给个好干部。"

"中国的老百姓多好啊！"徐文涛感叹道，"只要给他们干事了，他们就高兴、知足了，问题还没有从根本上解决，老百姓就满意了！"

建章建制，奖勤罚懒，调整干部，收拾调皮捣蛋的；盖住房，建浴池，增开通勤大客车。徐文涛在此工作 4 年，202 医院有了翻天覆地的变化，他因此被誉为"改革新星"，荣立三等功。

徐文涛密切联系群众，并非刻意而为。

我采访时，徐文涛忽然向门外招招手，"请进吧。"一个面色黝黑、结实的年轻"军营美工师"（养花工）进来后，徐文涛把装着迷彩服的塑料兜递给他。年轻人高兴地致谢。我问了问，养花工叫王海文，黑龙江人。1994年来这里，已经干19年了。他的主要工作是给军营除草、摆花。他告诉我："徐大校没一点架子，哪次见了我都先说话，后勤院内不少工人跟徐大校都是好朋友。"

花工刚走，徐文涛接个电话，告诉我"接两个朋友"。几分钟后，徐文涛竟把一对老年夫妇领了进来。

老头瘦削、满脸褶皱，因牙齿脱落，两腮塌陷，显得格外瘦。七八枚奖章在他左胸熠熠生辉。老太太个很矮，面色红润，说话若高音喇叭，响而脆。两个人都很激动，紧紧握着徐文涛的手不放。

"我可找到你啦！"老头说。

"以为你不能接见我们呢，"老太太激动地拿出小包，"徐馆长，我们都带来了！"

老头叫刘光汉，82岁。妻子叫裴芝兰，77岁。家住沈阳市苏家屯区白青寨乡营盘村。老头拿着2009年第8期《老干部之友》杂志，指着上面刊登徐文涛事迹的文章，说他们看了特别感动。这次他们专门给徐文涛送来史料，说着递上厚厚的《海内外杰出人士风采录》和一些照片，"放在我孩子那儿不安全，放在史馆我就放心了。"

得知二位老人靠几亩地为生，刘光汉每月240元退休金，裴芝兰每月只有50元生活补助。为了省钱，他们骑自行车16里地到白兴公共汽车站，再坐公交车到沈阳市文化宫，边走边打听，又走3站地到后勤史馆，我们都很感动。徐文涛特意戴上军功章，笔直地立正，给老人敬礼、致谢，亲切地跟老人合影。

刘光汉非常激动，指指徐文涛的军功章，再指指自己的奖章，又拿出自己多个先进、劳模证书，哽咽地说，现在老了，干不动了，过去得过很多"优秀"哩！徐文涛非常感动，临别掏出几张票子塞过去，二位老人执意不收，徐文涛便安排司机送他们回去。

徐文涛心里装着老百姓、关心群众的事太多了，我随意截取几个片断——

片断一："哪里能证明我的劳模身份？"

2008 年 2 月的一天，冷风阵阵，飞雪扑面。闻知一位老人从黑龙江赶来找他，徐文涛立刻扔下一句"我去请您"，赶忙到传达室把老人接进史馆。见老人面色苍白、清泪欲滴，徐文涛边嘘寒问暖边捧上热茶、削苹果。老人叫刘廷久，家住黑龙江省双城市。买不起卧铺票，这位 78 岁的老人坐一夜硬座车专程赶来。他和老伴现每月工资 780 元。在抗美援朝战争期间，他曾经是我军双城布鞋厂的工人，因生产成绩突出被评过劳模。按照现行优抚政策，若被省军级以上单位评为劳模，每月可享受 80 元生活补贴。80 元对这位家在农村、身边有 4 个儿子、生活十分拮据的老转业军工来说相当重要。他期望能查到他 50 多年前所在的军工厂的单位属性、级别。徐文涛深深为老人的经历处境感动，立刻查找档案，东翻西找，在过人高的资料中，理顺军需工厂变迁的历史脉络，终于认定这位"老军工"原所在军工厂确实是东北军区后勤部所属的军工厂，1956 年划归总后勤部管理。开好证明后，徐文涛馆长又从自己的钱包里拿出 200 元钱给老人做路费，感动得这位老者眼含泪花返回双城。

第二天，电话里传来喜讯：黑龙江省总工会已经给刘廷久办理了优抚事宜，老人在电话里千恩万谢，说他们全家都十分感激徐馆长，感谢解放军，感谢共产党……

"重要的是，为群众解决了困难，也树立了党的光辉形象。"徐文涛强调说，"算上老两口，4 个儿子、4 个儿媳、4 个孩子，至少 14 个人——他们口口相传的亲朋好友，都要感谢解放军，感谢共产党，这样做，就是为党旗添光辉，为军徽添光彩！"

片断二："共产党解放军讲情讲义。"

我在前边叙述过，徐文涛闻知李洪儒有 11 张解放军当年给李家留下的收条，以军人速度第一时间对接、收藏。收条以其铁一般的事实验证最后解放全中国，东北人民是功不可没的。历史事实告诉后人，没有人民群众的支援，就没有革命的胜利。

"人家把文物白白献出来，"徐文涛说，"咱决不能让人家吃亏！"2006年 8 月 1 日史馆开馆，徐文涛派车把老人接来参观，并送给他 3000 元钱。此后每年（只有 2009 年老人家动迁没找到他）"八一"建军节，都自掏腰包送给老人 500 元钱。

"以后我年年都去看他，把军民鱼水情延续下去，让他们感到老实人不吃亏，跟解放军办事不吃亏！这样一传十、十传百，就提高了我军我党的威望！"

片断三："如果你硬要这样做，你的事我不管了！"

2010 年春天，满怀感激之情的高艳芝老人来到史馆塞给徐文涛 2 万块钱。徐文涛拒绝后，高艳芝非要送给徐文涛两瓶茅台酒和中华香烟，徐文涛一甩袖子："如果你硬要这样做，这事我不管了！"

"对不起，"见老人呆在那里，徐文涛连忙向她道歉，和蔼地说，"你父亲是革命前辈，我帮这个忙是责任，也是义务，完全是我应该做的。你爸爸为打日本鬼子，命都没了，我们为他落实政策，还收礼、收钱，岂不罪过？如果我真这样做了，对得起你爸的在天之灵吗？"

高艳芝的父亲高鹏万是一位抗联老战士，也是抗日联军出色的"猛将"之一。他富有传奇色彩的斗争事迹曾被辽宁省委《党史纵横》杂志重点推出。省委党史政策部门建议高鹏万同志评为烈士，但苦于他最后任职的单位无法查实，经省委党史部门介绍，他的大女儿高艳芝来后勤史馆求助。徐文涛当即答应："你放心，我一定尽力！"

徐文涛查史料、找熟人，初步确认了高鹏万在修建于洪机场时，其首长就是军区卫生部副部长、后调任空军后勤部的刘放部长。但，徐文涛的兴奋很快消失——老首长已经去世。

徐文涛出示已经查到的史料、照片，部长夫人睹物见人，爽快地为抗联英雄提供了"身份证明"……

一个馆长一个兵

后勤史馆建筑面积 3000 多平米，二层楼分 3 个综合展厅，6 个专业展馆，如此规模 10 多个人管理很正常，光保洁工作量就很大。谁能想到，徐文涛领着一个志愿兵就承担了全部工作！他身兼策划、设计、管理、解说、保洁、维修数职。他把这种精兵简政、一人多角称作"用后勤精神，建设后勤史馆"。

这位年过六旬的大校军官，为了节约，把自己当小兵用，把史馆"当日子过"！有人算过，建这个史馆至少 1500 万元，而联勤部只用了 500 多万元；管理费用每年节省至少 20 万元，开馆 5 年节约近百万元。抠细节，算小账，能省则省。开馆后，工作节奏太快，晚上不回家住在史馆已是常态。打节约牌，徐文涛没有单独的休息室，只好住在办公室的沙发上。这间办公室冬天阴冷，徐文涛要穿着大头鞋、盖着棉大衣才能睡着。徐文涛中午从来不回家，为了节约油料，也为了节约他人的时间。

史馆开馆后徐文涛没一个休息日，几乎每个双休日都要接待观展团。因为限定自己"双休日、节假日不用公车"，徐文涛经常坐公交车。如果时间来不及，就打出租车。当年为了便宜，徐文涛在沈阳市南的苏家屯买的房，打车到单位一趟要 30 块钱，从不报销。

我几次去史馆都很不适应，正厅向右一拐如入暗洞，眼前突然漆黑一片，什么都看不见。尽管徐文涛在前边引路，我只能听他的脚步声辨别方向。实在太黑了，他才"啪"地开亮一盏灯，在灯光"晃"的瞬间看清眼前的路，再"啪"地关掉。如果没有参观团来，徐文涛从不开灯。有人观展，看一馆开一馆灯，看完马上闭电。

　　徐文涛这样我毫不奇怪，唯一的一个兵也情愿如此大工作量地奉献？情愿起早贪晚、事无巨细地工作？

　　我认识这个"80 后"年轻战士刘波，中等个头、团脸，白白净净，敦实而憨厚，见人就礼貌地笑笑。开车接送人、干零活，总是进进出出忙忙碌碌不闲着。人多时，他可能凑过来，但决不多言，明亮的眼睛转得很快，似乎随时准备接领什么任务。刘波告诉我，他老家在成都金堂县，2001 年入伍，2005 年学开车，以前只是联勤司令部的公务员。

　　"史馆的这些字，都是刘波刻的，"徐文涛向展板比划一圈，"看看，挺带劲吧？"

　　"都是你刻的？"刘波见我这样惊讶，没有说话，微笑着点点头。我欣喜地走了一圈，展板上字体多种多样，楷体、隶书、行书、宋体、黑体，以及各式各样因内容而变化多端的变形美术字，尤其财务部展板，都是小字，笔画那么细，仍然刻得标致、娟秀、漂亮，粘贴得那样整齐，哪像出自一个司机之手啊！

　　刘波是按司机调来的。但现在，司机只是他的一个"标题"。标题下的内容多了去了：装修、安灯、修理电器、刻字、做展板、做灯箱、联络事情，这还不算兼职秘书、保洁、采买、摄像、摄影、杂勤……

　　"这些照片全是我拍的，"刘波指着眼前的展板，白净的脸上绽放着笑容，"来之前我只会开车，现在，学了这么多东西。"

　　"在这儿干感觉怎么样？"

　　"好啊！"

　　"人家开车就开车，你多了这么多活，不觉得累么？"

　　"不觉得累，"刘波犹如翻开书的封皮，脸上兴奋得直放光，内文细节呈现在我眼前，"虽然累了点，但我很高兴、很自豪。别人除了开车什么都没了，我却学到很多手艺。比如战友结婚吧，别的司机没什么事，我却能拍照、能录像，好多人都羡慕我呢！徐馆长让我'一人多能、一人多用'，特别锻炼人。往长远看，铁打的军营流水的兵，离开部队那天，别人转业两手空空回去，我会这么多技术，多好哇！"

"在这儿干得顺心吗？"

"好啊！"刘波又重复了这两个字，"跟徐馆长工作特别舒心，一位师职领导，没一点架子，像亲人一样。我好好干工作就行，其他事不用管，馆长非常关心我的成长。我来前是士兵，来这儿后徐馆长培养我提了二级士官、三级士官。馆长这样爱部下，我怎么能不好好工作啊！如果没有人来参观，我们就找活干。您看，展览馆这么多展板，都是我们俩做的。他设计我刻字，他扶着我拧螺丝，配合得可好啦！"

"愿意在这儿长干吗？"

"当然愿意呀！"刘波朝我笑了笑，"我挺知足的。"

刘波告诉我，他在老家按揭买了楼房，现在月供 1547 元，压力不大。父母住上楼房，也算他尽了孝，挺好的。当我问他有没有不回老家的打算，刘波说："不管离开多少年，我还是恋家。父母养我这么大，我得回去伺候他们。不过，我是军人。是军人就要服从命令，只要部队需要，能干多长时间就干多长时间。"

刘波每天都要收拾大厅，下雨下雪必然带进来泥水，大厅特别脏，一天不知要清洁多少遍。平时也闲不着，每天早上都要收拾重点易脏的地方，晚上检查一遍，关闭所有电闸，一周要彻底收拾一次卫生，边边角角都要收拾干净。我听后自然又提了"累"字，刘波再次笑容灿烂地回答我："当兵久了，班里其他人不这样累，我天天干，习惯了。别人可能受不了，我愿意这样，也很快乐。再说了，比起徐馆长来，我这点辛苦算什么？"

手机响，有任务了。刘波接听后朝我歉意地笑笑，客气地向我告别。看着他远去的背影，我高兴地想：人的精神胜于一切，只要心情好，累也心甘。

🍃　家和万事兴　🍃

我宁愿用一小杯真善美组织一个美满的家庭，不愿用几大船家具组织一个索然无味的家庭。

——海涅

妻贤夫业旺

徐文涛三次与提职擦身而过时，几乎如出一辙：群众威望高、工作出色、立功连连，只是，最终揭晓的提职名字却是他人……

徐文涛真实地告诉我，每次失落他都很上火，都辗转反侧、夜不成眠。正是他这种不掩饰的"人性真实"感动了我，我才咬牙放下长篇，写他！人都是感情动物，生命中会遇到太多不如意。逆境是锤打的砧、考验的关，经此而抵达人性的升华。但它也是危险的崖、深幽的渊，不小心就削弱善良、沦陷美好。在这"一闪念"的非常时刻，身边亲人的轻轻点拨，将决定当事者的行为取向！

"文涛啊，从农村干到今天，挺好了！要知足常乐。"妻子打来热水轻轻放在徐文涛的脚边，"我们受党培养这么多年，要正确对待个人的进退去留。光想着该提自己不行，还要替组织想想，组织掌握太多干部，要通盘考虑和平衡多种因素，组织的决定自有道理。"

见徐文涛的脸还绷着，妻子笑着说："越是这样的时候，越要经得住考验。如果闹情绪、发牢骚，就说明你素质低、露馅了，以前全是装的。"

"我也没装呀，怎么能说'露馅'呢？"

"可是，如果你的部下闹类似的情绪，你会怎么想呢？"

擦干了脚，妻子递上乐器，"文涛，好久没听你拉二胡了。"

当激昂的"跳弓"响起，美妙的音乐拉开《赛马》序曲、渐入佳境，这世界只剩一马争先、群马争跃、你追我赶、万马奔腾……

两千多年前孔夫子就警示"妻贤夫祸少"。可翻开史书，不，看看我们身边的人，无以尽数的高官、才子被"枕边风"吹掀落马！天下的所有女人都应该深思：类似的一个悲剧尚未结束，另一个悲剧已经上演，为什么？

10年前，多位官员因腐败落马。在政法战线30多年的徐文涛的妻子却经受住了考验，"毛发未伤"，怎么可能？连办案人都觉得不可思议。深入调查后，办案人员评价说这样的干部信得过。

我采访她，半为写作，半为答疑解惑。

她进来的瞬间，我还是微微吃惊：蓝衣白衫、黑裙子、中等个头，看不出厅级领导的气派，倒像邻家普通的妇女。白净的面孔，大大的眼睛。时间洗去了她曾经当兵下乡的痕迹，也消隐了漫长岁月经历的风雷电闪。但，她一说话，脸上立刻春风扑面、阳光和煦，拨云现月般集中话题，热情、严谨、和善。那双大眼睛尤为明亮、清洁，这目光仿佛告诉我，人世间所有的人、事和美好都是它发现和选择的……

这双眼睛发现了徐文涛，甘愿和他相濡以沫！

当年徐家一贫如洗，她没一点"大小姐"架子，同公婆一道生活，起大早生土炉子、做饭，以苦为乐；小产差点送命、在医院走廊里生孩子，徐文涛都不在身边；两地生活10年，多少难缠的家务事，徐文涛"爱莫能助"。然而，她的工作职务节节攀升、担子不断加码啊！

"每次我有坎坷，她都开一服良药。"提起妻子，徐文涛的表情如轻风亲吻的大草原，荡起一波波平和、柔美的"笑纹"。

别开生面的婚礼

一家一个孩子，怎能不爱？但，如何爱，怎样爱，徐文涛永远有他的主见和方式。孩子小时候，徐文涛说："孩子是教出来的，不是惯出来的！"孩子渐渐长大、成才了，徐文涛的爱也水涨船高："帮助不包办，指导不干扰。"

女儿越发漂亮，事业出类拔萃，要找对象了，征求父亲意见。徐文涛说："不必门当户对，工人、农民、知识分子，都行。条件有三：第一，身体好；第二，心态好（别小心眼，彼此之间要有自由的空间）；第三，要好学上进。"

经人介绍，女儿与工人家庭出身的一位医学博士相爱，很快步入结婚殿堂。

对女儿他却非常"抠门"，只给 5 万块陪嫁。这与别人拿几十万、上百万形成巨大反差。女儿出嫁前，徐文涛不再多说。因为，20 多年的默契，不必赘言。徐文涛只交代一条："公婆不在沈阳，你要经常去看看，好好孝敬老人。家庭和睦比什么都重要。处事要大方，吃亏是福。这一点，照你妈的样子做就行。"

婚礼怎么办？

徐文涛是大校军官，妻子是局级领导，严格遵守纪律规定，宴席不超过 15 桌，决不用一辆公车，这是前提。但，决不让女儿女婿有半点委屈之感，不让亲朋好友索然无味，办出品位和特色，这也是前提！

头天晚上，徐文涛一家三口连同化妆师已经租住在沈阳绿岛别墅。这样，省去第二天接亲的麻烦。

2005 年 7 月 10 日上午 9 点，一场中西合璧的婚礼拉开序幕。在喇叭锣鼓等中国传统民乐激昂、欢快的乐曲声中，身着白色曳地婚纱的新娘，从别墅款款步入草坪。200 只和平鸽在人们头顶振翅，凌空飞翔，绿色草坪上的轿子如一簇兴奋绽放的花朵……

头晚下雨，徐文涛买了 100 把红雨伞。婚礼时天遂人愿，一轮艳阳格外热烈！前来助阵的亲友个个撑起遮阳伞，绿绿的草坪上绽放着一大片红红的伞，如枫林、若花海、似彩霞，太漂亮了！

新郎新娘互赠礼物前，徐文涛赠送他们从黄山订制的红木镇尺，上面刻着："快乐每从辛苦得，便宜多自吃亏来。"

新娘双手敬上她给夫君的礼物：一双筷子。"筷子是中国人神奇的发明。一双筷子有两根，相当于一个家庭两个人。合则成器，分则无力。愿我们互敬互爱，和和睦睦白头偕老。"

"好！""太好了！"现场刮过雷鸣般的掌声！

新郎双手把自己的礼物、一把木梳奉上："现代社会竞争大、压力大，希望夫人自己打扮得漂漂亮亮的，也把工作梳理得井井有条。"

徐文涛还精心设计了婚宴的细节。

经济实惠的自助餐开始后，向各位亲友赠送一本徐文涛亲自购买的精装《笑话集》。在背景音乐声中，请来的画家、书法家各展绝技，将这些作品送给喜欢书画的朋友。徐文涛提起二胡，献给这对新人他最拿手的独奏曲《赛马》，祝福女儿女婿比翼齐飞。然后，徐文涛又向朋友们施个礼，坐在钢琴前——顿时，《月亮代表我的心》流水般舒缓、清丽、优美、酣畅地倾泻……

我问徐文涛："为什么只给女儿5万块钱陪嫁？"

徐文涛回答得非常简洁："子女行，不用为谋。子女不行，谋也没用。"

❧　真实可信的"风向标"　❧

为了国家的利益，使自己的一生变为有用的一生，纵然只能效绵薄之力，我也会热血沸腾。

——果戈理

引人关注的"风向标"

我采访徐文涛时，偶然遇上辽宁少年儿童出版社执行主编李姊昕女士，听说我要写徐文涛，她感慨地说："徐大校是个顽强的人，这种坚持宣传红色传统、传播精神文化太不容易了，这么强的社会责任心，太了不起了！这样的人太少了！但，怎样宣传这样的人，最重要的就是真实，让人听了要信服。

"我们看见树立的这个先进、那个先锋，最大的失误就是不可信。无来由地好成那样，全是优点，都成不食人间烟火的人了，这怎么行？这纯粹是拿老百姓当傻子！这样拔高、神化的人物，削弱了榜样的力量，老百姓根本不信！"

李姊昕的话引发我的联想。一位写过某位典型的作家告诉我，那个典型他熟悉，真的很好，很了不起。可是，越宣传越假、越不可信了！

我那位作家朋友也感叹道："好好一个榜样，就这样削弱了公信力！"

徐文涛一向开诚布公。

"当初我如果提了部长，55 岁也退休了。现在我 60 岁了，还在工作。其实，对个人来说，精神永远是第一位的。这也是我热衷史馆宣传最重要的因素之一。将心比心，人人如此。更何况这关乎民族和国家利益？

"我现在属于边缘工作，没编制，不多挣一分工资。但我弄出了亮点，让边缘工作进入主流，得到各级领导、专家、同行和社会各界方方面面的支持，我太高兴了！看看成千上万的观众留言，看着那么多人听了我的解说振奋，我觉得怎么累也值得！我建立全军第一个后勤史馆，建立全军第一个后勤史馆网站，我是全军任职最长的大校，我是全军全国展览馆年龄最大的解说员，我很自豪。2011 年 10 月，我用微博宣传红色文化，很快就粉丝数万。这不是虚荣，而是体现了我的价值。别看我现在糖尿病很重，已经四个 + 号了，天天靠胰岛素支撑，有时累得胳膊抬不起来，腿迈不动步，但我小车不倒只管推，因为我有目标——我现在感动了 10 万人，还远远不够，我还要感动 20 万人、50 万人、100 万人！

❧　尾声　❧

就在我写作此文时，传来一个好消息：2011 年 10 月 15 日到 18 日，中共中央召开了十七届六中全会，提出了具有远见卓识的"文化强国"的战略！新中国成立 62 年来，专门召开这么高层次的文化会议还是首次！

徐文涛非常振奋，他要组织专题专版，进行新一轮的宣传！

我也非常兴奋，觉得适逢其时。近年我们的经济已经令世界瞩目，精神层次和道德水准却出现了一些问题，这与我们的文化普及、提高不够不无关系。

"知耻而后勇"，徐文涛指着眼前堆积如山的材料说，"我现在就动手、连夜干，力争让展览尽快跟观众见面！"

（本文写于 2012 年，发表于《北京文学》2012 年第 1 期，收入本书时略有删节）

作者简介

刘国强，男，辽宁大学中文系毕业，曾在鲁迅文学院作家班进修。已在数十家文学刊物发表文学作品数百篇。部分作品被多种选刊或年度选本选发。发表中篇小说 27 部，出版散文集《寻找感动》《残风荒月》，小说集《潜流》《男方周末》，长篇小说《黑枪》《日本八路》《一旦错过》，长篇报告文学《荒野犁声》《人间太阳》《日本遗孤》，长篇传记文学《世纪丹青》。现居沈阳。

利比亚惊天大撤离

——中国民航执行国家大规模撤离我海外受困公民紧急航空运输任务纪实

张海飞

❧ 世界聚焦地中海空域 ❧

公元 2011 年初春，北非，主权国家利比亚，南撒哈拉沙漠 50℃的"吉卜利"风尚未刮来，而另一股诡谲肃杀之气却一夜间妖魔般旋起，疯狂肆虐弥漫；于是地中海空域，随之闪出一道举世惊叹的别样景致——B5×××、B6×××、B2×××、B5×××、B7×××……清一色"B"字打头、同一国籍的民用宽体重型客机在此成群结队地穿梭往来，不分白昼黑夜，不顾风雨交加，频繁落落起起，高峰日竟达 40 余架次。沿海及诸岛国军航、民航地面管制员似乎有点儿招架不住，忙不迭地呼叫着"CCA060、HU8210、MU268、CZ2002……"举首低头间，上一波次 CCA、HU 们刚刚由利比亚的黎波里、埃及开罗、希腊克里特岛机场呼啸而起飞往东方，另一波次 MU、CZ 们便迎头扑向马耳他瓦莱塔、突尼斯杰尔巴岛……目不暇接。

"同胞们，祖国派我们接大家来了！"

滚烫殷切的呼唤，回荡在整个地中海空域。

"我们终于可以回家……见妈妈了……"

250 万平方公里的地中海海水，此刻浸满安全、幸福、温暖的成分。

10 天多，246 小时，派出机组及工作人员 2200 余人次，执行政府包机 91 班、182 架次，飞赴利比亚的黎波里、希腊克里特岛、突尼斯杰尔巴岛、马耳他瓦莱塔、埃及开罗、阿联酋迪拜等 6 地，接回中华人民共和国公民 26240 名，总飞行时间 2217 小时，总飞行距离 180 万公里——足足绕地球 45 圈……

——这便是 2011 年初春 2 月 23 日至 3 月 5 日上演于此的中国民用航空执行国家大规模撤离我在利比亚受困公民紧急航空运输任务的实景大片。

国家撤离海外受困中国公民应急指挥部总指挥张德江，对中国民航在接运我撤离利比亚公民行动中的出色表现给予高度肯定，指出：在此次大规模的撤离行动中，民航局高度重视，科学调度，精心组织；各相关航空公司顾全大局，竭尽全力；各相关单位的许多同志不辞辛苦，尽职尽责，共同为撤离工作作出了重大贡献！

❀　狂暴乍起　❀

2011 年 2 月 15 日晚，爆发于利比亚第二大城市班加西的反政府示威活动，一夜间骤然升级为大规模武装冲突，内乱旋即蔓延全境。由东到西 1900 公里海岸沿线及其内陆的大城小镇，政府军、反对派武装对决，武装暴徒趁火打劫，喊声哭声枪炮声交织，血水泪水雨水混流……据联合国人权组织于事发第一周估计称：超过 1000 人丧生暴乱，逾 10 万人逃离利比亚。

在此 170 万平方公里国境内投资合作的中国中央、地方国营及民营等 75 家企业，住宅、交通、水电等 50 多个总价值数百亿美元建设项目，散布在近百个大大小小的地点，亦无一幸免，陷入被频频袭扰侵犯之绝境。

乌合之徒持枪持械驱车、徒步闯入项目工地、营区，抢劫、打砸、烧杀，3 万多名中国公民以及所雇数千外籍劳工的生命、财产安全，完全失去保障，危在旦夕……

筑战壕·躲沙漠

的黎波里时间 2 月 18 日前后，中国水电二局、十六局位于利比亚东部迈尔季、贝达、斯蒂哈姆瑞 3 地的刘玉飞、杨学良、宗成月、郑国震部 4 个房屋建设项目营地，接连遭到当地不明身份持枪武装团伙袭击，工地上的部分设备、员工电脑衣服等用品被抢。杨学良部营地临建房屋被焚，30 多名工程人员不得不冒着大雨，撤退到附近的山里，挤在当地部落羊圈里凑合了一夜……宗成月、郑国震二部 460 多名男女员工拾起棍棒自卫，雨夜且战且退中，20 多名员工被榴霰弹射伤……电信信号断续不畅，与上级、友邻联系中断。郑国震组织警戒，宗成月单个奔向远处的山丘……拨打、拨打、再拨打……

19 日下午，按照上级管理部的指示，杨学良、宗成月、郑国震部组织人员，改造项目部工程车辆、加高车帮，租用当地皮卡、的士，分别向 100 公里外刘玉飞部营地集结。而此时的刘玉飞部刚刚击退了一股武装匪徒的轮番进攻。形势突变，走势难判，自卫为要，4 部负责人立即组成领导小组，按照"完善组织，囤粮备水，堵门护院，开掘战壕"的步骤，分组行动。青年工程经理杨学良以将军般气概，组织十几台挖掘机械划区分段，昼夜开战，两万平米的营地围墙外，形成 3 米宽、2 米深、上千米长的闭合堑壕。院内组织巡逻，院外雇请 40 多名当地人持枪警戒，近千名中外雇员手持钢筋、镐把，严阵以待……

"匪徒来了就和他谈，要财要物好好说，胆敢伤人就和他们干，驻的黎波里使馆终归会有消息，坚持十天半月不成问题。"回到北京后的杨学良聊起当时的情形，依然泰然自若。

正当杨学良、刘玉飞们紧锣密鼓筑战壕之时，西南 300 公里外的艾季达比耶小城一隅，宁波华丰建设（利比亚）有限公司副总兼总工倪永曹，正组织邢印胜等 14 名项目经理，带领 936 名员工，冒险徒步穿越艾季达比耶市区，向沙漠纵深艰难开进……

班加西以南 170 公里的艾季达比耶小城，地处沙漠边缘，有"班加西门户"之称。不很富裕、信奉古兰经的当地人，平日相见，礼貌客气，举止得当。不过，这要看在什么局势下……早在 1 月份，倪永曹部即曾领教过 5000 套在建住房一度被乱人抢占的尴尬，以为，"2·15"风波不日就会平息……

18、19 日不断传来令人不安的消息：示威冲突中有人被射杀，数千人聚集墓地为死难儿童送葬。韩国公司被冲击，班加西军火库被抢，监狱在押犯全部出逃，艾季达比耶最大黑恶头目失踪……件件令人胆寒。19 日凌晨，雨夜下项目部宿舍被劫，汽车被抢，工房被焚。倪永曹部 4 平方公里 10 个工区各点全部停工、收缩，保性命……

北京时间 2 月 19 日夜，北京朝阳门南大街 NO.2，中华人民共和国外交部第一次向中国公众发出预警：

外交部领事司及中国驻利使馆提醒中国公民暂勿赴利；已在利的中国公民加强安全防范，减少不必要外出。

隔日夜，预警再次发出……

的黎波里时间 20 日 13:00，断续信号中倪永曹接获王旺生大使情势通报：正拟租船转移第三国方案，米苏拉塔、班加西港有可能选作集结方向。他便紧急着手通过当地员工及关系组织运输车辆，先向班加西方向的中建公司万余员工靠拢。不料，找来的车子被劫，一波又一波的乌合之众持械涌进工区一抢二烧……

"挺进沙漠！沙漠深处或许是安全的，由沙漠往北绕向班加西！"

沙漠沙漠，这个国土 95% 以上为沙漠所覆盖的撒哈拉沙漠……

"只带比生命更重要的东西——食物和水。"骄阳烈火中，倪永曹部

936 名员工举步维艰，鱼贯进入茫茫沙漠，把既爱又恨的艾季达比耶远远地甩在身后……而更令人心碎的，是伴随行进队伍的一个刚刚出生 13 天婴儿的哭声……

仅仅 28 天过后，3 月 21 日，美英法"奥德赛黎明"之光"照耀"艾季达比耶，在北约导弹助威之下，反政府武装与政府军展开拉锯战，低矮的楼房千疮百孔，狂风裹挟着黄沙吹打着满地的断壁残垣，在战火的摧残下，15 万民众人去楼空，一度沦为鬼蜮空城……

东四西大街 NO.155

一进入 2011 年新年，对于北京东四西大街 NO.155"中国民用航空局"这栋政府大楼来说，头等大事儿，便是"1 月 19 日至 2 月 27 日"的 40 天"春运"。去年 11 月便启动准备，开年 12 天的全国民航工作会议又专题部署动员，用局长李家祥的话说，全系统都要做到"安全、顺畅、正常"。这 6 个字的分量有多重？看看春运过后民航局运输司的这一组数字吧：始发航班 23.2 万架次，运输 3260 万人次；加班包机 1.7 万架次，其中两岸加班包机 329 班、港澳加班包机 319 班、东南亚及日韩加班包机 993 班……

"旅客运量大、航班数量多、雨雪天气搅。"每年的"春运"已经见惯，经年的积累，有了比较成熟的套路和招数，但令这座政府大楼主人没有料到的是，春运到了年根儿腊月二十五，埃及起事儿了——大规模的游行示威冲突下，埃及航空包括"开罗—北京"在内的所有航班几乎停飞了，中国民航唯一一家经营"北京—开罗"航线航班的海南航空，也到了正班难保的地步。兴冲冲探访金字塔的千余名中国游客回不了国、回不了家，人身安全保障都成了问题，四五天就过年了……

中国民航是"中国人民民用航空"。同胞危情催生民航局一纸指令，国航、东航、南航、海航等 4 家航空公司计 8 架政府包机当即起飞。腊月二十八到除夕，45 小时内，包括 200 名香港同胞在内的 1796 名赴埃及旅行的中国游客，就都已经围上家里的年夜饭桌了。加上东航（上海航空）两个正班运回的 394 名旅客，中国民航执行赴埃及飞行任务 10 架次，总计接回旅客同胞 2190 名。

转眼就是 2 月下旬，"埃及撤侨"刚过半月，40 天的"春运"还剩最后一周，而自北非飘来的异样气息，令本就十分敏感的民航局高层及其业务司局，觉得不很对味儿……

北京时间 21 日（星期一）08:00，民航局办公楼第一会议室。党组书记、局长李家祥，党组成员、副局长王昌顺、李健、夏兴华，党组成员、纪检组长梁宁生例行局务会，就确保春运最后一周的"安全、顺畅、正常""埃及接侨"的经验与启示、利比亚局势研判及民航局的应对等，作重点研究部署。

14:00，民航局第 3 会议室。民航局运输司司长史博利，召集本司国际处处长魏洪、综合司新闻处处长钟宁，空管局运行管理中心总调度室主任马辉、国航专机办高级经理万庆超、东航应急办副主任周弘强、南航运行控制中心副总经理李世向、海航运行控制部副总经理刘军等各路英豪，专题座谈"埃及接侨工作"，全面总结执行政府包机赴埃及紧急运输任务的宝贵经验与点点不足，深入研讨《关于涉外突发事件紧急运输工作程序》（草案）。内容包括：民航局向有关航空公司下达执行紧急运输任务的时机与形式，抄送的单位与部门，特殊情况先电话、后电报的互补；航空公司完成飞行前准备的 24 小时时限；航空公司飞行计划的报送、总调度室的航路报批、各地区管理局的组织与协调；航空公司与外交部及其驻外使领馆的协调，公司驻外机构与中国驻外使领馆接收旅客时的配合、办理登机手续的注意事项；执行紧急飞行任务结束后的工作等所有细节。

座谈会未及过半，外交部紧急来电，运输司国际处处长魏洪立即退场，赴朝阳门南大街 NO.2，参加利比亚局势部际协调会……史博利主持的"埃及接侨工作座谈会"，立刻转为拟执行撤离我在利比亚公民运输任务预先准备会。

的黎波里时间 21 日，集中转移至迈尔季坚守的杨学良们，一边惴惴不安地观察着当地局势的变化走向——近 3 年的心血不会付之东流吧？一边急切地盼望着来自北京的信息……

午夜 02:00，徒步进入沙漠的倪永曹部，从昼间午后的 23℃走到午夜后的 5℃，近 12 小时挪移 40 公里，冰火两重天，饥寒交迫中被当地好心人劝至沙漠中一牧民庄园，火堆旁围裹着庄主们连夜募来的毛毯，极度困惑与疲惫中期待天亮……作为近千人头领的倪永曹，瞅瞅露天寒夜中一个个歪七扭八的兄弟姐妹，黑暗中拭了一把泪……深入沙漠 7 小时、出生 13 天的婴儿——兰州籍阿拉伯语翻译周凯的儿子周毅轩，在总翻译联络官马悦文、当地雇员司机贺利乐的帮助下，经过 5 小时周折后转移出沙漠，至贺利乐家中呵护……

09:00，班加西传来中建公司被抢的消息。隆隆的枪炮声不断由远处传来，头顶时而出现政府军战斗机超低空飞行……班加西还能去吗？转而西奔 1000 公里外的的黎波里？或是东奔 800 公里外的埃及？总之得脱开此境！露天庄园食物及水都难以为继，夜晚沙漠的极度寒冷，再下去会冻死人的……倪永曹意识到，当下为近千兄弟姐妹寻找到能遮风挡雨的避难所，或是最最重要的……

杨学良与倪永曹一样，有点儿纳闷儿，这中东、这北非，今年这是怎么了？就似难以琢磨的龙卷风，突兀而起，来去叵测，旋到哪儿是哪儿……他叹了口气，不禁朝埃及方向瞅了一眼，就想，半月前的埃及之火，咋就莫名其妙一夜间漫到这里，就不走了呢？甚至于有点儿埋怨起穆巴拉克来……

罗成在开罗

"29 日清晨天还不亮，突然响起的电话铃声令我万分惊喜……"罗成说，"不为别的，昨天 28 日下午的宵禁开始后，所有的通信网络也随之中断，你与世隔绝，在这乱世中你得不到任何你想要的一丁点儿信息，你无法传递给战友任何有关的信息，内心的恐怖，情绪的焦虑、焦躁与不安……海飞兄你没身处这个环境你想象不出来的，人整个儿就跟悬在半空，心中那个没着没落——

"这个电话，是执行北京—开罗中国政府包机的机组陈志远、祝少斌打来的，断续间歇的信号，传来的却是十分清晰而重大紧急、更加令人坐立不安的信息：昨晚，他们入住的酒店被暴徒袭击！

"暴徒闯入酒店抢砸，被酒店保安轰出大门……门里门外燃烧瓶互掷，院子里火海一片，陈志远、祝少斌把机组、乘务全部集中到他们的房间，用桌子顶住房门……"

他，罗成，海南航空驻开罗办事处总经理，中等身材，白白净净，架一副眼镜，学者正当年的样子。他赶在美英法 3 月 19 日 17:45（北京时间 20 日 00:45）对利比亚实施"奥德赛黎明"空袭行动前夕，撤回祖国来。促膝聊着，窗外传来一阵施工机械的轰鸣，他不由得屏息侧耳——开罗街头装甲车的惊骇声，仍癫皮狗似的死缠在他的大脑底层，赶也赶不走。

"25 日起，埃及的广场、大街，每天都聚集着密密麻麻的游行示威人群，乱象频生。我反复比较，以为这座 CONCORDE 五星级酒店比较安全，嘱咐两位机长千万别外出……幸亏，酒店保安队挺身对抗，支撑到了军队的驰援派驻。

"机组，可是我们撤离行动宝贝中的宝贝。我，此时此刻的罗成，应该而且必须是站在机组的身前，为他们挡住子弹。他们安全了，能继续执行完撤侨任务，我死了，也值得！……"

于是，罗成刻不容缓地带领徐志存、余科、刘小晶 3 员工驱车奔向 60 公里外，一步步向机组靠拢。"车窗外，燃烧的汽车冒着滚滚浓烟，坦克、装甲运兵车穿梭往来，砖头、棍棒不时袭来，哪儿还顾得理睬，只知道加油前冲，早一分钟会合。但前面的道路，又被军方封锁……"

心急如焚怒火中烧的罗成，拳头愤然地砸向方向盘，以致骨裂⋯⋯

翌日 08:00 宵禁解除，捉襟见肘的驻军要转而开往更混乱地域。想来想去，开罗以南 120 公里的旅馆倒是较为安全，但，忒——远了⋯⋯09:30，会合后的罗成当即向驻埃及使馆武官戴绍安少将求援，并于宵禁前 30 分钟成功转移。为了这组赛过大熊猫的中国宝贝，少将武官戴绍安一纸照会，又多召唤来几辆装甲车，四围重重布防。"我们几个把着窗台，望着窗外，瞅着，瞅着，一个个禁不住热泪盈眶⋯⋯"

不日，香港《明报》头版整版刊登"万分感谢中央人民政府""有如此国家和特区政府照顾，香港人真有福⋯⋯"

已经死过一回的罗成，之后与弟兄们依然坚守在开罗阵地的罗成，在 2 月 20 日这个时段，似乎已经梦见雨夜寒风山丘上的同胞兄弟宗成月、缩在羊圈里的杨学良、饥寒交迫生生困在撒哈拉沙漠深处的倪永曹部，似乎已经预感到自己和海航和中国民航和祖国人民，将面临一场更大规模、更加紧迫的空前战役⋯⋯

的黎波里时间 21 日，迈尔季、艾季达比耶之夜幕下，战壕旁的杨学良们、转移至一所女子中学的倪永曹们，一肚子的委屈由心窝窝冒出来，由眼眶里渗出来，咬着嘴唇，仰着头颅，向着东方，雨夜下一片滔滔⋯⋯

北京，国家民航局李家祥等领导成员，机关相关司局，正密切关注着、研判着、谋划着⋯⋯北京国航专机办高级经理万庆超们、上海东航应急办副主任周弘强们、广州南航运行控制中心副总经理李世向们、海口海航运行控制部总经理刘军、副总经理金骏们，按照民航局的预先号令，正彻夜组织搜集分析环地中海地区各个国家大小机场的技术数据、适用的机型，设计航线航路，向拟飞越、落地国家申请许可的资料准备，本部大型远程宽体客机机型、架数、座位数的统计与调配准备⋯⋯

❧ 地中海·中南海 ❧

北京时间 2 月 21 日午夜。中南海。

午夜中南海的灯，盏盏通亮。

胡锦涛同志、温家宝同志相继作出重要指示和批示，要求有关方面迅即采取切实有效措施，全力保障我驻利人员生命财产安全。

国务院决定立即启动国家涉外突发事件一级响应，成立以张德江副总理任总指挥，戴秉国国务委员协助工作，国务院副秘书长尤权、外交部部长杨洁篪任副总指挥的"国家撤离海外受困中国公民应急指挥部"，负责协调组织我驻利人员撤离及有关安全保障工作。

雅典时间 22 日凌晨 06:00（北京时间 21 日 23:00），中国驻希腊使馆接到外交部"租船中转希腊撤离我部分在利人员"指示，大使罗林泉直接致电希腊总理府外办主任帕拉斯科普洛斯，3 小时内获希腊政府许可我公民撤至克里特岛中转承诺。

马耳他外交部常务秘书皮洛塔女士当日深夜接我大使张克远电请后，当即表示"尽量把中方人员入境手续降到最低"，2 小时内同意中方"船靠岸、'不入境'，下船登机"的撤离方案……

民航局一级响应

北京，22 日上午 11:30，民航局国防动员办公室主任孟平，自中南海电话报告运输司司长史博利："会议刚刚结束。"

旋即，民航局局长李家祥，副局长王昌顺、李健，纪检组长梁宁生，运输司司长史博利、综合司司长沙洪江、空管办主任苏兰根、国际司司长李泽民、公安局局长宋胜利等，相继落座第一会议室。

张德江副总理紧急主持的"国家撤离海外受困中国公民应急指挥部"

第一次全体会议开始于上午 08:00，民航局副局长夏兴华与外交部、公安部、商务部、卫生部、国资委等部委负责人与会，会议决定立即调派民航包机和附近海域中远集团运输船只、我海外作业渔船，携带必要生活和医疗物资，并就近租用大型游轮和大客车，赶赴利比亚附近，随时准备进入利比亚，分批组织我包括港澳台同胞在内的驻利比亚人员安全有序撤离……"千方百计保障我人员安全，千方百计保障我财产安全，千方百计维护我国家利益。"

"组织协调重大紧急航空运输任务"，是中华人民共和国国务院赋予国家局——中国民用航空局的主要职责之一。民航局党组决定立即启动《涉外突发事件紧急运输工作程序》，令国航即刻安排 2 架飞机准备随时起飞。运输司实行 24 小时值班制度，相关司局配合，与国务院应急办、外交部、驻外使领馆、相关航空公司保持不间断联系……局长李家祥就此提出"精心准备、精心组织、精心检查、精心实施"四项要求……

午后，民航局紧急电话预先号令下达各方。

当晚 20:00，国务院应急指挥部第二次会议在中南海召开。民航局副局长李健出席。

23:30，中国政府包机第 1 号紧急指令——中国民用航空局"局发电〔2011〕491 号"之"特提"等级电报发出。

中国国际航空股份有限公司：

根据 2 月 22 日晚国务院"国家撤离海外受困中国公民应急指挥部"第二次会议精神，现决定：请你公司派出 1 架飞机赴利比亚的黎波里执行紧急撤离我公民回国包机任务。

1. 请你公司立即开展相关工作，并于 2 月 23 日上午 10:00 自北京首都国际机场起飞。

2. 根据利比亚局势变化情况，请作好选择希腊雅典作为备降和技术经停地点的相关飞行方案；飞行计划报空管局审批并抄送民航局运输司，有关飞越及落地许可申请发送至外交部领事司（24 小时值班电话……传真……）。

3. 国家有关部门组成的前方联合工作组将搭乘首班包机赴利开展工作，并载运部分紧急物资……请选派优秀机组执行此次撤离任务……请继续做好后续增派飞机的各项准备工作……

抄：外交部、公安部、安全部、财政部、商务部、卫生部、国资委、总参作战部。空管局，华北、华东、中南、乌鲁木齐地区管理局，华北、华东、中南、西北地区空管局，北京首都、上海虹桥、上海浦东、广州白云、乌鲁木齐机场。

北京首都国际机场，中国国际航空股份有限公司本部，以总裁蔡剑江为领导小组组长的政府紧急包机工作在 3 个层面迅疾展开：指挥中枢的整体组织与控制，由专机办公室主任薛海城内外总协调；核心任务的执行与落实，由飞行、工程技术、客舱服务、空中保卫、Ameco（北京飞机维修工程有限公司）、地面服务等主要生产任务单元齐头并进；全方位全程的监控与保障，由专机办公室、运控中心实施 24 小时不间断，为机组和外站提供支持……

"我在利比亚同胞正处于紧张局势中，撤离行动已经开始，南方航空随时待命，请收到短信的同志作好飞行前准备，等候进一步通知。"

"你安排，全力办！"按照海航股份董事长王英明的 6 字指示，运行控制部副总经理金骏，从此每日 08:00 召集飞行、乘务、航务、机务等部门负责人碰头方案准备进展，时常与国航专机办高级经理万庆超、南航运控签派放行部经理毕华彪互通信息，"时刻准备着……"

的黎波里时间 22 日上午，艾季达比耶连绵雨住，天空渐渐露出一线亮色，苦熬着的倪永曹部，忽然间又断续听到了驻利比亚使馆经济商务参赞刘丽娟女士的声音、宁波华丰建设驻的黎波里办事处的声音……助手徐军丰永不气馁地连日数百次拨打，竟在这一刻打通了国内电话，听到了中南海决断的消息……当地教会的广播也响起"请保护中国人"的呼吁。机灵的项目部医生陈车，连夜敲开了艾季达比耶数家药店，几乎所有的晕船药品都被他一锅端走。

雅典时间 22 日 18:50，驻希腊使馆租用的"奥林匹克冠军"号、"希腊精神"号两艘客轮起航，驶向班加西……

突尼斯时间 22 日 19:00，驻突尼斯使馆工作组抵达杰巴尔岛，驻埃及使馆、亚历山大总领馆外交官正向萨卢姆口岸靠近……

消息传来，已在迈尔季苦熬 3 昼夜的杨学良、郑国震们兴奋异常，同时又陷入尴尬与痛苦之中——上级拨给该 4 个项目部 600 登船名额，另304 名得由陆路撤向埃及方向。迈尔季—班加西 100 余公里路程，路途近，也相对安全；迈尔季—萨卢姆 550 公里，路途远，且处最混乱区域。分头撤离，力量减弱，意味着危险增加，"我们是否可考虑请示放弃乘船，大部队集体陆路撤向埃及？"杨学良 4 人小组为此撤离方案一夜未眠，考虑到伤员等因素，最终一致决定：在车辆雇请困难情况下，包括伤员、女工及 64 名泰国、斯里兰卡籍劳务在内的 604 名人员，由郑国震、袁海忠带队赴西南方向班加西登船，余部由杨学良、刘玉飞带队，撤向埃及……

"23 日由迈尔季出发那天，大雨如注，赶在当地人八九点钟出门之前，凌晨 05:00，我们两个方向的同胞相拥而别，依依不舍地目送郑国震、袁海忠部消失在深沉的夜幕中。我们回头继续筹措转移自己的车辆，雇请当地武装随扈。冲锋枪上的刺刀在雨水中闪着寒光，黑压压的人群在广场上集结，我们奔赴埃及的 300 人依次登上 44 辆面包车……那场景，我一辈子也忘不了……"坐在北京顺义花园酒店大堂，杨学良神情依然凝重。

16:30，9 辆大卡车挤着 900 多人的倪永曹部，浩浩荡荡开进班加西港。周凯及其夫人、16 天的婴儿周毅轩，也在当地雇员司机贺利乐无微不至的武装保护下，以自家小车先期送抵。阴雨绵绵中，港务当局为孩子提供了临时住所，送来了鸡蛋、奶粉、尿不湿……

同日，首批由利比亚撤至埃及亚历山大的 83 名中资企业人员，分乘阿联酋、卡塔尔航空班机，分别于北京时间 08:50、14:25 回到祖国首都北京和华东上海。

同日午后，的黎波里机场，10 名手执机票如同废纸的北京建工员工，四面碰壁中逢保加利亚政府撤侨专机落地，因有中方使馆事先垫话儿，保方畅快同意搭乘。驻保大使郭业洲赶至索菲亚机场迎接，帮签转取道莫斯科的回国手续⋯⋯

逆风起飞

北京，23 日上午 08:30，民航局接外交部急电，要求派出第 2 架飞机于当晚 18:00 前起飞，前往开罗，以因应"埃及航空突然中断与我 20 班'塞卜哈—开罗—北京'包机协议，300 名同胞滞留开罗"之急⋯⋯

17:00，北京首都国际机场，风向不定，风速 1 米 / 秒；能见度 1800 米；天气现象：霾；没有重要的云；气温 8℃，露点温度零下 2℃；修正海平面气压⋯⋯

国航飞行总队 A330 大队长、执行过奥运圣火号环球飞行的吉学勇机组，驾驶国际呼号 CCA060 重型宽体客机，搭载中国政府前方联合工作组，由东跑道"强行"起飞。目的地：的黎波里，航程 9000 公里——中国民航执行国家大规模撤离我海外受困同胞紧急航空运输大戏，由此开台。

往往，第一个出场的角儿，风光之下也承担着不小的风险和压力。要知道，摆在吉学勇们面前的北非，是一条大家十分陌生的航线，从未飞过。用国航总飞行师徐传钰的话说，就是要让你吉学勇们披荆斩棘地去"开航"——在祖国与受困同胞之间，披荆斩棘地开辟出一条安全通道来！

说来容易。一般的开航，像"北京—的黎波里"航程的准备，航务部门得事先对目的地机场进行机型机场性能分析，遴选航线航路，还得考虑季节气象等复杂因素，在航路沿线和目的地机场附近，选出十数个适用的备降场，目的地和各备降场的跑道、滑行道、设施、施工情况、导航设备状态等都得了然于胸，运行部门还得向沿途相关国家提交飞越领空及降落领地申请……这一趟走下来，需要整个团队折腾十数八天。而从接到国家民航局正式指令到起飞，也才大半天时间。

"什么叫紧急重大？四平八稳还需要我们吗？"临危受命的总协调薛海城异常坚定。

其实，这些入了行，头脑里紧绷着"地球上任何地方发生事儿，都可能会与我们有联系"的局方、公司方的李家祥、史博利、薛海城、吉学勇们，自闻到北非硝烟些许味儿，就早早地点灯熬夜"自奋蹄"了，各项准备工作都在有条不紊地进行着。午夜 01:00，吉学勇第一时间一个个电话直通队员们的热被窝，"有任务，06:00 到岗"。简洁干脆又轻描淡写，以尽可能避免给队员家人带来压力。

然而，到了指令时刻，却没能飞起来。

意外是 03:00 的一个信息，外交部急电：雅典时间 23 日 12:00 ~ 16:00 该机场临时性罢工。

上午 10:00，外交部再次急电民航局：5 个国家飞越许可，3 个尚未批复……

又过正午了，飞机仍在趴窝。"军令如山倒"，在这个时候似乎成了问题了。国家局局长李家祥在办公室焦急地踱着步子……

谁能想到呢？节骨眼儿上，雅典机场那边的职员们似乎故意使坏！因为时差和效率原因，必须获得的飞越、落地许可，也姗姗迟来，CCA060 飞起来，飞哪儿？南太平洋？这个时候孔明显灵，也不过尔尔。当初民航局之所以决策先经停雅典，也是没办法的办法——虽然集结在的黎波里机场的大批受难同胞望眼欲穿，"但利比亚的通讯全部中断，既不知道的黎波里空域是否开放，也不知道该机场能否正常降落，地面保障加油加水更是未知……"史博利说。

驻希腊使馆、驻利比亚使馆在与当局紧急沟通，民航局这边在紧锣密鼓地进行着其他未尽事宜。

国航电报：开罗机场宵禁，夜航无法保障。民航局运输司经与外交部领事司紧急沟通，决定将第 2 架起飞时刻顺延 8 小时，确定为 24 日 02:00……

23 日午夜，德国法兰克福，被夫人精辟地挤对为"在中国过德国时间，在德国过中国时间，永远没有时差"的国航驻欧洲区运行签派员张者震，半梦半醒间接到总经理李江电话："者震，收拾东西，紧急任务，明天乘最早航班雅典见！"简单且毋庸置疑。

打往北京本部的电话响了一声，就有人接了。赶紧记录：机长姓名、机组人数、乘务、保卫、机务人员情况，航班性质、机型、飞机注册号、起降机场、备降机场、沿途飞越许可的批复情况、紧急情况预案……又马上查阅雅典机场资料、跑道长度、方向，道面性能、停机位、进离场程序，查找雅典机场代理公司联系方式……雅典落地一下飞机，李江、门佳鹏已经在面前了……

其实，吉学勇们于 17:00 飞上天的时候，也并非万事俱备。飞越马耳他领空、落地利比亚领地的政府许可，仍然悬在半空……

"一秒钟都不能再等了！"民航局、外交部紧急磋商后作出决断。吉学勇机组"强行"开车发动引擎，也充满着底气。

国航运控中心与外交部、民航局及其空管部门保持着密切沟通，源源不断的信息在陆空通话系统中传输着，传输着……

当夜 20:00，中南海，国务院应急指挥部召开第三次会议。

民航局党组成员、纪检组长梁宁生向国务院应急指挥部汇报已经起飞的首架、拟于当晚起飞第 2 架政府包机时刻一再延后的变化信息，飞机及机组长时间处于待命状态对飞行安全的影响，就考虑指派多家公司加入执行后续包机任务、接应点选择等，提出建议。

国务院副秘书长肖亚庆明确驻外使领馆协调我政府包机飞越、落地许可。

午夜 23:15，《民航局运输司要报》（3）：利比亚民航当局已批准

CCA060 的黎波里机场落地许可，我驻利使馆反馈该机场开始有飞机起降；第 2 架包机的埃及开罗落地许可、塞浦路斯飞越许可正在协调中……

当日，美国国务院表示：拟派包机前往的黎波里计划，因未获利比亚当局批准作罢；承租可搭载 600 人的轮渡已驶往的黎波里，拟将侨民撤离至地中海岛国马耳他……

雅典时间 23 日 22:33，CCA060 降落雅典机场经停，90 分钟后，起身穿越地中海。吉学勇指令乘务组打开机舱所有舷窗的遮光板，让舱内所有的灯都亮起来，把民用航空器的所有标志都显露出来——向地面、海面空防设施和军用航空器传递出一个十分确定的信息：我们，中国民用航空客机，来啦！

协调地面保障、机场当局签派放行、客梯、拖车、加油、加水……吉学勇们飞走了，李江、门佳鹏仍在雅典机坪的雨水中纹丝不动雕塑般伫立着……他们俩，牵挂着随机飞走了的李军、张者震……

李江原本计划 4 人组一起随机赴的黎波里保障的，"我们 4 个人都去！"

"爷们儿！"吉学勇跷起大拇指。但 4 个人就是 4 个座位，为尽可能多地接回同胞，吉学勇点将李军、张者震了……

"拜托了！"李江重重地拍着俩兄弟的肩头……

张者震隔着舷窗望着狂风暴雨下李江、门佳鹏迟迟不退的身影，不忍卒睹……"要不要跟老婆说一声？到了那里估计手机就成摆设了，不然老婆醒了，一打电话关机，找不到人还不急疯……哎呀，说吧，她肯定会担心……还是短信吧，发完就关……"

的黎波里机场上空 8 级大风，35 节 / 小时，并伴有阵雨。多次执行国家领导人专机、27 年 22 000 小时飞行经历的吉学勇知道，考验，无时无刻不在！可这，又算得了什么？而至此，仅仅是吉学勇们 36 小时无眠征程的一小半……

的黎波里 24 日凌晨 02:02，他们坚定地操纵 CCA060 对准的黎波里机场跑道。他们分明看见了机场躁动的人群，受难的同胞。受难同胞们于地狱般漆黑的的黎波里，被天空中射来的集束光吸引而翘首，正朝这边望过来，望着这架喷绘着鲜艳五星红旗的，祖国来接他们回家的飞机……

啊祖国，祖国天涯咫尺，仅仅一扇舱门！

萨卢姆望班加西

杨学良这边，44辆小巴、皮卡、出租车组成的车队，前有雇请的当地保安持枪开路，末尾有杨学良断后，自迈尔季浩浩荡荡驶向萨卢姆——这个因1941北非战场"德胜英败"而小有名气的埃及边关。经过长达7小时上千里的长途奔袭，抢在坦克、装甲车的夹缝中、AK-47的胡乱对空射击中，穿过利比亚最东部、最混乱的图布鲁格小城，23日19:00，插在萨卢姆口岸的五星红旗遥遥在望……只是数以万计的埃及人、不清国籍的人也由利境蜂拥至此，漫无秩序的口岸区水泄不通……

"总归是安全了……"杨学良呼出一口长气，回过头去，留给利比亚最后一瞥……瞥的什么呢？能瞥见什么？

同日上午09:00，郑国震部604名基本顺利抵达利比亚反对派老巢班加西港，与本部接应小组艾中家会合。一派乱象的港口，汇聚着包括中建集团5000名同胞在内黄、黑、白各色人等逾万张疲惫焦躁的面孔。令郑国震们稍感意外的是，如此混乱情形下，道边诊所人员主动热情地邀请我伤员进门疗伤，之后的一句"欢迎你们中国人再回来，请支持我们反对派"，令郑国震们惊诧。

此时的郑国震们，已经获悉祖国租用的游轮已于14小时前由克里特岛起航。400海里航程，早该靠岸了啊！但就是不见影子。"一个个心里乱揣摩着，扑腾着，在摩肩接踵人头攒动中朝地中海深处望，望……"郑国震说。

"船来了——我们的船来了——"一声呼喊，胜似列队号令。

"席地的都'噌'地蹿起了身，各种肤色都在振臂欢呼，船好像联合国派来的一样……远远的雾霭中，船，缓缓地驶来，轮廓越来越大越来越清晰，只见同胞们一个个双手抚胸，闭目仰天，热泪两行……"

其实，船早就驶到了近海，只因当局迟迟给不了进港许可。

"你们中国人安全了！"这是郑国震们临登船的那一刻，听到的第一句话。希腊籍"奥林匹克冠军"号船长说的。

"伤员、妇女、老幼、64 名外籍劳工先上。"

"本艘船只搭乘中国人。"船上的希方海关人员坚决地堵住了。

"这些外籍员工是我们雇请的，如果不让他们走，我就留下来照顾他们。我们是生死兄弟！"郑国震们坚决不干。

随船的驻希腊使馆接护小组组长陈夏兴，也没能撼动希方……

不过，我要告诉读者朋友的是，仅此"奥林匹克冠军"等两艘船至克里特岛靠岸后，与数以千计中国同胞登岛的有：46 名希腊公民、16 名意大利公民、36 名斯里兰卡公民、28 名尼泊尔、泰国公民……难怪 3 月 3 日尼泊尔驻华大使 Tanka Karki 先生专程登门中水电集团道谢——这里的蹊跷在哪儿呢？没准儿您能猜得到！

西班牙《阿贝赛报》2 月 27 日消息：大批等待逃离的外国人聚集在由利比亚前往埃及萨卢姆边境口岸的通道上，许多来自韩国现代公司利比亚工厂的孟加拉人被扔在那儿无人过问……

北京时间 24 日 02:28，首都国际机场，中国政府第二架包机 CA061（A330-200）搭载中国政府第二、第三前方联合工作组，10 吨食品、4.5 吨饮用水、2000 只手电筒及常用药品，飞赴开罗……

班加西 24 日 11:00，驻马耳他使馆租用的意大利籍"诺亚方舟"号驶进班加西港。码头上，倪永曹部泼墨床单的"祖国万岁"在人群中飘舞传递……在驻马耳他使馆年届花甲的刘美参赞协调下，倪永曹部以 17 天婴儿周毅轩为先头，陆续登船……

北京，24 日，中国外交部领事保护中心发布消息：24 日 48 名于利比亚塞里儿电厂人员通过微博发出求助请求，25 日米苏拉塔地区长江岩土公司 800 余人微博求助，26 日的黎波里地区中国通信公司 80 余人微博求助，我驻利使馆及前方工作组均已取得联系……

希腊时间 24 日 14:00，"奥林匹克冠军"号、"希腊精神"号地中海 43 小时往返，满载我 4200 名同胞缓缓驶入希腊克里特岛伊拉克利翁港……伤员们在左右搀扶下，手捂身嵌子弹的累累伤口，远远望见胡锦涛主席派驻希腊共和国的特命全权大使罗林泉先生伫立岸边，与希腊克里特省省长安纳武塔基斯带着帕潘德里欧总理的嘱托并肩站立，华侨志愿者们早早张开了臂膀……

中水电青年工程师郑国震抚胸面对 CCTV 镜头：

"感谢党中央、国务院和全国人民！我们感到作为一个中国人非常自豪，非常有安全感。即使我们知道深陷利比亚，但我们不曾害怕，我们有一种精神，坚信我们一定能出来！……"

"总理曾专门打电话给我……克里特已经做好了一切准备，接待从利比亚撤离的中国公民，直到他们安全返回中国！"安纳武塔基斯省长的表白充满真诚。

几乎同一时刻，英国首相卡梅伦先生发表电视讲话，"为政府行动迟缓、撤侨不力向国民道歉！"瞅瞅他的外交大臣黑格日前咋宣称的：滞留利比亚的 3500 名公民"应当自行搭乘商业航班撤离，而非在危险情况下期待空军冒险解救……"

24 日夜 20:00，中南海，国务院应急指挥部第四次会议。

梁宁生代表民航局建议：（1）后续飞行时间尽量安排在上午 09:00～11:00，为申请各国飞越及落地许可预留充裕时间；保证机组在良好状态下执行任务；白天由国内起飞，抵达当地亦为白天，避免夜航，提高安全系数；（2）请前方工作组反馈回国人员目的地及数量；（3）请考虑租用他国航空公司包机接我公民回国……

当晚 20:10，外交部函电民航局，通报各个方向上的撤离人员数量。

25 日 02:15，中国民航首班政府包机满载妇女儿童为主体的 223 名同胞，安稳降落北京首都国际机场。专用停机位、专用安检区、专用通道……国务院副秘书长尤权、民航局局长李家祥、华北地区管理局局长刘雪松机坪迎候……

07:30，民航局应急指挥领导小组根据前方紧急需求，由运输司司长史博利连续签发两封"特提"等级电报指令：

即请中国国际航空股份有限公司迅速安排运力，分批次赴希腊克里特岛接我公民回国（北京、上海）；

即请中国南方航空股份有限公司迅速安排运力，分批次赴突尼斯杰尔巴岛接我公民回国（目前 3000 余名，北京、上海）……

当日，从约旦首都安曼起飞的一架加拿大政府包机抵达的黎波里机场，因无人组织本国侨民登机而空机返回。此前一日，加拿大政府租用的一架拟赴的黎波里撤侨包机，因"该机所入保险不涵盖飞往动乱地区"，没能从罗马起飞……

14:00，中南海，国务院应急指挥部召开第五次会议。

与会成员新增各省、自治区、直辖市负责人参加，以更准确核对在利人员方位、数量，当日得到确认的人数为 33000 名……

14:18，民航局运输司司长史博利，签发当日第三封紧急电报指令：

即请中国东方航空股份有限公司迅速安排运力，赴马耳他瓦莱塔接我公民回国（约 1500 人返北京，600 人返上海）……

深深的夜幕下，民航局办公楼一排排的窗户里还闪着身影……3 天 3 夜了。此时此刻的运输司司长史博利，最想做的一件事情，就是痛痛快快地冲个热水澡，最好泡上个把时辰……虽然一开始就预感到此次任务相比以往更复杂、更艰巨，与国防动员办公室主任孟平，有主内、主外之分，但头绪忒多：信息分析、盘算建议、汇报布置、矛盾处置、变化调整、部际协调、局内沟通、即时进展……这单是应急；手下还有 5 个业务处——国内航空运输、国际航空运输、通用航空、市场监管、综合业务的日常工作呢！

　　作为司里处置此次重大紧急涉外运输任务主力的国际航空运输处，处长们、科员们一个个都还在紧张地电话着、传真着、俯身键盘着……按照排班，当夜归副处长白文利、科员郑新杰、李延鑫值守，但处长魏洪、副调研员杨杰、科员张璇这一班却没能按时下班走人，史博利想把魏洪这3个人"赶"回家去……

　　这个时候正是的黎波里时间18:00，因此前遭遇抢劫失去护照或护照异地集中保管的600余名中国工人，持我驻利使馆临时签发的回国证明被利方口岸移民检查机关以各种理由刁难，滞留在拉斯杰迪尔口岸利方一侧迟迟不许出境，刚抵达至此的中国政府前方工作组开始与其交涉……

❧　扑向风暴眼　❧

　　为千方百计保障我数万同胞的生命安全，中南海一声号令，从中央政府所属国家民航局、外交部等相关部委局到中央企业本部，从中国民航客机到人民空军运输机，从亚丁湾护航中的人民海军舰艇到远洋中的中国货轮，从中国驻外使领馆到中国民航企业驻海外办事处，四面八方第一时间扑向风暴眼……

　　法国《欧洲时报》2月25日评论称：从2006年东帝汶、所罗门撤员至今，中国已经组织了大大小小数十次撤员行动，成千上万的中国公民得到及时援助。但此次不但规模最大、难度最大、情况也最复杂。而中国却表现得及时、有力，知难而进、方式创新、立体高效……体现了中国对其海外人员保护能力的提升，体现了中国政府处置突发事件能力增强以及应急机制的日益完善，也体现了中国国际影响力的提升。更为重要的是，在此次撤员行动中，中国上下一心、团结一致……

CAAC 我飞来了

北京时间 22 日夜，52 名中国外交官奔赴驻利比亚周边国家各使馆……

的黎波里 25 日 18:00，外交部领事司参赞费明星 6 人组到达利比亚西部边境、突尼斯拉斯杰迪尔口岸；在经过 24 小时 3 次转机 13 小时轮船折腾后，领事保护中心李春林 8 人组抵达班加西；驻苏丹使馆武官吴树陈大校由喀土穆赶至利比亚腹地塞卜哈……

海航驻比利时办事处副总经理师智伟，25 日 19:30 匆匆出发，"布鲁塞尔—雅典—克里特岛"两个航段 5 小时飞行、中途 5 小时等待，次日 06:00 一落地便与国航同人会合，冒雨为翌日抵达的机组联系住处、用餐、交通，协调停机坪、油车、水车、摆渡车，基本就绪时，已是 30 小时后的 27 日中午……由柏林赶来增援的陈瑶，一进站便投入保障，没顾及提取的托运行李只好寄希望于挂失……AKALI 酒店一听师智伟是"'中国人'，为'中国机组'联系住处"，立马同意"签单支付"……

雅典 26 日 14:00，克里特岛干尼亚机场迎来赴该岛的第一架中国政府包机 CCA062（B747-400），盛海滨们同机。3 小时后，该机满载 328 名同胞飞回祖国，盛海滨们留了下来。

"我们是作为国航本部派赴希腊、突尼斯两个'外站保障工作组'之一留守的。"他及同伴白冰洁、王振伟、李全胜等 4 位来自北京飞机维修工程有限公司（简称 Ameco），是这"之一"里面"运控、商务、地服、机务、空保"之"机务"。

北京时间 25 日 15:00，一接到政府包机保障紧急任务，盛海滨们便按照 Ameco 工程处下达的保障工作清单，机械类、电气类、电子类计 1500 余项 3 吨重器材逐件清点、装箱。一切停当，伸出手腕一瞅，已经次日 02:00。席地而坐喘息，这才想起大家都没用过晚饭。04:00，没与家人招呼，就飞了……

在盛海滨们接受任务前的 12:00，运输司司长史博利 4 小时内第 2 次去敲局长李家祥办公室的门，就 14:00 参加国务院应急指挥部第五次会议事宜、运力调配等事项汇报与请示。

这时手机响了，是国航总裁蔡剑江。"博利司长呀，您下达的克里特岛任务我没法飞、没法执行啊！"

原来，经对克里特岛伊拉克利翁机场技术分析研究发现，该机场跑道硬度不够，大载量运行受限，必须减载。就是说，A330-200 飞过去，也就只能运五六十人。起飞回程时，倒是可以增加一点载量，但前提是必须少加一些油，再加降雅典国际机场，再多加油，以保障长程回程。

那怎么行啊？你就是能载 100 人也不行啊！一趟大型客机洲际飞行，拉 100 人那不等于没拉啊。克里特岛已经汇聚 14000 多同胞，后面或许还源源不断呢，即使再多调些飞机过来，就这么个运法，还不撤到猴年马月了……

史博利脑袋都大了。

匆匆嘱咐孟平，请局领导 14:00 向国务院应急指挥部报告此情。

15:00，史博利办公室，飞行标准司司长金宜斌、航空器适航审定司司长张红鹰、安全监察专员刘恩祥落座。4 位重量级技术专家，铺开去，卷回来，再铺开去，几个回合也没下文……

16:00，孟平自中南海电称，外交部那边说应该没问题，专机都飞过的。

是的，专机是飞过，但那只是专机的载量啊我的朋友！而我们这回是要满载同胞飞回祖国的啊！金宜斌的主意则是，或可考虑请该机场当局给予我适当减载豁免，出具批复。但这其中又问题多多……史博利几乎崩溃。

18:30，史博利处理完一批急件，拦住已经回家半道的金宜斌，分头赶往国航飞行总队飞行员公寓。

中航集团分管飞行的副总经理宋志勇、国航总裁蔡剑江、总飞行师徐传钰、专机办主任薛海城们，已经有点儿坐立不安了。

这个静谧的周末傍晚，人心难静，一场有关希腊克里特岛机场的沙盘推演，紧张激烈地在餐桌上展开。

　　克里特岛，爱琴海最大的岛屿、最南面的皇冠，诸多希腊神话的源地。过去是希腊文化、西洋文明的摇篮，现在则是美景难以形容的旅游度假胜地。岛上的几个民用机场，除伊拉克利翁机场稍微大点儿外，其他更小，私人小飞机倒是来去自如。

　　飞行员出身、曾出任国航副总裁兼飞行总队总队长的宋志勇，专机飞过伊拉克利翁机场。虽然只有两个停机位，但专机载量小，当然不受限制，确实没问题。

　　"唯一的办法，动用外交努力，请希腊当局向我开放该岛干尼亚军用机场。"宋志勇掷地有声，一拳砸向餐桌，神情凝重面向史博利。

　　"那个军用机场你去过吗？军用机场距离转移我公民的伊拉克利翁港，有多远呢？路好走吗？"

　　宋志勇没去过，但 100 多公里的路走过，有段山路，但整体路况还好，由港口到该军用机场，多花些时间是一定的。

　　史博利们精神振奋。打开这个突破口，一切问题都会迎刃而解。史博利不打算再继续用餐……

　　21:00，回到民航局的史博利，终于等来了驻希腊使馆的消息反馈：武官李杰大校，已经在赶往克里特岛干尼亚军用机场的路上，"军方已经松口，有突破余地……"

　　只有两个停机位的干尼亚军用机场，坐落在克里特岛西端岸边，跑道条件不错，但缺少盲降系统，也缺少像盛海滨这样的机务等地面保障人员。飞行 12 小时一落地，航空器航后维护不说，给飞机加航油、加滑油、清洁、加放饮用水等所有勤务工作，全得由他们机务保障组完成。4℃，大雨，把着舱门一望，雨雾之中远处群山的凄美尽收眼底，未及欣赏，便裹着雨衣下机，分工协作地例行过站检查、加油……

　　这时，海航飞行部 A330 机型总飞行师温建平，率领责任机长张鑫、副驾驶帅崇源等 4 套 8 人机组，操纵本公司首架政府包机，绕过厚厚的云层，也快马杀到……王振伟、白冰洁立即去支援单枪匹马的师智伟，由雅典移师至此的国航欧洲区总经理李江登机进舱，握着温建平的手说，"这个时候，就不分你我了……"

而另一边的盛海滨，正在与机场当局反复地协商再协商，硬是把随机备用的 3 吨航材卸下，搬到机场器材间存放起来。乖乖，3 吨、3000 公斤，卸下 3000 公斤随机器材意味着什么？

"可以多载几十位受困同胞，保证撤离满载！"

异常坚定的盛海滨们，两脚泡在雨水中，维护完飞机，卸下了器材，现场协助组织同胞登机，指挥机组滑出、起飞，22:40 又帮海航 A330 送走 213 名同胞，"北京—干尼亚"41 小时，第二次出现 10 小时未及进食、饮水……

"顾不上啊！"盛海滨说，"您不知道，当您向机组做出可以滑出的手势，挥手向满载的同胞告别，看到小小的舷窗里满是挥动的双手——不见面孔分不清男女老少，满舷窗只有挥舞的手的时候……"盛海滨嘴唇翕动、哽咽，"——值了！"

回到住处，已是午夜。国航载重平衡中心高级经理曹新革们却继续和另 3 位写着登机牌，4 个人一空闲下来就写，6 天手写 6650 张登机牌、5490 张行李牌，写到手肿手软……

4 小时后盛海滨们又爬将起来，赶往现场接机。随着由水路撤离同胞数量的增加，民航局指示国航于当日开始，每天各增加 1 架 B747-400 和 B777-200，以减少同胞在该岛滞留时间，加快飞回祖国的速度。由于出发得太早，酒店的早餐还没开。令盛海滨兴奋的是，落地的机组不仅带来了餐食，还为他们带了一个烧水壶——待凌晨 03:00 送走包机，与师智伟、樊磊、王永清们不会再冷水泡面了！

又送走了一架！十几双干涩红肿的眼睛相互对视，不约而同地击掌鼓励……这时师智伟提了一句：突尼斯杰尔巴岛那边是个啥情形？同胞们由陆路撤至这个杰尔巴岛，想必速度更快，负责那边保障的南航弟兄们比我们更忙吧……

是够快的，也够壮观的，瞅瞅吧：广袤无垠的荒漠上，200 多辆大客车组成一条有首无尾的长龙，缓缓朝这边——突—利边境拉斯杰迪尔口岸驶来，那是北京建工 2800 名、中国交通 300 多名……五星红旗正眼巴巴地朝他们飘着呢……

但只 60 余辆顺利抵达口岸，后续百余辆遭遇 3 公里处一检查站极为苛刻的阻拦，所有同胞被迫下车接受搜身，车辆而自行返回。中国政府前方联合工作组立即前往交涉、沟通……

您瞅，那是林先昱——前方联合工作组参赞、负责协调撤侨联络事宜的北京出入境边防检查总站的二级警司，他集合整队百余名受困同胞，手举红旗、高唱着国歌，徒步朝口岸这边开进……

侨团兄弟顶上了

雅典时间 23 日 16:55，驻希腊使馆租用的游轮驶进班加西港的同时，希腊中国和平统一促进会、华侨华人总商会、华侨华人联合会、华侨华人总会等多个侨团的旗帜，先后插上克里特岛。一个个黄皮肤、黑眼睛急匆匆由雅典赶来，从萨洛尼卡赶来，从起初 38 名随罗林泉大使登岛，到 50 名、70 名……在伊拉克利翁港、市区酒店、干尼亚机场，他们冒着连日的雨水，协调、导引、答疑、抚慰、解难、转运，忙碌的身影出现在任何需要他们的地方……

他们协助使馆与当局及业界伙伴协调，半日内租到 3 艘巨型游轮，当日两艘起航；在旅游淡季关门歇业的克里特岛，一夜间敲开 11 家、14 家、20 家四星级酒店大门，落实 6500、7500、13000 个床位……

希腊华侨华人总会会长陈雷兵和太太张蓓艳负责第 11 号酒店服务，每日早 07:00 至午夜 12:00 在酒店大堂登记处迎候撤离来的同胞，提供咨询、资讯，分派电话卡——夫妇俩作为第一批登岛成员，为同胞购买大量常用药品和每张 300 分钟祖国长途的 500 张电话卡……"给亲人们报平安，肯定是同胞们的最大心愿。"陈雷兵喉咙沙哑着说。

年过不惑的希腊温州籍侨领翁进东及侨胞李昂、吴旭辉，分工将撤离同胞由酒店转往 189 公里外的干尼亚机场搭乘祖国包机，一趟七八小时，3 天 7 次往返……"是很远，是很颠簸，是很累。但是当被送到机场的同胞们跟你握手、拥抱、说谢谢的时候，什么累都没有了，都过去了……"胡子拉碴的翁进东说。

负责码头接应的总商会会长徐伟春，从"韦尼泽洛斯"号靠岸，到最后第 2898 名同胞下船入关，最后一个离开——他是在闻知同胞受困利比亚后，毅然中止温州生意洽谈，北京时间 24 日 13:00 一飞北京、二签迪拜、三转雅典、四抵克里特岛……小舅子入伙，岳母大人加入安抚伤员……"我们这些是小事，国家这些是大事。"双眼布满血丝的徐伟春说。

"都是自己的同胞，所以大家十分热心。"志愿服务总协调人、和平统一促进会会长兰孝程说，"如此大规模从利比亚撤离公民行动，身居海外的侨民们强烈感受到了祖国对每一位公民的责任感和保卫每一位公民的决心。"

这天夜里，一位撤至该岛，终于在酒店安顿松弛下来的江苏盐城籍小伙儿，忽然于深夜乱奔、喊叫，精神出现异常。驻希腊使馆武官李杰赶来了，和平统一促进会会长兰孝程、青田同乡会的吴海龙赶来了，抚慰、叫救护车、在医院陪护，再送回酒店，天已经亮了，又一船同胞要登岸了……

祖国军舰贴身了

当地时间 2 月 24 日凌晨，亚丁湾索马里海域，正于此执行护航任务的人民海军第七批护航编队"徐州"号导弹护卫舰（舷号 530），受中央军委之命，破开五六米大浪，由曼德海峡南口起航，万里祖国外"千里走单骑"，傲视北半球 20 个维度，以 27 节全速航行，驰援 2000 海里外……

两天两夜后的 26 日下午通过红海入苏伊士湾，在"提前申请，依次通过"等限制下，管理当局破例允许我"徐州"号先于其他排队商船，第一时间驶入苏伊士运河，其后斩浪地中海……3 月 1 日 10:30，于利比亚班加西以北海域，与满载我 2142 名同胞的"韦尼斯罗斯"号游轮会合，随即伴随警戒……

"徐州"号进入地中海当日，人民空军 4 架伊尔 –76 型运输机由乌鲁木齐完成集结再次起飞——巡航高度 9000～12000 米，最大起飞重量 170 吨，飞越巴基斯坦、阿富汗、伊朗、沙特等 4 国领空 7000 公里，经停苏丹喀土穆，转飞 2555 公里外的利比亚腹地塞卜哈……

24 日，美国外交关系委员会网站发表中东问题专家阿伯拉姆斯文章：

"中国坚决保护本国公民并派军舰为撤员船只护航行为，比美国的'含蓄谨慎'更像一个'超级大国'……中国人不饶舌，而是用行动、以实力……"

当地 23 日凌晨 03:35，在附近海域运营的中国远洋运输集团 6.9 万吨级远洋集装箱货轮"天福河"号，受国家交通运输部协调之命调转航向，43 小时 1275 海里航行后靠岸米苏拉塔港码头，559 名同胞登船……中远"康诚"、中海"新福州"等也从不同方向相继赶来……

北京时间 26 日 08:00，国务院应急指挥部第六次会议在中南海召开。

会议通报我在利比亚公民总数升为 37000 名，已有 14000 名撤至克里特岛，7200 名撤至马耳他瓦莱塔，5000 名撤至突尼斯杰尔巴岛，利比亚中南部塞卜哈 4900 名公民拟撤至阿曼首都马斯喀特。会议建议以中、外民航包机为主辅，未来 10 天内完成接运任务……民航局副局长李健，就政府包机执行、整个运力调配运行、塞卜哈机场的进一步分析，作汇报建议。

张德江副总理对民航方面第一时间飞出去、把中国政府工作组送达前方，第一班安全接回 223 名同胞给予肯定。就"抓紧转运、密切配合、作好衔接"作出指示。就登船安全、登机安全、国内转运，前方与后方、部门与部门、企业与企业、政府与企业、军方与地方的密切配合，提出要求。

当日，民航局运输司拟定每日投入 15 架运力的运行计划，并就我公民回国去向城市及数量统计、飞越及落地许可协调力度、境外机场航油等保障能力确认、赴境外保障人员签证食宿、天气原因返程备降国内其他机场的协调疏散等 11 个需要协调的问题，报告国务院……

同一时刻，中水电十三局女工程师张丽娜等 260 名中国员工，在驻苏丹使馆协助下，包乘苏航飞机由塞卜哈飞抵喀土穆……

❧ 鹰击长空 ❧

北京时间 25 日 07:00、14:18，民航局 7 小时内的 3 封"特提"等级电报指令发出后，一霎时，一架架待命的中国政府包机，由北京首都、上海虹桥、上海浦东、广州天河、新疆乌鲁木齐，四面八方飞向地中海。并由此形成国航、海航联手主责希腊克里特岛、东航主飞马耳他瓦莱塔、南航主攻突尼斯杰尔巴岛的"三分天下"任务格局。

地中海浪打浦江

北京时间凌晨 04:00，东航客舱部李娴乘务组的姐妹们就匆匆起床，一边出嫁般地化着精致妆容，一边默默地念诵着事先的精细准备，不时回望一眼电视新闻。"欢迎回家"将是对每一位登机同胞要说的话，"倾听"也将是帮九死一生撤离同胞释压的重要一环……哦，奥巴马总统出场了，他在签署命令，冻结卡扎菲及其亲属、利比亚政府及银行的所有在美资产……

此时的东航总飞行师、带队机长万向东、责任机长盛彪机组，已经开始飞行准备，共同执行 06:00 东航首架目的地多次变更后的"浦东—瓦莱塔"飞行任务——前方消息称，拟中转瓦莱塔的上千名同胞正在班加西港登船……这天是 2 月 25 日。

05:30，天刚蒙蒙亮，驾驶舱里的万向东机组一切准备停当，准备开车。而就在这时，地中海巨浪翻滚而来……

倪永曹部等 2216 名人员完成登船即近傍晚，地中海突然变脸——突发 1953 年以来最大海上风暴，滔天巨浪使得游轮迟迟起不了夜航的锚，疲惫不堪的倪永曹们的心境此时转为另一种急切……不过，已至船舱里的倪永曹们觉得，连日来持续不断、令人惊悸的枪炮声，在这个夜晚隔舱听闻，显得别样……

2100 名核载，挤着 2216 名同胞。我国参赞刘美是向船方写了书面保证的。

倪永曹迟迟不得入眠，一边猜想东航的两架政府包机该是飞抵瓦莱塔了，一边想着自己一手管理 50 亿元人民币、工期近半的 5000 套住房项目将来会如何收场；而助理徐华丰辗转反侧疑惑的是，如果不是这场风波，或许这辈子也不会下如此血本享受这豪华游轮的奢侈，但现在身居其中，咋就没有情绪感受了呢？18 天的婴儿宝贝周毅轩倒是显得更大气、更沉稳，该吃吃，该睡睡……

7 小时后，利比亚、马耳他才会天亮，"下一个起飞时间点，选在……是不是我们先飞过去，在那边等……"

想着煎熬在船上的同胞，万向东、李娴们的心，随着地中海的风浪起伏翻转……

再瞅瞅机坪上这架 A340-300（MU267）：庞然大物的缆绳突然被勒，看似平静的它，也一样心怀激荡、不甘。鼓鼓的肚子里，600 份干点、400 个面包、300 份热食，以及大量的八宝粥、饮用水和果汁，满满当当。

按照客舱业务经理沈文君的心思，这一份餐单，就是要足够保证所有登机同胞吃饱、吃好。在接到马耳他瓦莱塔任务之初，她办的第一件事，就是向刚执行过埃及撤侨任务的乘务组请教。"当地没办法进行餐食准备工作，这就要求我们在上海提前把返程的餐食准备好。"一般热食的最佳保鲜时间只有短短 6 小时，"上海—瓦莱塔" 13 个小时航程。于是配餐时，所有的热食都覆盖了一层干冰储存，保持着最佳新鲜度……大量的八宝粥、果汁和基数外的 10 箱水，正是考虑到烘烤热食需要一定时间，为避免登机同胞等待时间过长，而特意配备的。

当地上午 09:00，游轮仍然没有起航……

而 MU267 真正飞离浦东，已是次日上午 09:18。操纵 A340-300 的万向东一进入航路口，咫尺虹桥的 A330-300（MU265）也腾空而起。用万向东的话说，陌生的航路、陌生的机场、急迫的任务，安排两架伴飞，相互有个照应……跟进的 A330-300 上，运控中心副总经理徐斌的卫星电话忙个不停，"现炒现卖"，向本部了解完马耳他瓦莱塔天气、跑道使用、盲降设施、停机位情况，便立即通报领先 22 分钟的万向东……

同在此时，运控中心飞机性能工程师李洁，正与团队实时关注着两架包机的运行状态。随着雷达屏幕包机的起飞、位移，顺利飞越俄罗斯、哈萨克斯坦，神情放松了许多。这个 3 岁儿子的母亲，已经连续 4 天没有回家。身为应急办副主任的丈夫周弘强，肩负接受民航局、外交部、驻外使馆的指令信息，协调本部与外站步调，则一连 13 天坚守阵地。3 岁的儿子果果，每天踩在世界地图上 "注目利比亚"。

自 2 月 21 日 18:30 接民航局 "预先号令" 始，运控中心应急办、国防动员办、专机保障办等部门，便按照各自分工紧急着手准备。李洁团队则开始对围绕利比亚境内可能使用的班加西、的黎波里、塞卜哈、焦夫等 4 个机场，进行 A340-300 机型飞机性能计算、航路规划、机场分析、飞越（落地）申请准备。随着前方撤离路线信息的不断变化，又转而对利比亚周边国家的雅典、阿莱曼、亚历山大等机场进行航线准备，于 24 日午夜最终锁定马耳他瓦莱塔、希腊克里特岛之时，李洁团队已连续熬过了 4 个昼夜……尤其在 "达到满客" 问题上，做足了功课。"浦东—瓦莱塔" 航线长，冬季航路上的风很大，去程 13 小时的飞行接近机型极限，按国际航班运行规则，"295 客满载量"成为限制，若中途经停，将延迟同胞回到祖国的时间。李洁们便根据以往国际长程航线经验，设计了"去程选择远程巡航，回程使用二次放行"的运行方式，把"航程耗油量 +10% 备份"的燃油加注，回程备份只计算到 90% 航程的西安。如此一来，可多接回 40 多位同胞……

"瓦莱塔机场 11627′（3544m）主跑道 13/31 部分关闭……"

即时收到的航行通告，瞬时令李洁团队个个一身冷汗——万向东机组的 MU267 已经飞入地中海空域，一掠过雅典、西西里岛，就要降落了，也只两小时的航程了……

"分析另外一条短跑道！"

整个团队的眼睛又都汇聚到 JEPPESEN 航图 – 瓦莱塔机场图密密麻麻的数据上，一路分析下来：若在 7799′（2377m）的短跑道上起飞，存在严重影响；单单着陆的话，没有问题！至少，MU267、MU265 的落地之急得以解决，后续包机可以视情调整起飞时刻……上海地面的李洁、地中海上空的万向东们，长长地呼出一口气……

"高度下降，海边的跑道已经对准，地中海依然白浪滔天，真不知道船上的同胞们是怎么挺过来的……"事后万向东对我说。

的确，倪永曹们在风浪中多颠簸了 8 个小时，许多同胞晕船呕到吐血……

张克远大使夫妇来了，为周凯十几天大的儿子周毅轩带来了长途转移的必备物品，奶粉、奶嘴、生理盐水、纸尿裤等一应俱全，使馆连夜为这个小小宝贝赶制的临时身份证明，也捧到面前……

当日下午到傍晚，周凯一家三口等 549 名同胞，分别搭乘万向东率领的两架包机，飞往祖国上海……其余暂留船上的 1622 名同胞，也已远远望见后续包机正朝他们飞来……

地中海上的欢呼

2月26日12:21，广州白云机场，南航首架政府包机 CZ2001（B777）在领队机长、民航中南地区管理局副局长梁世杰，南航责任机长呼守文、副驾驶祝姚等6人3套洲际机组强强搭配下，沿首飞航路飞往突尼斯杰尔巴岛。CZ2001 快马加鞭朝前方飞，途经报告点的地面管制频率等航路信息源源不断朝后方发……

——这是飞行直接准备会上特别议过的。A330 机长何钢，不久前执行我维和部队运输飞行任务过程中，就曾遇到与地面管制员联系不上的"重大危机"。快飞抵目的地了，联系不上当地塔台管制员！联系不上，就得不到管制指令！按飞行程序该下降高度了，不敢！该拐弯了，不能！你不知道各个高度层、各个方向航路上有无飞机！难道就这样无穷无尽地直飞下去？直飞下去也不可啊！同高度层、同航路来一架与你对飞的怎么办？没油了怎么办？——都是这个作孽的机场管制闹的！实际执行通信频率与事先发布的严重相左！A330 机长何钢事后每每提及这次遭遇，就咬牙切齿，恨不得踏上它一万只脚！

往返 33 小时的首飞完成后，梁世杰、石智龙机组的第一件事，就是将整个"蹚路"过程的"航路天气、管制区划分、通讯频率、落地手续办理、过站具体安排以及特殊要求"等所有细节汇总为"首飞小结"，上传"飞行机组准备网"共享……

广州本部，B777 机队、A330 机队的后续机组，结合不断更新的各方信息，在紧张地进行图上作业：计划航路、飞行航段、飞越管制区、飞越国家、飞越许可、备降机场、目的地机场、地形影响、天气特点、航空情报、导航设施、特殊规定、航油携带、外交规定、限制区域、危险区域、机场细则、起降规定、着陆离场程序、机场平面、滑行路线……

利比亚米苏拉塔。大宗物品全部托管，小件物品包装带走，工地外围挖了壕沟，厂房门上贴上了封条——在高度戒备、持续坚守了5天之后，中交一航局二公司 1757 名施工团队终于等来了撤离命令。

"为便于组织，各个队伍之间以袖标颜色区分，安全帽统一编号。我们项目部的口号是：'一个都不能少！'"项目负责人毕勇毅说。

虽然工地距最近的撤离港口米苏拉塔只有 28 公里，但撤离路线是否安全，却是一个未知数。作为党支部书记的毕勇毅，和翻译马如刚主动请缨，驾起一辆汽车，插上五星红旗，为大家探路。沿途武装分子层层设障，"车上架着机关枪，手里拿着 AK-47，腰里别着手枪。但一听说是在米苏拉塔承建 5000 套住房项目的中国人，则马上放行……"

探路，有惊无险地完成。而登上"韦尼泽洛斯"号客轮驶离港口，悬了十几天的心，这才终于回到心窝窝。毕勇毅们不知道，在不远的前方，更大的惊喜在等着他们……

3 月 1 日上午 10:30，地中海蔚蓝的海面上突然出现了一艘舷号 530 的白色军舰，"祝同胞一路平安"的大红横幅，耀眼夺目。

"我们代表中国人民解放军为同胞们护航！……"政委韦建华大校从"徐州"号导弹护卫舰上发来报话。全船顿时沸腾，全都冲上甲板，跑到船舷边……

人，全都涌到了甲板上，客轮三层甲板挤得满满当当。而当"徐州"号的舰载武装直升机掠过大家头顶时，客轮上更是群情振奋，呼唤声震天响，"照相的，高呼祖国万岁的，手舞足蹈举出胜利手势的，气氛热烈得难以形容，一度造成船体朝一个方向倾斜……2142 名同胞啊，你想想……"

远处岛上，中国民航一架架客机在机坪上一字排开，宽大的机翼舒展着温暖的臂膀，毕勇毅们傻傻地望着，感觉有点儿像做梦……

"祖国的强大对于身居国外的中国人，是多么多么的重要……"

共和国万里大接力

正当杨学良们梦幻般迈过萨卢姆口岸，心境复杂地送给利比亚最后一瞥之时，23 日 19:00，开罗的罗成，从驻埃及使馆获悉："中国政府包机将飞赴开罗。"

作为国内航空公司唯一设于开罗、只剩他与小兄弟徐志存两个人的办事处，在这非常时期非常时刻，成为中国民航设于开罗的桥头堡。"我们将以中国民航人的面目，顶起这片天地！"

前有埃及撤侨保障经验、加拿大空机返回教训，罗成们立即获取国航首赴开罗机型、舱位等基本信息，协调埃及海关及机场，就非常情势下离境手续、柜台执机、登机、载重平衡、飞行计划申报、燃油加注、费用支付等，一一提前做着协调准备，并协助国内于 20:50 申请到中国政府包机在开罗机场的落地许可……

而在杨学良们于开罗机场登上祖国包机之时，北京，作为接机单位的中国水利水电建设股份公司的大巴，正驶向首都国际机场 T3 航站楼的专用停车区……

早在民航局发出最初指令始，民航华北、华东、中南、新疆地区管理局，即迅速展开协调保障工作。

民航华北地区管理局专机办公室主任郑云，紧急协调首都机场股份公司、驻场公安、边防、海关、检疫、华北空中交通管理局等单位，落实政府包机抵达时的服务保障流程，对撤回公民进港出关程序作沙盘推演。机场股份总经理张光辉领衔政府包机保障小组，机场运行控制中心作为总协调，与航空公司、各保障单位、联检单位、接机单位，建立起全面的工作联系机制，相互间实现无缝隙衔接；核实次日撤离包机航班计划、地中海起飞后所载人员数量情况及所属单位信息，实时关注动态变化，随时向系统内发布；对部分护照丢失的入境手续办理、伤病员转运，明确单项保障方案。虹桥、浦东、广州机场，都开辟专用桥位、专用通道、专用行李转盘、专用出口，在各个岗位加强执勤、备勤力量，在航站楼到达区域设置专门接待站、接机车辆停放区，确保撤离回国人员有序、快速出站。上海两机场，对持护照与丢失证件人员实行分开引导，为后者开辟专用休息厅，边休息边等待办理入境通行证。

2 月 27 日，首都国际机场运控中心获悉，由克里特岛干尼亚机场起飞的海航 HU9002 包机，搭乘有中水电郑国震部 20 多名伤员，随即启动《首都机场危重病人转运程序》，第一时间通知机场急救中心、联检单位，及时告知接机单位，联系北京市急救中心增派力量，快速将受伤撤离人员转至市内医院治疗。

为保障搭乘中国空军包机落地北京南苑机场的同胞快速入境，北京边检总站启用无线设备，提前在停机坪布置无线验放通道，同胞们一下飞机，即行通过入境，"不让同胞多耽误一秒钟"。

与郑国震们同机的 16 名孟加拉籍（BGD）劳务落地北京首都国际机场后，边检总站热情帮助联系使馆签证，协助快速转机。"如果出生在中国该有多好啊！"1974 年出生的 Ahmed Rajib 感激加羡慕。

2 月 27 日 14:16，周凯一家三口等 272 名同胞搭乘的东航首班 MU268 落地上海浦东，东航总裁马须伦、华丰董事长王祉前往接机；搭载 278 名同胞的 MU266 随后飞抵虹桥，民航局副局长夏兴华、民航华东管理局局长沈泽江机坪迎候慰问。

28 日上午 11:18，满载 350 名同胞的南航 CZ2003 由杰尔巴岛经停乌鲁木齐加油，罗治利机组走下飞机，先期于此待命的王学峰机组接棒，直飞上海……

除埃及、突尼斯、希腊、马耳他外，自 27 日始，陆续有中国公民从利比亚撤至约旦、土耳其境内。53 名同胞在驻约旦使馆协助下经安曼乘国际航班回国，504 名同胞分乘驻土耳其使馆租用的 3 架外航包机抵达伊斯坦布尔……

菲律宾《世界日报》载文称：中国独立自主的和平外交政策广播情意，深得人心，"危难时刻见真情"得到鲜明体现……

肯尼亚 2030 远景规划部常务秘书爱德华·桑比利观察道："和平外交"保证了中国在海外公民的安全，也确保中国在世界上广交朋友……

❧ 冲锋号角 ❧

至 28 日晨，我逾 3 万同胞中的 29000 余名分由水陆空 3 种途径、欧亚非 6 个方向撤离利比亚国境，其中约 2500 名已经回到祖国；约 23000 名暂时安置第三国——希腊克里特岛约 10000 名，马耳他瓦莱塔约 1600 名，突尼斯杰尔巴岛约 11000 名，苏丹喀土穆及阿联酋迪拜约 400 名；另 2800 名乘外籍游轮正漂在前往马耳他瓦莱塔的水路上；近 600 名乘祖国"天福河"号在沉沉的雾霭中已经远远望见克里特岛的大致轮廓……

是日，温家宝总理通过中国驻希腊、马耳他使馆，分别向希腊总理乔治·帕潘德里欧、马耳他总理劳伦斯·贡奇致口信，代表中国政府和人民感谢希、马两国政府和人民在中方撤离在利人员方面所提供的支持和帮助。

当日上午 08:00，中南海，张德江副总理主持国务院应急指挥部第七次会议。听取撤离工作进展汇报，针对撤离工作艰巨性、复杂性、紧迫性提出新的要求。

午后，张德江副总理直接致电民航局长李家祥，对民航系统前期工作给予充分肯定，代表党中央、国务院为这支特别能战斗的队伍加油鼓劲，就"确保安全、科学调配、加大运力、尽快撤离"作出新的指示。

午夜 23:30，中国民用航空局下达中国政府包机紧急指令——第 5 次增援令：

埃及开罗方向，由国航增派 1 架（340 余名需撤离）；突尼斯杰尔巴岛方向，由国航、东航、海航分别增派 1 架，南航再增派 2 架。

自当日午夜始，中国民航执行紧急撤离任务运力飙升至 20 架。20 架集群满载祖国的殷切牵挂，起飞于北京、上海、广州、乌鲁木齐等 4 地 5 机场，扑向地中海……一往一返 40 架次远程宽体重型客机穿梭欧亚大陆、地中海上空，日起日落间即有 6000 余名同胞回到祖国怀抱。

"敦刻尔克大撤退……"我的宝贝儿子小飞飞神情肃穆自语——这个

13 岁少年面对电视画面，思绪一下飞到了 1940 年五六月间二次世界大战中的英吉利海峡，令人心生悲壮……

"最快 5 日深夜，尚在境外的 13000 名同胞将回到祖国，届时 35000 多名撤离利比亚的中国人全部归国。"北京，3 月 3 日下午，"两会"吉林代表团，张德江副总理成竹在胸。

百计千方

来自中国民用航空局的消息：自明天起，中国民航接回我在利比亚公民的飞机将由 15 架增至 20 架……每天在中国与地中海地区穿梭飞行的中国民航飞机将达到 40 架次，平均每天可以接回我同胞超过 6000 人。民航局同时也表示，为完成国家紧急航空运输任务，尽快将我同胞接回祖国怀抱，承担飞行任务的 4 家航空公司，均从各航线上紧急抽调了执行航班任务的大型飞机，对正常航班造成了一定影响，希望广大旅客能给予理解。

——2 月 28 日，CCTV-1、CCTV-4、CCTV-13 多频道滚动播出。

赴万里海外执行国家紧急撤离任务，"远程重型宽体客机"是唯一最佳选择。

组成 20 架宽体重型客机集群的国航 6 架 B777、B747，南航 6 架 B777、A330，东航 5 架 B767、A340，海航 3 架 A330、A340，都是国内京沪、京穗等干线以及国际航线运营主力，按照民航局局长李家祥"保留、取消、合并、调整"的思想指导，4 家航空公司统筹安排，保留一定的国际航线航班，取消、合并部分航班。国内干线采取小飞机替代大飞机的"以小换大"措施，来保障日常航班运转，以确保执行国家紧急包机任务与日常航班运行双线作战两不误。

据民航局运输司运行数据显示，执行撤离任务包机由正常航班运营线撤下后，直接影响国际、国内 1800 多个航班，调整 9000 多个航班。仅国航一家公司，抽调 28 架远程宽体重型客机后，就取消了 106 个航班，调整 942 个正班；海航最多一天 5 架宽体机执行政府包机任务，国内 5 条干线全部换由窄体机执行 117 班，同时取消 9 个航班、调整 900 多个正班……

"最近计划乘飞机出行的旅客需要特别注意，由于大量重型远程宽体客机执行中国从利比亚撤离我公民任务，部分航班存在机型调整、部分线路航班可能取消，出行前务必查询清楚……"

为尽量减少给旅客出行带来的不便，大规模调整前，国家民航局通过 CCTV、新华社等媒体，特别向公众发布乘机提醒。各航空公司也通过多种媒介发出相关通知，一个个电话联系已经购票的受影响航班旅客，承诺提供免费改期、签转和退票服务……功夫下于先，效果显于后，如此大规模的航班调整变化，没有接到过一起旅客投诉，足显中国民航超凡的协调组织力。

航空器问题解决了，人的问题怎么办？春运尚未结束，撤离任务空前，"两会"运输进入运行阶段，飞机已达 5 周定检周期不说，行业规章限定的空勤人员月 100、季 270 的飞行小时接近完成——况且每班政府包机洲际往返都会在 30 小时以上，必须安排双套甚至三套机组轮换执飞，人力资源十分紧张。

"宁肯牺牲当下及日后正常航班的商业运行，也一定要在第一时间把受困海外的同胞接回来"——成为从国家民航局到 4 家航空公司决策层的最高原则。

中航集团及国航股份，在抽调经验丰富的飞行骨干执行包机任务的同时，把持有飞行执照的高层领导紧急派到一线，执行日常航班客运任务，缓解正常航班运行压力。为避免远程包机机组人员过度疲劳，确保飞行安全，以派双套机组保障、安排最高舱位休息，完成一班包机任务后不少于 48 小时休息调整；派遣地面保障组以高效的包机过站服务，减少机组等待时间；南航，以暂停飞行人员休假、乘务人员国际航班过夜，国际货运航班全部取消，加入执行撤离任务，缓解包机飞行任务重、运行资源紧张难度，同时根据机票销售情况对航班作出调整，预留备份运力，在民航局包机任务准确下达后，发布航班计划；东航、海航，将模拟机训练等资源，全部让位于政府包机机组……事后据国航《关于撤侨包机机组成员飞行和执勤时间的报告》显示，个人累积在 21～43 小时不等，14 名 2 月份超 10 小时，8 名一季度超 19 小时……

民航局所属空中交通管理局按照职责，加强与外方当局的沟通协调，帮助航空公司获取境外机场航行资料，协助做好对外飞越落地申请、任务布置等各项工作；空管运行中心密切关注政府包机飞越航路、经停机场天气变化、目的地机场开闭等重要运行信息，及时通报；运行控制值班室增设专职席位，监控包机动态。

架次密集，多点起飞、多点降落，复杂航路、万里长程，空中、地面，境内、境外，十万火急、分秒必争，牵涉行业相关区域所有岗位、环节——非比寻常的历史时刻，严密组织，规范操作，保证安全，显得尤为重要。

3 月 1 日，民航局分管安全工作的持照副局长李健，根据局党组当日专题会议精神，签署第 8 号政府指令：

充分认识任务的艰巨性、复杂性，严格 4 个"精心"，确保飞行安全；各地区管理局要严密组织协调，航空公司、机场、空管等单位要密切协同……

3 月 1 日晚 20:00，中南海，国务院应急指挥部召开第八次会议。

会议确定在利人员总数约 36000 余名，9000 余名已回到国内；民航局副局长夏兴华向会议汇报了排定的后续包机全部运行计划，保证按时完成任务……

同日，联合国大会中止利比亚的人权理事会成员国资格。

同日，美军两栖攻击舰"基尔萨奇号"、两栖运输船坞舰"庞塞号"由红海驶入苏伊士运河，奔向地中海。

次日，美军于地中海海域完成 5 艘军舰集结，"企业"号航母游弋红海……很有点儿 1986 年三四月间对利比亚实施"草原烈火""黄金峡谷"打击行动前的征兆……

决战杰尔巴岛

气候温和、沙滩迷人的杰尔巴岛（Jarbah），系突尼斯东南、地中海加贝斯湾中 500 多平方公里的岛屿，以海堤连接本土，靠近利比亚西部塞卜拉泰。

23 日起，从利比亚陆路撤出的首批 2900 多名中国公民陆续通过拉斯杰迪尔口岸，进入突尼斯国境，乘我使馆租用的大巴通过海堤登岛。

北京时间 26 日 12:21，南方航空首架政府包机 CZ2001（B777A）自广州起飞，12 小时后飞抵杰尔巴岛 - 杰尔吉斯国际机场，3 小时后满载我 350 名同胞飞向祖国首都北京……

在暂时安置第三国"突、埃、希"3 个主要方向上，杰尔巴岛航程最远，而至 28 日集结于 3 地的 23000 名同胞中，杰尔巴岛一处居半，并有继续增加之势。民航局于当日深夜作出第 5 次增援部署调整，确定杰尔巴岛为主攻方向，令南航再增派 2 架至 4 架，同时令国航、东航、海航分别增派 1 架赴该岛，形成 4 家公司 9 架政府包机同赴一地的决战态势……

上半天先后飞走 2 架，机坪上同时并肩 3 架，自北京、上海、广州、乌鲁木齐飞来的航路上飘着 4 架，18 个架次在这小小的杰尔巴岛上频繁起落，会让人错觉为中国本土的某个中型机场……

而守在雷达屏幕前，头戴耳麦的希腊、土耳其空域管制区的管制员们，一见 CCA、HU、MU、CZ 们露头儿，便直接汉语"你好！"……

MU、CZ、CCA、HU 这些机组兄弟们，万里航路同一频率电波里会不时听到对方熟悉的国际呼号，既亲切又温暖，相互总会简短地送上一句"一路平安"，而信心、力量倍增……

乌鲁木齐，南航新疆航食公司采购部党支部书记、藏族女经理孖文娥接到紧急保障任务，已是 2 月 28 日傍晚，组织 900 箱方便面、260 箱火腿肠、100 箱八宝粥、180 吨矿泉水、5 吨香梨等全部到货时，已经次日凌晨 03:00；生产部成品车间徐殿元团队一小时内刚刚完成 4 架空军包机 1200 份餐食保障，便又投入到南航"乌鲁木齐—杰尔巴岛"4 架包机 960 份机组餐食、3040 份客舱餐食任务上……

南航 A330 机务黄瑜华、欧之璋、缪爱兵，B777 机务朱少辉，地服经理招展、项明，货运经理李炳棠，与海航徐志存、东航运控中心张奇等 20 多名战斗队员，分工合作，无休无眠……

黄瑜华、李炳棠们当地时间 3 月 2 日 13:00 发自杰尔巴岛 Caribbea World Djerba 的来信说：

这个夜班从 1 日下午 17:00 开始。机场内没有可供休息的地方，外面又寒风凛冽，大家便在国际到达厅入口处，报纸一铺，便地铺打就——不错，正对着跑道，我们的飞机下来一目了然……"地铺"招来了执勤警察，问是否从利比亚来，翻翻齐全的证件，莞尔一笑……

我们可以在机坪上随意拦车，把我们送到任意一个停机位，每个人都不拒载……南航的两架保障都很顺利，落地后很快加油上客，然后撤离。第二架和第三架相隔 4 小时，是否回酒店成为纠结，便继续地铺……而打盹儿，也带着余悸，唯恐耽误了包机……

每到来一班，机组的热情异乎寻常，乘务总是忙着为我们端茶热饭，酸奶呀、午餐肉呀、方便面呀，恨不得把飞机上所有的东西都让我们带回酒店。如果酒店有微波炉，我一定会把所有烤箱里的米饭带走……

最后一个航班出了问题。我们送走第二班 A330 以后，两小时后来了 B777，然后是国航的 B747、东航的 A340、海航的 A340，再然后是我们的 A330，平均相隔不到 50 分钟。这下问题来了——油车不够了，拖把不够了……大使馆委托的外包公司手忙脚乱。这个时候，同胞登机就成了问题：飞机一架架排开，而执机柜台少的瓶颈减缓了登机速度，结果就是一个字——"等"。每架飞机都差不多等了 5 个小时才起飞。送走 A330，已经 2 日正午了，19 个小时，我们渴望什么，您或许猜到……

"当地机场安检相当松懈，撤离人员登机前必须经过严格的二次安检。"4月15日，广州白云机场，南航空保经理杨军介绍说。

南航保卫部（空警三支队）一夜间从北方、北京、新疆等8个分公司调集9台爆炸物探测仪，在大南航范围筹组15个"空防精英"4人安保组跟机，配发爆炸物探测仪、金属探测仪88台次。

安全员梁忠浩，由北京首都机场边登机边打电话，被一旁的马旭辉挤对，"浩子，才离开几天啊，就和老婆难舍难分啊！""现在医院呢，快生了，我问问……"

"那你还飞这班？"

"这个时候，怎好意思请假？加班这么多，人手这么紧……"

行李集中箱全部打开，梁忠浩们持爆探仪一件件过完，李炳棠开始监督集中箱入货舱。撤离人员尚未摆渡过来，人身二次安检等待间隙，在马旭辉提醒下，浩子看了看时间，北京2日02:00，犹豫了一下，打了个电话。

"没事，还没呢！"

同胞们开始登机，浩子手执金属探测仪在客梯旁站定。深蹲，起立，再深蹲，再起立，一位检查完毕；下一位……245名同胞，两个小时下来，9℃的地中海大风下，身心紧张的安全员们个个大汗淋漓……

几天下来，浩子们出动260人次，在杰尔巴岛机坪对托运行李、随身行李、乘机人身百分百的爆炸物、金属探测检查，大件行李全部开包……查留撤离人员用以防身的刀具等违禁登机物品600余件。

11小时飞行过后的北京，与欢天喜地的撤离同胞一一道别完，浩子打过电话，开心地笑了，"我听到了女儿的声音……她哭得好大声……"

泪花，在他的眼角，闪亮……

"Upper people, upper people（上层人），"欧盟救援组织工作人员目睹中国撤离工作边境有接应，酒店有住宿，一车车送抵机场，一队队通过边检，一架架政府包机飞走，组织得力，紧张有序，眨眼撤走几千人，跷着拇指对徐志存说，"Your Chinese people are upper people.Thou-sands of

Chinese! Only took China such a short to evacuate. （仅用这么短时间就撤离几千人，你们中国人是上层人！）"

"Oh, God! Chinese people will evacuate immediately from here.How about us? What shall we do? What shall we do?"躺在候机楼专区里一大片不清国别的难民，见到神色匆匆的徐志存们，便是另一番大呼小叫，"哦，我的上帝，你们马上就撤完了，我们，我们怎么办？怎么办？"

4月19日，海口，平头、精悍、血气方刚的徐志存就坐在对面，他绝不谦虚地说，"这是我们的实力所在！这是包括我们民航人在内的中国政府所有救援人员赴汤蹈火在所不辞的精神所在！我为此感到自豪！"

再来看看徐志存的赴汤蹈火、在所不辞吧！

开罗时间3月1日11:00，接到本部"前往突尼斯杰尔巴岛支援"紧急指令。

"开罗—杰尔巴岛"无直飞航班；而"开罗—法兰克福—杰尔巴岛"最早的航班已是次日08:00，即便成行，也来不及保障海航首赴杰尔巴岛包机；旅行社无车船；四方打听中忽然得知埃及航空当日有"开罗—杰尔巴岛"直飞包机，"真是天助我也！"但埃航值班经理以"非商业运行"一口回绝。怎么办怎么办？

两小时后，机灵的徐志存手捧中国驻埃及、突尼斯使馆介绍信传真，再次出现在埃航，该值班经理惊讶得目瞪口呆，便建议徐作为埃航合作伙伴公司职员加入机组登机。但签证问题怎么办？请求驻突尼斯使馆出具"落地签证"证明，再传埃航驻杰尔巴岛机场工作人员，由其转呈突尼斯海关并获得许可……几多周折办妥，距埃航包机起飞时刻仅仅10分钟……当晚11:00在杰尔巴岛落地，联系地面代理公司办理机场通行证、介绍这个陌生机场及基本运行，向驻突使馆人员了解撤离人员情况和登机顺序，拉上南航的招展，一起熟悉站坪场内环境……天亮了，HU8011远远地朝徐志存笑了……

"整整5天4夜的时间，身体紧张，精神紧张，高度兴奋，总觉得有股使不完的劲儿支持着。自己给自己打气：你还可以再努力些，你还可以想得更全面些……回到开罗'百度'了一下'杰尔巴岛'——原来是世界顶级旅游景点,有128公里的瑰丽海滩啊!就忽然回想起酒店服务员给房卡时说的是'海景房'。但是入住期间根本就没有拉开过窗帘……128公里的海滩也没踩一寸。再见了杰尔巴岛……我25年来最难忘的回忆……"

《民航局运输司要报》(3月3日18:00):

本日,民航共派出18班包机(累计77班),预计可接回5280名,届时累计接回23902名;根据与外交部及前方使馆确认的最新情况,拟3月4日再派9班包机,届时可将我公民全部接回……

(1)国航4架赴克里特岛、1架赴杰尔巴岛包机已经起飞;

(2)东航4架赴瓦莱塔、1架赴杰尔巴岛包机已经起飞;

(3)南航5架赴杰尔巴岛包机,2架已起飞,另3架晚间起飞;

(4)海航2架赴克里特岛、1架赴杰尔巴岛预计晚间起飞……

的黎波里,3月4日,卡扎菲发表电视讲话,誓言"将为保卫利比亚战斗到底,直到最后一个人"!

同日,反对派武装上千兵力一度占领拉斯拉努夫……的黎波里西侧30公里的扎维耶被政府军夺回大部……

公元2011年3月5日这一天,于中国党和政府、于中国民航来说,是极其特别的一天!

08:10,CZ8008搭载344名北京建工集团员工从杰尔巴岛直飞广州,南航执行此次国家紧急撤离我在利比亚公民任务至此结束——22班政府包机、44架次,接回同胞6647名。

10:55,国航执行的最后一班杰尔巴岛包机CCA030D(B747)满载330名同胞,抵达北京首都国际机场;15:21,CCA060B执行克里特岛撤离行动最后一架包机抵达北京首都国际机场,国航执行此次国家紧急撤离我在利比亚公民任务至此结束——28班、56架次、接回同胞8754名。

08:20,海航A340满载258名同胞,由杰尔巴岛起飞,历时10小时16分,飞行9232公里,18:36抵达首都国际机场,杰尔巴岛决战宣告结束!海航执行此次国家紧急撤离我在利比亚公民任务结束——15班、30

架次，接回 4117 名。

而前一日晚上 21:00，人民空军轰 –6 飞行教员出身的东航（上海航空）机长罗世晓 7 人组，驾驶 FM607 由虹桥起飞后，此时仍飘在空中。飞越郑州—西安—兰州，由乌鲁木齐出境，12 小时的艰苦飞行，于当地 5 日凌晨 05：00（北京 09:00）靠近瓦莱塔机场。罗世晓本人也不知道，他们这一班飞行，其中蕴含深意……

途中每小时都以卫星电话与本部联系，每次都会有更新的天气信息，而愈接近目的地，愈令人心头发紧——当地天气状况欠佳，不符合落地标准。

罗世晓与副驾驶郁宗萍、翟银炳不间断与上海本部、当地区域及进近、塔台管制对话，研究天气信息、计算油量，核实 45 分钟航程、耗油 6.20 吨的西西里岛备降方案……飞抵前一小时，瓦莱塔机场 2600 英尺能见度不是问题，但 100 英尺的云底高度只及标准一半……

"上次的盲降信号是否正常？"

"正常！"

罗世晓求证，郁宗萍肯定。

"试降一次！"

飞抵 10 分钟前，云量减少。

"争取落地！"罗世晓嘱咐机组作好 200 英尺决断高度重新拉起的准备……

下降至 280 英尺，漆黑的夜空中闪出个云缝儿，跑道引进灯在望。

"OK！"……

飞回祖国

一架架包机自祖国飞向地中海，又一架架飞回祖国；把同胞们的梦魇甩到地中海去，转而把安全、温馨与幸福带给每一位……

一张张绽开桃花般笑靥的面孔，一张张惊恐过后做梦似的面孔，一张张睡相不雅但鼾声香甜的面孔，一张张兴奋得合不拢嘴的面孔，一张张大老爷儿们哭得孩子似的面孔……

音画一：整个城市被坦克、装甲车的轰鸣、枪声、炮声淹没，机场隔离区内外人山人海，腿脚似乎已经不属于自己，没有足够的力气难以挪动脚步，混乱拥挤中分辨不出方向，没票的无票可买，有票的不知道何时会有飞机……已经在此凄凄哀哀煎熬了两天两夜的 20 多位台湾老人，绝望中忽由人缝中远远瞅见了五星红旗的一角，漆黑无边的暗夜中寻得一丝儿光亮，便一寸寸挪动老迈的身子，一寸寸向五星红旗靠拢，靠拢，朝五星红旗挥手，挥手……

“没问题！”中国外交官当即答应放行，搭乘中国政府包机飞离，抬手向通道口导引。面对这“上帝之手”的突然降临，作为领队的老太太张开口，却又半天说不出一句话来……转身，面向五星红旗，深深地鞠躬……

由机坪赶回来接应下一拨同胞登机的罗成看在眼里。“我们的祖国，是世界上最最伟大的国家……”那难以名状的激越由心中荡漾铺排开来……

中国台湾的老太太顺利登机飞走，另一个老太太出现了。她身背行囊，怀抱外孙女，身后是她的女儿，祖孙三人举步维艰。“I am American. God! Where are the American air-crafts?”这是个美国老太太，在不停地朝各个方向呼唤，呼唤，我是美国人，美国的飞机在哪儿啊我的上帝？无人回头，无人回应、无人理睬，呼天不应、唤地不灵。这时她抓救命稻草一样抓住了一个黄肤色中年男子的衣袖。

“I am Chinese, I will help you.”罗成说我是中国人，我会帮你的。罗成说他没看见有美国的飞机，也没看到过美国使馆外交官，只能在人缝中帮忙把她们导引到一个靠近入口的地方。“抱歉，我只能帮到这些，我必须离开你了，那边有更多的中国人需要我的帮助……”

罗成说，这些天来，亲历中美两国两个老太太遭际的情景令他无法释怀……他想了许多许多许多许多……

音画二：飞机停稳，摆渡车缓缓驶来，只见满车的人个个脖子上都系着一角鲜艳夺目的红领巾……飞机客梯旁，一过完二次安检，一个个"红领巾"便奔跑着上了飞机，与机舱里点缀的国旗交相辉映……

音画三：各位同胞大家好！欢迎搭乘中国政府民航包机返回祖国！

我是机长。在此谨代表本班三套机组全体成员，并以中国民航人的名义向大家致意问安！

在遥远的异国他乡，看见五星红旗，就意味着祖国近在眼前；踏进机舱这块移动的国土，就意味着你们已经转危为安。

请把心中的余悸通通丢进地中海，开始享受祖国怀抱的安全、和谐与温馨吧！

强大的祖国与你我同在！

走向强大的中国民航与你我同在！

13 小时后，我们将飞入祖国领空。请一同期待这一激动人心时刻的到来吧！

音画四：这是一位普通的中年母亲，她，手牵着孩子，顺着客舱过道，在不停地鞠躬，给这边的坐席鞠一个，走两步给那边的坐席鞠一个，嘴唇翕动，默默无语，走着鞠着，鞠着走着——踏上移动的祖国国土、终于获得安全感的她和孩子，在感恩，感激那些在危险降临之时一起把孩子护在身后的同胞，感激在饥寒交迫中把仅有少许的食物和水留给孩子的同胞，感激撇下待乳的幼子、住院的父亲飞赴前线接自己和孩子回家的中国民航机组同胞……

音画五：头等舱，已经长到 21 天的婴儿周毅轩，香甜地酣睡在母亲的怀里，醒了就吃，吃了就睡，不哭不闹，吃得香甜，睡得踏实……乘务组领队沈文君，小心翼翼地把重新温过的饮品递到年轻母亲的手里……

这时，两位同胞由深深的后舱急忙忙一排排地找人找到前舱来，原来是寻找婴儿的着落，询问是否已经登机，待确认后用力地做出"OK"的手势；不一会儿，又上来3位……机上272名同胞呢！沈文君们因此不得不将"21天的婴儿周毅轩就在头等舱"的消息，"广播"给大家……

"感谢祖国第一时间营救我们！即使在中途最困难的时刻……（哽咽）……我们一家……我们大家都一直坚信，坚信我们一定能回到祖国的怀抱！"

同样的话由周凯说出来，分量尤其重！

音画六：整架政府包机机舱内，满载200名女同胞、7名儿童，17名伤员和老人。3名孕妇及7名儿童——在宽敞舒适的头等舱落座。只见乘务员在轻柔地为一名男同胞嘴部、面部的创伤消毒、换药，又端上流食，送上了吸管；用餐过后，有几位妇女开始为没能一起撤离的丈夫啜泣抹泪，只见，悉心的乘务员们俯下身子，在轻声细语地安慰；一位女留学生双手攥着配发的金灿灿的橙子，放在胸口，说要把这特别的橙子带回家供着……

音画七：MU167起飞6小时后客舱早已进入夜航阶段，所有的同胞都入梦乡。正在后客舱巡视的乘务长陈辉，看到一位男同胞憨厚地笑着迎面走来。原来，他醒了，口渴了，想喝点儿水。

连忙递上一杯，他看也没看就一饮而尽。添二杯，倒三杯，捧四杯，他这才摆了摆手，"啊——"了一声，道，"谢谢您，不用了……好家伙，这一觉睡的，那叫一个踏实！您这水也甜，真甜！"

他说他姓徐，秦皇岛人，去利比亚已经10个月了，在一家建筑公司做事。其实在一个多月前，利比亚已经有过一次动乱，只是很快就平息了下来，没想到就在复工20天后，大规模的暴乱又开始了，不可收拾了。

他说白天常有不明身份的武装人员在工地外开着车乱转，晚上就来抢劫，车、电脑、财物都被抢走了不少，枪声不分白天夜晚，工友们晚上睡觉不再脱衣服……2月26日，以平时5倍的价钱雇到了一辆敞篷卡车，仅仅带了一瓶水就开始了逃亡历程。

他说，到突尼斯边境总共不到 5 小时的车程，沿途竟然遇到了十几次明目张胆的拦路抢劫，"拿枪抵着你的后腰，你还能怎样？"到达利—突边境的最后十几公里，撒哈拉沙漠的边缘地带，只得扔掉所有负重的行李，弃车徒步……大大的五星红旗就飘扬在口岸那边，在乌压压的人群中，唯独中国人有专门的绿色通道……

"逃亡的时候可能还顾不上流泪，但是大家一看到国旗那个激动啊！都疯了似的往国旗跟前跑。接着大家就坐上了大使馆派来的大巴，一直将我们送到了突尼斯杰尔巴岛的酒店，五星级大酒店啊，顿顿自助餐……还是我们国家好啊！还是中国共产党好啊！"

"国家强大了真好。我现在想起我那个孟加拉朋友就难受……孟加拉在那边有 60000 人，他们国力不济，政府无法组织大规模撤离行动……我们都走了，他留下了，分别的时候，他那个无助的眼神，我永远都忘不了……他在我们建筑公司打工，几个月就会说流利的中国话了，可聪明了，现在我们都回家了，希望他……没事儿……"

音画八："同胞们，我们将马上飞入祖国领空。我们一起来——"

"5，4，3，2，1——万岁祖国，祖国万岁……"

满舱红旗飘舞，满舱泪花纷飞，满舱感激无限，满舱幸福无边……

音画九：北京南苑、广州白云、上海浦东、青岛流亭，一下飞机，个个热血男儿五体投地，亲吻祖国家乡的土地……

音画十：宁波。"菲律宾总统阿基诺三世不是说了嘛，政府没有人力财力派包机去利比亚撤侨嘛！我们呢？如果也这样，现在不照样沦落为难民一个么？现在不照样像成千上万的难民蜷缩在利比亚边界的难民营么？或许早就葬送战火中了……"

倪永曹述说着，电视里也在播放着：米苏拉塔一家医院里，医生徒劳地给失血过多的蒂姆做了整整 15 分钟的心脏按压抢救，他身边是昏迷的克里斯——两名优秀的战地记者，为美国著名杂志《名利场》工作的蒂姆·海瑟林顿、盖蒂图片社摄影记者克里斯·洪德罗斯，在米苏拉塔街头遭到迫击炮袭击，于 4 月 20 日先后不幸离世……

"从利比亚回来的人，知道什么叫和平、稳定、安宁与和谐。'祖国'的概念在我们心中不再抽象，我爱我的祖国！我会更加珍惜、更加努力……"杨学良说。

音画十一：广州，白云机场。回到南航本部的李炳棠们，每每午夜一两点钟，便梦回杰尔巴岛，"噌"地起身，要看看包机是否已经到来……

❧ 人民的分量 ❧

北京时间 3 月 5 日（星期六）夜 20:00，中南海，国务院应急指挥部召开第九次会议。

国家民航局及外交部、公安部、财政部、商务部、交通部、商务部、卫生部、国资委、国防部等相关部委局，相关央企等 27 个成员单位负责人悉数到会。

念兹在兹

20:00，张德江副总理神采奕奕地走进会场，见到民航局局长李家祥，远远地伸出手臂，边握手边爽朗地笑着夸赞道："民航这次活儿干得漂亮！"

听汇报中，时而笔记，时而插话。

"我们最后一架飞机应该安全落地了吧？"张德江关切地问。时值 23:00，午夜，会议临近结束。

"已经进入上海空域，准点儿，还剩最后一刻钟航程。"李家祥了如指掌，应声作答。

是的，罗世晓驾驶的 B767-300ER 延程客机，国际呼号早由 FM607 摇身变为 FM608。

但有个细节，身在中南海的民航局局长李家祥不很清楚。罗世晓机组穿过云缝落地瓦莱塔后，地中海的大雾，顷刻间弥漫起来，能见度只有 50 米！

"这怎么得了！"按时起飞，成了大大的问号。

正当机长罗世晓、乘务长张磊心犯嘀咕之时，中交一航局毕勇毅、马如刚团队顺序登机开始，雾，却有如神助，戏剧性地开始慢慢地，慢慢地，一层一层消失，消失……

起飞时，雾完全散开，充满诗意地完全散开，散开……

"我们最后一架飞机应该安全落地了吧？"

此刻，驾驶舱里的罗世晓们，以及他们身后个个手执五星红旗的 149 名同胞，已经远远望见了午夜下的美丽上海，望见了灯火辉煌的虹桥机场，金光闪耀的跑道……

东航，26 班、52 架次，接回公民 6722 名。

"等这最后一架飞机安全落地，就标志着我们利比亚撤侨第一阶段顺利地结束了……"张德江难掩兴奋。

似乎，千里之外的罗世晓们，他身后客舱的同胞们，远远聆听到了月夜之下发自中南海会议室里的声音。整个机舱沸腾了，全是五星红旗的舞动：

"我的祖国和我，像海和浪花一朵，浪是那海的赤子，海是那浪的依托……我最亲爱的祖国，你像大海永不干涸，永远给我，碧浪清波，心中的歌……"

同胞们，亲爱的同胞们，10 天多，246 小时，中国民航派出机组及工作组人员 2200 余人次，执行政府包机 91 班、182 架次，飞赴利比亚的黎波里、希腊克里特岛、突尼斯杰尔巴岛、马耳他瓦莱塔、埃及开罗、阿联酋迪拜等 6 地，接回共和国公民 26240 名，占整个从利比亚撤回祖国的公民总数 35860 名的 73.20%。总飞行时间 2217 小时，总飞行距离 180 万公里——足足绕地球 45 圈……与此同时，民航系统各相关单位积极协调运送外交部、商务部、国资委、中铁建等单位赴利比亚前方联合工作组 4 次，运送紧急物资数十吨，协助保障多家外国航空公司运送我公民飞回祖国包机 16 班……一曲浑厚雄壮的英雄交响乐！

百炼千锤

收回利比亚的目光，再次放眼海外四方：

2006 年 4 月 18 日，所罗门群岛骚乱，接回我公民 310 名；4 月 30 日，东帝汶骚乱，接回我公民 243 名；7 月 12 日，黎巴嫩、以色列武装冲突，接回我公民 167 名；

2008 年 1 月 10 日，乍得反政府武装与政府军激战，接回我公民 411 名；11.25，泰国曼谷机场因动乱被迫关闭，接回我公民 3346 名；

2010 年 1 月 12 日，海地 7.3 级地震，接回我公民 48 名；6 月 10 日吉尔吉斯斯坦奥什地区骚乱，接回我公民 1299 名……

说来就来，北京时间 3 月 11 日 13:46，日本国本州岛仙台港以东 130 公里处发生里氏 9.0 级地震，次日起福岛核电站机组相继爆炸……距机长罗世晓的地中海收官之飞，仅仅 134 小时 31 分……

"我与日本东京之间，有 23 个通航点，每天 55 个航班……我们现在拥有大型宽体客机 149 架……"

民航局局长李家祥办公室，运输司长史博利如数家珍娓娓道来。

"以福岛核电站为圆心，200 公里核辐射半径圈接近大东京范围，涉及华人华侨留学生 73 万~75 万人……航线短、通航点多、使用机型范围广，只要对方机场能开放、保障能力能到位，我们可以抽调出上百架飞机同日多次往返……"

"好！"

胸中握有百万兵的国家民航局局长李家祥，愈加镇定自若。

当日，南航 CZ385 航班因东京机场关闭，备降大阪，并于当日直返广州。次日 CZ389/390 "广州—大阪—广州"航班，回程加降东京，将 11 日滞留东京成田机场的 178 名旅客运回广州……

12 日，东航飞往日本航班 14 班……

13 日 08:15，国航紧急救援包机 CCA055 搭载中国政府救援队于北京出发，飞赴日本东京羽田机场……

4 月 12 日，上海虹桥机场，与作者面对面的罗世晓，刚刚飞完第 4 班"上海—东京—上海"紧急撤侨航班……

4 月 22 日，中国民用航空局关于建立常态的民航应急运输指挥协调专门机构及运行机制的报告建议，呈报国务院……

民航强国梦

发展中的中国，民航业的战略地位、作用更加突出，民航安全快捷的速度优势凸显。发展中的中国，将面临更多国际责任、国际义务的承担与履行……

据不完全统计，目前中国共有 5000 多个投资主体铺展在境外 170 多个国家和地区，境外 1 万多家企业累计投资额达 2000 多亿美元。2010 年底，中国海外务工人数达 84 万，比上年增多 6.9 万……而随着中国旅游业的快速发展，每年出境人数超过 5000 万人次，并呈不断上升趋势……作为执政的中国共产党，负责任的中国政府，必须保护在海外的公民、财产安全……动荡的国际地区局势，反常的全球气候、频仍的自然灾害，不排除随时出现需要中国民航承担的大规模紧急航空运输任务……发展中的中国需要更加强大的中国民航！

62 年沧桑巨变，中华人民共和国民航从无到有，从小到大，41 家民用航空公司拥有 2000 多架民用航空器，开辟 1532 条定期航线，国内 1235

条航线通航 150 座城市，国际 297 条航线通航 46 个国家 104 个城市……全国民用运输机场达 175 座，全行业从业人员总数超过 110 万，直接从业人数达 49 万，运输航空飞行员 2.5 万名，机务维修人员近 8 万名，管制员 4000 多名，航务签派、通信导航、航行情报、航空气象……全国定期航班运输周转量在国际民航组织缔约国中排名已经升至第二位，航空运输连续安全飞行达到国际先进水平……2015 年，机队规模将达 4500 架以上，运输机场 230 座以上，旅客运输量 4.5 亿人次……

公元 2011 年春，这个非比寻常的春天，在目睹耳闻与百余次促膝倾听过后，我思想情感的潮水，在无休止地放纵奔流着……这个无眠之夜记叙至此，不禁记起 62 年前 1949 年 11 月 9 日"中国航空公司""中央航空公司"全体员工《起义宣言》中的豪迈誓言：

"我们对于新中国民航事业的前途，深具信心，坚信绘有五星红旗的巨大航机，即将带着新中国的光荣，照耀全中国，扬威海外，在世界的民航界中放出异彩！"

……

作者致意

①至诚感谢中国民用航空局政工办、运输司、综合司，民航华北地区管理局党委办、行政办、专机办、运输处、华北民航北戴河培训中心给予组织上的支持；感谢《北京文学》月刊社特约及指导。

②感谢国航、东航、南航、海航，北京、上海、广州、乌鲁木齐机场（集团）股份公司，北京边检总站，中水电二局十六局、中交一航局二公司、宁波华丰建设等单位、个人给予的采访及图文资料便利。

③感谢高萌小姐，冯洪朝、申红喜先生于创作后期给予的特别支持；感激夫人焦秀贤女士为此默默付出。

④本文第一手素材之外，参考有新华社、中新社、CCTV等媒体发布的相关信息，在此一并致谢！

（本文写于2011年，发表于《北京文学》2011年第7期）

作者简介

张海飞，男，国家机关公务员，晋南夏县乡下人。曾服役于京城警备部队十余载，4次荣立三等功，武警少校退役。业余文学创作，有诗歌、散文、小说、报告文学散见于中央及地方报刊。曾有超短剧本《观升国旗应行举手礼或注目礼》荣膺中央电视台"广而告之"征文一等奖，央视据此拍摄播出；曾因《父亲坐飞机》受邀CCTV《小崔说事》；曾参与1990年北京第11届亚运会主会场警卫组织工作，事后特写获武警总部"圣火"奖；2008年曾在《北京文学》"两刊"连续发表奥运中篇系列报告文学作品《'08'08奥运前夜的空港脉动》《为了祥云圣火九万八千公里的远航》《奥运北京空域管制巅峰之战》，《作家文摘》《南方日报》等报选载、连载，一并收入《北京文学》月刊社策划编辑、中国青年出版社出版的《奥林匹克的中国盛典》；2009献礼中华人民共和国成立60周年、再现"两航起义"的纪实原创作品《北飞，1949》收入同心出版社（现北京日报出版社）出版的《中国阳光》一书。